CB049103

FICHA CATALOGRÁFICA

(Preparada na Editora)

Freitas, Valdinei de, 1973-

F93c *Cottonland - Mundo de algodão* / Valdinei de Freitas. Araras, SP, IDE, 1ª edição, 2024.

352 p.

ISBN 978-65-86112-78-8

1. Romance 2. Espiritismo I. Título.

CDD -869.935
-133.9

Índices para catálogo sistemático

1. Romance: Século 21: Literatura brasileira 869.935
2. Espiritismo 133.9

COTONLAND

MUNDO DE ALGODÃO

ISBN 978-65-86112-78-8

1ª edição - novembro/2024

Conselho Editorial:
Doralice Scanavini Volk
Wilson Frungilo Júnior

Produção e Coordenação:
Jairo Lorenzeti

Revisão:
Isabela Falcone Oliveira

Capa:
Samuel Ferrari Carminatti

Diagramação:
Maria Isabel Estéfano Rissi

Parceiro de distribuição:
Instituto Beneficente Boa Nova
Fone: (17) 3531-4444
www.boanova.net
boanova@boanova.net

INSTITUTO DE DIFUSÃO ESPÍRITA - IDE
Rua Emílio Ferreira, 177 - Centro
CEP 13600-092 - Araras/SP - Brasil
Fones (19) 3543-2400 e 3541-5215
CNPJ 44.220.101/0001-43
Inscrição Estadual 182.010.405.118
www.ideeditora.com.br
editorial@ideeditora.com.br

VALDINEI DE FREITAS

COTONLAND

ide

Para Ivangela e Arthur, que estão
em tudo que faço e no que ainda não fiz.

SUMÁRIO

CAPÍTULO 1

Peregrinação

"O tempo é mesmo complexo e relativo. Nos bons momentos, ele passa com a velocidade de um raio numa tempestade de verão. Quando, por outro lado, queremos superar uma dificuldade, ele se arrasta, como quem caminha a contragosto. No fim, ele passa e não nos damos conta. Coisas boas e corriqueiras acontecem em maior quantidade do que coisas ruins. Isso reflete o equilíbrio da vida. Mas, quando as coisas ruins surgem, derrubam o legado positivo outrora conquistado", pensou Victória, relembrando de algo que havia lido não sabia onde, tomada pela ansiedade, acomodava a mala sobre a pequena mesa da franciscana decoração do quarto de hotel.

Viajara para Uberaba, a cidade brasileira onde durante muitos anos viveu o maior expoente da história recente do Espiritismo, Chico Xavier, trazia na bagagem, assim como as milhares de pessoas que anualmente visitam a cidade, a esperança de receber a mensagem de um ente querido que teve a vida interrompida neste plano.

Seu sistema de crenças rechaçava o conceito de destino: um sistema hermeticamente fechado por meio do qual todas as ações humanas estivessem conectadas e fossem predeterminadas por fatos ou desígnios anteriores, inexistindo o acaso. Acreditava num sistema híbrido, através do planejamento reencarnatório, cujas linhas gerais de nossas vidas são traçadas, podendo ser alterados consideravelmente por força de outra lei, a do livre-arbítrio. Por muitas vezes, principalmente depois que a morte visitou a família, descobriu-se refletindo sobre o destino – sua mania de atropelar os inocentes pelas costas – e o papel que ele desempenhava ou não na vida das pessoas. Até que ponto uma despedida está predeterminada? Há algo capaz de mudar o rumo traçado ou o desfecho teria sido fruto de ações passadas? Omissões? ou ambas? Infelizmente, não tinha a resposta para suas inquietações e isso a angustiava.

Passou as mãos pelos cabelos lisos, escuros, cor de terra molhada, espessos, que iam até a base do pescoço. Tinha um porte elegante, um charme natural que cativava as pessoas: o rosto vivo onde navegavam dois olhos penetrantes, negros como a noite que se dorme. Estava ávida por um banho, frio de preferência, pois aquele fim de outono no triângulo mineiro estava mais para verão e a jovem não estava habituada a temperatura e umidade relativa do ar tão altas, união que elevava demasiadamente a sensação de calor corporal.

A cidade, apesar do retorno de Chico Xavier ao plano espiritual, manteve a característica de abrigar muitos tarefeiros espíritas com a mediunidade da psicografia, um trabalho de abnegação com objetivo de semear o consolo a centenas de milhares de desesperançados que aportam diariamente na região em busca de uma palavra, uma frase, uma mensagem de seu ente querido, encontrando, assim, um lenitivo para seus corações enlutados.

Victória estava muito longe de casa. Viajou cerca de 5.500 km para estar ali. Saiu de Ushuaia, extremo sul da Argentina, capital da província da Terra do Fogo, situada na Patagônia, também conhecida como a "Cidade do Fim do Mundo", título conquistado por ser a área habitada mais austral da América do Sul, onde o Oceano Atlântico se une ao Pacífico. Depois dela, mais 1.000 Km ao sul, cruzando a mal-humorada Passagem de Drake, considerada a zona marítima detentora das piores condições de navegação do planeta, atinge-se a península Antártica, parte continental situada ao norte da Antártida, praticamente a única porção do continente branco que se estende para fora do Círculo Polar Antártico.

Sua jornada iniciou-se com uma viagem de avião até a capital Buenos Aires. De lá pegou outro voo com direção à cidade brasileira de São Paulo. Depois disso, uma conexão levou-a até a capital mineira, Belo Horizonte. A última pernada da solitária maratona, cerca de 480 km até Uberaba, a determinada moça optou por percorrer de carro, alugado na própria área do aeroporto.

Esperava que toda saga e o esforço físico, emocional e financeiro empreendidos na longa viagem fossem recompensados através do recebimento do maior de todos os presentes: a certeza de que a vida não cessa. Mantinha aparente calma, mas estava frenética por dentro, esperançosa com a possibilidade do recebimento de uma mensagem que trouxesse conforto não apenas a ela, mas a todo círculo familiar.

Em casa, as reações foram antagônicas quando Victória revelou suas intenções. A mãe, Constanza, encheu-se de ânimo com a decisão da filha. Ela que não conseguia vencer o processo do luto e vivia como se tivesse caído em um profundo buraco, do qual não tinha forças, tampouco fazia esforço para sair. Sua vida era marcada pela frustração de terminar o dia no mesmo lugar onde havia começado, mergulhada na dor e no luto em seu quarto. Em dado momento chegou a cogitar acompanhar a filha na viagem, mas não passou de uma ideia fugaz, um lampejo dos lábios sem conexão com a razão, por isso foi imediatamente afastado do campo das possibilidades tão logo Victória detalhou a distância, o trajeto e os custos. O pai, Juan, oficial da armada argentina, destacado na base naval de Ushuaia, (conhecida como Base Integrada Almirante Berisso, principal porto de defesa do Canal de *Beagle* que divide o território argentino das montanhas chilenas e do centro logístico de abastecimento argentino para a Antártida) também havia se fechado como uma ostra na concha depois do infortúnio familiar, dava a impressão de que pegara todos os sentimentos e os escondera num lugar inacessível dentro de si. Cético convicto quanto às questões de cunho espiritual, Juan achou a ideia um grande desperdício de tempo e dinheiro. "Prefiro fatos à ficção" – repetia de forma irritante.

Victória imaginava encontrar na família exatamente aquelas manifestações. Estava irredutivelmente decidida a viajar, mesmo assim fez questão de comunicá-los de suas intenções, ainda que os seus vinte e três anos completados no último setembro, a vida financeira estável em razão da aprovação no concurso público para o Poder Judiciário da Província de Terra do Fogo fossem o passaporte necessário para tomar suas próprias decisões, respeitava o fato de ainda morar com seus pais, circunstância responsável pela criação da regra moral de deixá-los a par de seus passos.

A gama maior de apoio e incentivo partiu dos amigos de trabalho mais próximos. Nesse contexto, aproveitou a aproximação das férias e planejou, após muitas pesquisas, cada passo da viagem. A decisão estava sedimentada e ninguém faria com que mudasse de ideia. Assim aconteceu.

Instalada no modesto hotel, estrategicamente bem localizado para as finalidades que a trouxeram de tão longe, Victória iniciou a peregrinação pelas Casas Espíritas traçadas em seu roteiro. A primeira impressão sobre a cidade era a de que sua atmosfera emanava tranquilidade. Apesar da população ser quase cinco vezes maior que a de Ushuaia, Uberaba exalava paz, ao menos nas regiões por onde passava. A conjunção de sentimentos relacionados ao luto, característica comum a todos que ali estavam em busca de respostas, com a alegria e a gratidão pela confirmação da continuidade da vida de seus entes, talvez fossem os principais responsáveis pela energia de paz sentida na atmosfera. Além, é claro, da presença amiga da Espiritualidade que se vinculava à tarefa psicográfica e mediúnica na região.

A maioria dos Centros Espíritas listados para visitação iniciavam seus trabalhos pontualmente às 19h30, uma referência ao horário no qual Chico Xavier abria os trabalhos. Isso concedia a Victória o dia inteiro livre para conhecer um pouco mais da cidade. No primeiro deles, optou por visitar o Memorial Chico Xavier e o túmulo do médium, deixando os pontos turísticos, não relacionados à fé, para depois.

Nos três primeiros dias de visitação às Casas Espíritas, Victória não obteve sucesso e retornou de mãos vazias, sem a tão sonhada mensagem. Sua esperança, entretanto, não diminuía, ao contrário, presenciar a leitura das inúmeras cartas destinadas a outras famílias, fazia crescer a fé de que ela também seria agraciada com uma mensagem vinda do Além.

No quarto dia, acordara antes do nascer do sol, o dia estava quente, o céu azul, e a jovem ocupara-se entre o quarto de hotel e a leitura de um livro, sob a sombra de uma paineira coberta de flores rosas no parque público, próximo de onde estava hospedada. Quando os últimos raios de sol ainda estavam no céu, partiu rumo ao Centro Espírita Caminhos do Amanhã. Ela chegou ao lugar, uma casa simples de esquina, desprovida de qualquer pompa ou suntuosidade, quando o relógio marcava 17h50. Estava propositalmente adiantada. Aprendeu nos dias anteriores que, muito antes da abertura dos trabalhos, dezenas de pessoas, entre adeptos, turistas e curiosos já se aglomeravam nas redondezas. Por isso, decidiu chegar mais cedo dessa vez.

Por volta das 18h30 o público começou a aumentar e três filas formaram-se rapidamente em frente à entrada principal. A primeira deles, onde se encontrava, tinha por objetivo o preenchimento da ficha cadastral destinada a quem busca o contato com algum ente falecido. No documento, muito similar ao que preencheu nos Centros Espíritas visitados nos dias anteriores, informou seu nome, o nome dos membros da família, data de nascimento, informações triviais. Quando entregou seu cadastro ao trabalhador da casa, na singela folha de papel seguia o forte desejo de que seu nome fosse chamado para receber uma das cartas da noite – nas sessões anteriores, a média fora de dez cartas lidas.

Pelo que testemunhou nas outras Casas Espíritas, as cartas continham histórias críveis, com detalhes peculiares, e, à medida que eram lidas, despertavam o choro das pessoas as quais se destinavam. Esse era, aliás, um dos temores de Victória, antes extremamente cética como o pai, mas que havia abandonado a descrença durante a tempestade que se abateu sobre a família. Temia receber uma mensagem contendo citações genéricas como "Minha querida, te vejo daqui", "estou bem", "não chorem", "preciso continuar minha vida" ou outras frases do gênero que poderiam servir a qualquer pessoa, tal qual acontece na seção de horóscopo dos jornais. Mas as cartas cuja leitura presenciou afastaram completamente seu temor, o nível dos detalhes, tornava improvável haver qualquer conhecimento prévio do médium, que ficava restrito aos nomes e datas informados na ficha cadastral.

Os detratores dos trabalhos de psicografia utilizam o argumento de que as Casas Espíritas infiltram trabalhadores entre os visitantes, colhendo informações necessárias à montagem da futura carta. Obviamente ela não poderia falar em nome das outras pessoas, mas, no seu caso, até mesmo pelo limitado vocabulário em português, não trocou nenhuma palavra com outras pessoas, a exceção de frases protocolares ligadas à boa educação como "boa noite", "com licença", "obrigado", "este lugar está ocupado?".

Depois que entregou o cadastro, a jovem argentina migrou para a outra fila e ingressou no interior do Centro Espírita. Os olhos percorreram a sala rapidamente antes que se sentasse no longo banco de madeira, na sétima fileira. A atmosfera do ambiente irradiava serenidade.

Aos poucos o lugar ficou lotado e os assentos ficaram totalmente ocupados. Algumas pessoas, por falta de acomodação, permaneceram de pé, encostadas nas paredes laterais e nas do fundo.

Os trabalhos da noite iniciaram-se com a prece de abertura, seguida de breve palestra, até que a sessão pública de psicografia começou.

A médium, uma senhora sexagenária, cujos cabelos grisalhos puxados para trás lhe conferiam um ar de austeridade, sentou-se em um dos lados da grande mesa retangular, coberta por singela toalha branca, postando-se de frente para o público. Estava ladeada por um jovem casal de trabalhadores, ambos aparentando não mais de trinta anos. A função do casal era servir de apoio à médium. Os auxiliares tinham a sua frente alguns lápis – para substituir aquele cuja ponta eventualmente se quebrasse durante o trabalho, – além de maços de papéis com os quais municiavam a psicógrafa.

O silêncio era total. A médium mantinha-se cabisbaixa, com a testa apoiada pela mão direita, enquanto a esquerda movia-se freneticamente, traçando palavras sobre o papel à sua frente, numa caligrafia assimétrica, de leitura não muito fácil para quem não estava habituado com os traços. As páginas eram escritas com incrível velocidade e os auxiliares as recolhiam e as organizavam na sequência exata.

A jovem estava ciente das incontáveis acusações de charlatanismo das quais os médiuns responsáveis por esse tipo de trabalho são alvos; o próprio Chico Xavier não escapou delas. Entretanto, os trabalhos de psicografia, assim como qualquer outra atividade desenvolvida nos lugares que visitou, eram prestados de maneira gratuita. As lágrimas de consolo e as palavras de agradecimento constituíam-se no maior pagamento recebido pelos trabalhadores. Nesse quesito, eram todos milionários. Charlatanismo sem ganho financeiro soava-lhe contraditório.

Uma a uma as cartas foram sendo psicografadas. Os trabalhadores organizavam-nas, deixando-as separadas, e Victória contou nove. Então a médium parou. O semblante parecia cansado. Encerrada aquela fase, passou-se à leitura do material. As mensagens seriam entregues àqueles que se identificassem com os respectivos textos, e isso acontecia, via de regra, através do pranto, muitas vezes compulsivo, já na leitura das primeiras linhas.

A médium, fazendo uso de microfone, procedeu à revelação do conteúdo das cartas. Mesmo não falando português, a leitura pausada facilitava a compreensão de Victória.

A primeira mensagem lida era de uma jovem e destinava-se aos pais.

"Mamãe Célia, papai Sidnei. Preocupa-me a situação de

vocês, principalmente de mamãe, que vive dizendo não saber como lidar com tanta dor".

Nesse instante a leitura foi abafada pelo choro agudo de uma mulher de aparência jovial, com pouco mais de quarenta anos. Ela foi imediatamente amparada pelo marido. Ele também chorava, mas de forma silenciosa.

"Foi em razão do estado de vocês que me foi pedido para vir até aqui. Quem me ajudou foi tia Sônia. Ela manda-lhe abraço e diz que está com saudade dos jantares das quartas-feiras. Fui acolhida por pessoas boas, como o primo Alan e outras que não conhecia.

Papai, não culpe o médico pelo meu atendimento. Eu não tinha nenhum sintoma grave quando cheguei ao hospital. Aparentemente meu corpo não dava sinais que justificasse qualquer tipo de alerta. Tudo piorou depois. Não haveria tempo de me salvar. Eu tinha que voltar. Por isso, não se culpe. Não se culpem. Não culpem ninguém. Vocês não demoraram para me levar ao hospital. Parem de dizer isso. Tudo aconteceu como tinha que acontecer. De sua filha que pede colo e carinho, Juliana Marques de Oliveira".

Terminada a leitura, a jovem auxiliar pegou a carta e entregou-a ao casal. A mãe, ainda aos prantos, recebeu as páginas e apertou-a contra o peito, abraçando-a, como se abraçasse a filha. A cena emocionou Victória, aliás, ela se comoveu a cada carta lida.

A médium aguardou um pequeno hiato de tempo e iniciou a divulgação do teor da carta seguinte. Já nas primeiras palavras Victória percebeu que não seria a destinatária, pois fora escrita por uma mulher que se dirigia ao marido.

"Esposo e companheiro Sílvio. Apresento-me com o coração sensibilizado pela oportunidade a mim concedida de estar aqui. Fui recebida por mamãe. Ela está linda. Meu sogro, Aristides, mandou-lhe um beijo e pediu para agradecer por você ter atendido sua última vontade. "Estou orgulhoso" – disse ele.

Lembra de nossas conversas? Estávamos corretos, minha doença foi fruto da prova que eu mesmo escolhi enfrentar nesse mundo. Siga em frente, com fé e perseverança. Muito me enternece o carinho que você dispensa a mim mesmo depois que parti. Adoro as margaridas que sempre me oferece como memória do nosso amor. Você sabe que as margaridas são minhas flores prediletas, não é mesmo? Nem preciso explicar o motivo.

Sílvio, meu amor, não se cobre tanto. Você tem sido um pai maravilhoso e está fazendo o melhor que pode por nossa pequena Marina, a quem não tive a oportunidade de segurar em meus braços, mas hoje embalo-a, acalento-a com a força do meu amor. Estive na nossa casa ao lado de mamãe e emocionei-me quando vi você no quartinho de Marina, sentado com nossa pequenina nos braços, falando sobre mim, de como planejamos sua chegada e do quanto eu dizia que a amava. Obrigado por isso. Amo muito vocês. Sua companheira, esposa e amiga de sempre. Margarida Salles de Albuquerque".

Dessa vez o rapaz que auxiliava a médium foi quem entregou a carta ao marido. Sílvio tinha lágrimas escorrendo pela face. Com os olhos marejados, Victória lançou um sorriso terno em sua direção ao ver que nas mãos ele trazia um pequeno ramalhete de margaridas em homenagem à esposa.

A última leitura emocionou grande parte dos presentes, por isso o intervalo foi um pouquinho maior. Passados os breves minutos, a médium pegou a próxima carta, mas antes de iniciar sua leitura tomou um gole de água e falou algo para a jovem ao seu lado, que fez sinal de concordância com um ligeiro balançar de cabeça. O silêncio só não era absoluto em razão do fungar de narizes, fruto do choro de alguns dos presentes, principalmente daqueles agraciados com a mensagem vinda do plano espiritual e pelo som ritmado dos pingos da chuva fina que lambia o telhado e escorria por toda a sua extensão até precipitar-se sobre os pedriscos brancos que cobriam toda a área externa do Centro Espírita.

Com gestos gentis, a senhora posicionou a carta a sua frente, ajustou o microfone, olhou rapidamente para o texto, depois chamou novamente pelo colega trabalhador que estava a seu lado. Ele sussurrou algo em seu ouvido, colocando a mão em frente à boca, impedindo a leitura labial. Ato contínuo, a senhora entregou-lhe a carta e o microfone. Victória descobriu a razão da rápida conversa assim que o rapaz emitiu as primeiras palavras.

Ela estava cabisbaixa, suas mãos pálidas suavam frio. Os dedos brincavam nervosamente com o anel, rodando-o sem tirá-lo. A ansiedade fazia com que mordesse os lábios levemente, um tique inconsciente, talvez. Então, tão logo os ouvidos captaram a advertência feita pelo trabalhador, informando ao público que o texto da próxima carta fora escrito em espanhol, ela levantou imediatamente a cabeça, fixando os olhos, arregalados, na direção do rapaz.

Tão logo as palavras enfileiravam-se formando frases – o espanhol do interlocutor era impecável, – os olhos de Victória enchiam-se de lágrimas e ela não conseguia impedir que transbordassem em uma torrente incontida. Instintivamente, a moça levou a mão à boca para minimizar o choro, mas a débil tentativa não foi suficiente para conter o fluxo de emoção e os soluços.

Era como lutar contra a força da gravidade. Não se vence uma batalha assim.

O misto de comoção interior, susto, alegria, privou-lhe parcialmente da capacidade de discernimento. Victória praticamente não ouvia o que estava sendo lido. Sabia de quem eram aquelas palavras, mas não conseguia concatenar adequadamente o pensamento e isso dificultava a assimilação das frases que ouvia.

Seu mundo parou... por alguns segundos os sons da sala se tornaram ecos e tudo ao seu redor parecia coberto de névoa.

CAPÍTULO 2

SINAIS

Tempos antes...

Era começo de julho, em pleno inverno, período cujas noites são longas e sem estrelas, os dias curtos, a maioria sombrios, onde o sol surge de forma discreta e em muitos dias limita-se a rápida aparição antes de desaparecer novamente deixando a paisagem cinza.

Com o rosto praticamente colado no vidro do carro, Clara olhava distraída para a imensidão branca que se estendia até onde a vista alcançava. A nevasca da noite anterior cobriu toda a paisagem com um manto de neve. Naquela semana, as temperaturas estavam muito baixas, até mesmo para o padrão de um lugar situado no extremo sul do globo terrestre, às portas da Antártida.

Ao seu lado, no banco de trás do carro, a irmã mais velha, Victória, com os olhos fixos no celular, movia os dedos freneticamente sobre o teclado virtual enquanto trocava mensagens com uma colega de trabalho.

– Algum problema, Vicky? – perguntou o pai, olhando-a através do retrovisor do carro.

Victória mordeu o lábio inferior e prendeu uma mecha de cabelo atrás da orelha antes de responder.

– Coisas do trabalho. Tenho colegas que não conseguem se livrar dos problemas profissionais mesmo nos fins de semana.

– Espero que isso não se transforme em um problema para você também – observou Constanza.

– Não mesmo, mãe.

Aproximava-se das oito horas da manhã e o dia ainda não havia clareado totalmente, uma característica comum nos invernos da região, que chega a ter dezessete horas sem a totalidade da luz do sol, consequência da posição latitudinal tão extrema. Mesmo com a parca iluminação, a paisagem que se descortinava naquele ponto da cidade era deslumbrante. Juan dirigia pela estrada que cortava a reserva natural de Cerro Alarkén, uma região de preservação das florestas nativas, enquanto a esposa, sentada ao seu lado no banco da frente, apontava com o dedo na direção da paisagem a fim de chamar a atenção das filhas para as belezas naturais surgidas durante o trajeto, mas elas não lhe davam a intensidade de atenção que gostaria de receber. Ambas levantavam a cabeça na direção do ponto indicado pela mãe, para voltar às suas próprias prioridades de entretenimento logo em seguida.

À margem da estrada avistava-se a floresta de lengas com seus troncos enrugados. Os galhos estavam completamente desfolhados por conta do inverno e cobertos com grossa camada de neve na parte superior, inclusive nos ramos menores. O bosque fornecia um espetáculo visual à parte. Mesmo assim, árvores tornavam-se coadjuvantes, ofuscadas pela imponência do cume do

Cerro Alarkén, cujas partes mais baixas, na cor cinza-chumbo, contrastavam com os picos brancos da porção mais íngreme, que se destacavam atrás da linha da floresta. Nosso limitado vocabulário não reúne adjetivos adequados para descrever o esplendor da natureza daquela longínqua e remota região, situada literalmente no fim do mundo.

A família havia comprado uma cabana aninhada num vale entre as montanhas, localizada há cerca de vinte e cinco quilômetros da região central de Ushuaia, em meio a bosques e tundras, vigiada a distância por uma cadeia de gigantescas montanhas, parte integrante do último trecho da cordilheira dos andes, uma bem-aventurada propriedade semirrural.

Em determinado ponto a rodovia apresentava uma bifurcação. Clara olhava para o celular da irmã e não percebeu quando o pai deixou a estrada principal e tomou um caminho secundário, não pavimentado. A mudança brusca no terreno foi notada pelas irmãs quando o carro passou por um pequeno aclive e elas saltaram para cima no banco de trás, provocando risos e um sonoro "mais alto" vindo da caçula.

A estrada era estreita e dava sinais de pouca – ou quase nenhuma – movimentação, pois a neve no caminho mantinha-se intacta, bem diferente da rodovia, onde o fluxo contínuo de carros deixava marcas escuras, enlameadas, jogando a neve para as laterais da pista.

O cenário tornou-se mais selvagem e primitivo. Ali as árvores formavam um bosque denso e fechado, uma massa compacta dos dois lados – bloqueava inclusive a luz do sol – de enormes coihues, árvore nativa dos andes, que apesar dos rigores do inverno patagônico mantinha intactas suas pequenas folhas verde-escuras, cujos galhos, fortes, suportavam tranquilamente o peso da neve, característica que a transformou numa das principais espécies mais utilizadas para a fabricação de móveis em toda a região da Terra do Fogo.

– O que é aquilo, papai? – gritou Clara, apontando na direção das árvores.

Juan desviou o olhar rapidamente para o bosque, mas seus olhos não foram rápidos e hábeis suficientes para localizar o motivo do espanto da filha.

– Não consegui ver, Clara.

– Era um pássaro.

– Há vários tipos de pássaros nessas florestas, o mais comum é o pica-pau. Esse tipo de árvore é a preferida dos pica-paus para fazerem seu ninho. No dia em que conheci nossa cabana vi um deles nas árvores próximas. Bastava ficar em silêncio que já era possível escutar um "toc, toc, toc", o som dele bicando o tronco da árvore para construir uma nova casa para receber seu ninho ou buscando ou escondendo alimento.

Clara ouviu em silêncio as explicações do pai, mas sua atenção continuava nas árvores passando rapidamente pelos seus olhos verdes, levemente acinzentados, certamente uma herança genética distante, assim como a pele – que lhe inspirou o nome – e os cabelos loiros, pois Juan e Constanza tinham olhos da cor de açúcar caramelizado, a tez morena e os cabelos pretos, tão escuros quanto é uma noite de céu limpo

Tudo era motivo de diversão para a menina, no auge dos seus nove anos completados há poucos dias. A mãe repetia à exaustão que Clara nasceu com um sorriso no rosto, sendo essa, pelo menos, a primeira visão que teve quando os médicos a colocaram ao seu lado em seus primeiros segundos de vida fora do útero; Victória, por sua vez, franziu a testa – tinha ares de preocupação – quando cruzou o olhar com o pai que acompanhava o parto e viu o rosto da recém-chegada antes mesmo da mãe. E assim as duas continuaram ao longo da vida. Victória foi uma criança, uma adolescente, e, agora, era uma adulta calada, metódica, circunspecta, bem diferente de Clara, sempre alegre, cativante e extrovertida. Juan dizia que a caçula seria uma mulher dominante, com perfil manipulador quando adulta, uma pessoa com alto poder de persuasão para obter aquilo que desejasse. Na verdade, atualmente ela conseguia o que queria, principalmente com o pai.

A estrada e a paisagem ao redor não mudaram por cerca de três quilômetros. Até que, em meio à homogeneidade do cenário, surgiu à direita uma cerca com quatro fios de arame farpado, com aproximadamente duzentos metros de extensão, delimitando a fronteira entre as árvores e a margem da estrada, até terminar em um grande portão de madeira.

As passageiras não teriam percebido a novidade não fosse a redução da velocidade do automóvel, seguida de um empolgado "chegamos". Juan saiu do trajeto e embicou o carro, parando-o com a parte frontal praticamente encostada no portão. Desceu pacientemente e, após enfrentar dificuldade com o cadeado, abriu o portão, escancarando-o para trás. Em seguida voltou sorridente para o carro, ultrapassou a porteira na entrada da propriedade, parou novamente, desceu e fechou o portão.

– Precisaremos colocar um portão eletrônico no futuro – disse ele ao voltar para o interior do carro.

O veículo seguiu por uma trilha tortuosa aberta entre as árvores por mais ou menos duzentos metros, quando uma clareira surgiu à frente, modificando o cenário de forma abrupta. Bem no centro do descampado avistava-se uma rústica cabana de madeira, um ponto marrom-escuro incrustado em meio à vastidão branca criada pela neve, com leves toques de verde, cinza-escuro e marrom, produzidos pelas folhas e troncos das árvores.

Juan precisou descer novamente do carro, dessa vez para a abrir a grande porta da garagem construída na lateral da cabana, item indispensável diante da rudeza do tempo, ainda mais severa em razão da posição geográfica do terreno, aproximadamente quinhentos metros acima do nível do mar.

A família desceu quase simultaneamente do carro. Victória caminhou até a frente da casa e deu uma boa olhada ao redor. Chamou-lhe a atenção os lambrequins ornamentais feitos em madeira que circundavam a construção. Ao lado, uma grande cerejeira deitava alguns de seus galhos nus de folhas sobre o telhado. Na primavera, suas flores enfeitavam o ambiente, inclusive o telhado inclinado, descendo em cascata pelos beirais. O isolamento e o silêncio do lugar eram compensados pela beleza incomum da paisagem. Havia um cheiro forte de pinho no ar. A neve que caía começava a apagar as pegadas deixadas pelo caminho quando desceram.

– Este lugar é lindo! – exclamou Victória, olhando na linha do horizonte, aparentemente focando em nada e tudo ao mesmo tempo, enquanto ajustava o protetor de orelhas e enfiava as mãos nos bolsos do grosso casaco quebra-vento.

– Eu disse a vocês que o lugar era de tirar o fôlego, Vicky – regozijou-se Juan, orgulhoso pela escolha.

– A verdadeira definição do inverno: a beleza na desolação.

– A maioria das pessoas detesta o inverno e seus céus cinzas, chuviscos gelados, neve, a sensação constante de frio. Eu, não! Ao contrário, sou apaixonada por tudo isso, mas principalmente pelas paisagens invernais – complementou Victória.

– Sendo assim, você nasceu no lugar certo. Eu me incluo na lista dos seres humanos normais que odeiam o inverno – falou a mãe.

– De alguma forma o inverno parece mais selvagem. Ainda mais aqui. O lugar é tão remoto que o deixa ainda mais lindo – insistiu Victória.

– Nisso você puxou seu pai.

– Não tem nada de errado nisso. Vejam! – apontou Juan, chamando a atenção para a bucólica paisagem, onde se podia vislumbrar o cume branco da grande montanha situada ao norte da cabana, rodeada por bosques milenares cobertos de neve.

– O que me diz, Constanza? É bonito, não é? Algo novo desde a primeira vez que estivemos aqui?

– Quando conheci o lugar ainda estávamos no verão. Mesmo acostumada com as mudanças de cenários durante as estações, ainda fico impressionada de ver como a paisagem agora é totalmente diferente. O lugar é outro. Ainda acho o cenário de verão mais bonito.

– Gosto mais do inverno pelo clima, mas não consigo definir qual paisagem é mais bonita. São belezas totalmente distintas. Mas numa coisa concordo com você, Constanza: quem vê tudo isso coberto de neve, não reconhece no verão. Realmente parece que estamos em outro lugar.

– Não sei vocês, mas eu prefiro ir para dentro da cabana. Esse frio todo está me doendo os ossos – falou Constanza, dando as costas para o restante da família.

Alheia ao frio, Clara corria de um lado para o outro, explorando os arredores. Em alguns pontos por onde ela andava a neve acumulada atingia seu tornozelo, mas havia lugares nas laterais das trilhas e próximos de algumas árvores que a neve certamente chegaria ao joelho da menina.

– Consigo ouvir o som de água por ali, Vicky – Clara apontou na direção das árvores.

Victória, próxima da irmã, pediu silêncio com o dedo indicador na boca, enquanto colocava a outra mão, em forma de concha, próxima do ouvido.

– É verdade. Dá para ouvir a água correndo e batendo em alguma coisa.

– Há um riacho aqui próximo. A água extremamente fria, vem direto dos bancos de neve situados no topo da montanha. Portanto, muito cuidado ao andar por aqueles lados, meninas. Depois que tivermos nos instalado vamos para dar uma volta, reconhecer o lugar e levo vocês até o riacho, assim saberão onde pisam e, principalmente, onde não deverão pisar. Você nos acompanha, Victória?

– Com certeza, pai.

– Então, vamos tratar de descarregar as coisas e arrumar tudo lá dentro. Precisamos nos abastecer com lenha antes de qualquer coisa.

Logo na entrada da cabana via-se um módulo construído na entrada da casa. O apêndice de madeira e lâminas de vidro resistente é um elemento presente em muitas casas da região. Sua finalidade é impedir que o vento frontal proveniente das geleiras invada a casa a cada vez que a porta principal é aberta. Dessa forma, a porta da frente somente é acionada após o fechamento da porta do módulo intermediário, impedindo que o frio interfira na temperatura interna, via de regra mantida por lareira, aquecedor ou calefação. Um sistema simples, prático e extremamente eficaz.

Victória chegou ao interior da construção, respirou fundo e estudou o ambiente ao seu redor, observando os detalhes do local pela primeira vez. A rusticidade imperava. O chalé havia sido construído todo em madeira, estilo sanduíche, onde o "recheio" era formado por uma placa de zinco prensada entre duas lâminas de madeiras. A placa é um dos elementos mais utilizados para a manutenção da temperatura interna. O piso era de parquete e as telhas metálicas, pintadas, recortadas, com forros internos, seguiam o padrão do restante da cabana. As grandes janelas traziam muita luz ao ambiente interno, deixando-o agradável. Ela olhou atentamente para os móveis e observou que eram de nogueira terracota. Achou-os de muito bom gosto, algo que a mãe tinha de sobra. Certamente a decoração tinha o dedo dela.

– Aconchegante, rústico e tradicional – sentenciou a filha mais velha.

Clara foi a última a entrar. A menina correu direto na direção dos quartos e procurou aquele que seria o seu. O pai havia prometido que também ali ela teria um quarto só para si. Minutos mais tarde, a caçula juntou-se aos demais, aparentemente satisfeita com o que encontrou. Ofegante, sentou-se no grande sofá da sala e ficou respirando rapidamente.

– Você precisa sossegar um pouco – advertiu a mãe.

– Deixe a menina, Constanza. É tudo novidade para ela.

– Clara – disse Victória, voltando-se para a irmã, – descanse um pouco como mamãe pediu e depois pode voltar a andar por aí, como disse papai. Victória usou de diplomacia para equilibrar as falas antagônicas dos pais, evitando que aquilo pudesse virar uma discussão desnecessária.

Constanza deu as costas e perdeu-se na direção dos quartos. À exceção de Clara, os demais perceberam que ela continuava estranhamente circunspecta. Questionada mais tarde por Victória, a mãe preferiu utilizar-se do cansaço e do fato de já conhecer a propriedade para justificar o silêncio. Optou por esse subterfúgio, afinal, nem ela sabia o motivo de não compartilhar da mesma empolgação do restante da família, muito embora tivesse adorado o lugar e incentivado o marido a comprar a cabana.

"Talvez eu esteja pegando um resfriado ou algum mal-estar passageiro" - pensou.

Quase toda a manhã foi preenchida com a organização da cozinha, dos quartos, do abastecimento de lenha suficiente para manter o fogo da lareira aceso durante todo o fim de semana, dentre outros ajustes. Pouco antes do almoço - haviam trazido comida pronta de casa para o primeiro dia -, Clara pediu ao pai para que mostrasse o riacho, conforme prometera. Juan convidou a todos para o passeio, mas Constanza recusou e sugeriu - quase ordenou - para que não se atrasassem para o almoço, ouvindo um sonoro "QSL[1]" do marido.

- Então permaneça em QAP[2] - advertiu Constanza, familiarizada com a linguagem militar do marido, enquanto mostrava o aparelho celular.

Ele preparou sua mochila - seu treinamento militar dizia para sempre carregar alguns itens, mesmo em caminhadas curtas numa região tão inóspita, com clima imprevisível. - Com tudo ajustado os três calçaram botas de couro mais altas, uma proteção mais efetiva para os pés que certamente afundariam na neve. Juan atirou a mochila sobre um ombro e com destreza enfiou os braços ajustando-a nas costas. Segundos depois, pai e filhas embrenharam-se no bosque de lengas e coihues em busca do riacho cujo som era registrado em seus ouvidos.

Juan conhecia relativamente o lugar, por isso guiou as filhas. Eles caminharam lentamente, pois a neve estava muito fofa, enterrando os pés em determinados trechos. Clara era quem tinha maior dificuldade e precisou ser ajudada pelo pai.

---

[1] Linguagem militar, conhecida como "Código Q". Significa "Entendido".

[2] Linguagem militar, cujo significado é "Estou na Escuta". No contexto da frase "Permaneça na Escuta".

Seguiram andando por cerca de vinte minutos até encontrarem uma grande planície descampada – em campo aberto o frio era ainda mais intenso – um verdadeiro cemitério de árvores. Os troncos haviam sido cortados e retirados do lugar, permanecendo no solo apenas cepos estéreis, com cerca de vinte centímetros de altura. Em meio à imensidão de árvores mortas, um ou outro exemplar, de forma bem esparsa, permaneciam intactos, talvez por serem árvores novas, com troncos pouco atraentes para qualquer finalidade.

Nos pontos em que a neve era mais batida, Clara adiantava-se do grupo, corria na frente, fazia bolas e jogava na irmã, que retribuía a brincadeira. Não demorou muito para avistarem o pequeno córrego que não tinha mais do que cinco metros de água à mostra. Na parte central via-se incontáveis pedras – algumas grandes – cobertas de neve no topo. O veio de água límpida que corria também era pequeno, pois a maior parte da extensão do lago, principalmente nas margens, tinha uma fina e transparente camada de gelo por cima. Clara atirou uma pequena pedra, mas ela não quebrou a crosta congelada e deslizou sobre o gelo. Victória tirou algumas fotos com o celular e, em uma delas reuniu, na mesma imagem, a corredeira do rio parcialmente congelada em meio às pedras brancas, a grande montanha ao fundo e uma lenga solitária à direita, verdadeira sobrevivente da devastação que se via por todo o lado.

Os três seguiram sua excursão margeando o córrego, sempre comandados por Juan. Atento a todos os detalhes e sinais do caminho, o militar empunhava um cajado improvisado com um galho, com o qual analisava o lugar, furando a neve, para assegurar-se de que não estavam invadindo a área do rio ou que não houvesse um buraco camuflado pela neve. De qualquer forma, por precaução, pedia para as filhas manterem uma distância segura da margem exposta do rio, pois apesar dos cuidados, não era possível divisar com segurança a linha que delimitava o riacho e o solo, local em que a neve acumulada deveria ter mais de quarenta centímetros, principalmente nos pontos mais próximos da água.

Um pouco mais adiante, os exploradores notaram que o curso d'água afastava-se da planície e seguia por entre as árvores, um "comportamento" comum dos inúmeros riachos que sulcam os vales, impedindo-os de seguir pela margem, agora inacessível. Naquele ponto, a distância, podia-se ver uma rudimentar represa feita com galhos e troncos secos.

– O que é aquilo? – Clara apontou na direção do monte de galhos no meio do rio.

Victória sabia a resposta, mas deixou as explicações para o pai.

– O que você está vendo, Clara, é uma obra de engenharia dos castores. Eles são uma verdadeira praga por aqui.

– Sério? São tão bonitinhos.

– Podem até ser, filha, mas não são da nossa região. Vieram para cá do Canadá, trazidos por algumas pessoas que queriam criar o bicho para comercializar a sua pele. O problema é que o negócio não deu certo porque, por alguma razão, a pele dos animais criados aqui não era de boa qualidade, então simplesmente os abandonaram na natureza.

– Qual o problema disso? – perguntou Clara, intrigada.

– Todo o problema. Aqui eles não têm predadores naturais, por isso estão se multiplicando sem parar, causando muitos prejuízos.

– O ecossistema está sendo muito afetado – complementou Victória.

– Exatamente – concordou Juan. – O governo até tem incentivado a caça dos castores, pagando um pequeno preço por animal abatido, mas mesmo essa medida não teve grande impacto.

– Coitados... – disse Clara, fazendo careta.

– Pode parecer uma crueldade, filha, mas eles estão causando danos, prejudicando outros animais e destruindo as árvores, como você pode ver lá no meio do riacho.

Clara ficou em silêncio. Victória então consultou o relógio do celular e sugeriu que voltassem.

– Dona Constanza ficará brava se nos atrasarmos demais para o almoço.

– Tem razão. Está na hora de voltarmos – concordou Juan, conferindo a hora.

O céu estava cinzento quando iniciaram o trajeto de volta. Não nevava naquele momento, mas o frio seguia intenso, o relógio de pulso de Juan marcava -7ºC. O vento havia parado, mantendo a sensação térmica próxima da temperatura ambiente, um alívio, de certa forma. O trio passou novamente pelo cemitério de árvores, sempre com Clara na dianteira, mas sob os olhos atentos de Juan. Pouco depois já estavam no meio do bosque e neste ponto o pai pediu para que Clara ficasse atrás dele. Depois de alguns minutos de caminhada ele parou, olhou na direção das árvores e disse:

– Esperem um pouco – falou Juan, enquanto um finíssimo fio de suor escorria pela testa.

Sem entender, Victória e Clara interromperam a marcha imediatamente.

– O que foi, pai? – Victória perguntou.

– Shh. Ouçam.

As duas permaneceram em silêncio, mas não compreendiam o que o pai estava querendo mostrar.

– Prestem atenção que vocês ouvirão.

Com movimentos sincronizados, Victória e Clara levaram a mão em concha ao ouvido. Então perceberam o que o pai falava e escutaram o toc, toc, toc.

– Um pica-pau? – Clara foi quem perguntou.

– Por aqui – Juan apontou para uma trilha à sua esquerda, perpendicular ao caminho principal.

Eles começaram a andar silenciosamente, sempre com o pai a frente, até que ele ergueu o braço direito com a mão fechada, um gesto tipicamente militar, mas que as filhas compreenderam como um sinal de pare.

Juan apontou para um tronco caído no chão, passou a mão para retirar a camada de neve acumulada, sentou-se e fez sinal para as filhas sentarem também, mas em silêncio. Retirou da sua mochila um binóculo, olhou através dele, depois entregou para Victória, apontando para onde gostaria que ela o direcionasse. A filha mais velha sorriu, sinalizando que encontrou o pássaro. Depois foi a vez de Clara. O pai auxiliou-a a posicionar o binóculo de forma correta nos olhos, depois moveu sua cabeça, apontando-a na direção correta.

– Um pica-pau! – exclamou a menina, eufórica, ao ver o pássaro preto, com listras brancas que partiam do pescoço até as asas e topete vermelho-escarlate.

– Shh! – fizeram Juan e Victória, simultaneamente.

– Desculpe – sussurrou ela em resposta.

Juan pegou o binóculo novamente e viu que o pássaro, que não estava tão longe, desconfiado, parou de bicar o tronco. Mais uma vez ele levantou a mão direita com a mão fechada, uma ordem silenciosa para as duas permanecerem imóveis. Quando o pica-pau voltou para o seu trabalho, Juan devolveu o binóculo para Clara. A caçula notou que o pássaro, com seu bico poderoso, havia feito dois furos no tronco. No primeiro, o menor, ele se servia de uma larva de coloração esbranquiçada; no segundo, mais ou menos do tamanho de uma bola de tênis, percebia-se a existência de alguns ramos – poucos. – Ali, provavelmente, seria seu ninho.

Juan e Victória permaneceram imóveis observando o encantamento de Clara com as ações do pássaro, até que o pai, após consultar o relógio, interrompeu a campana.

– Vamos, meninas. Estamos muito atrasados e sabemos como sua mãe fica quando espera por muito tempo – Juan limpou o suor do rosto, não sem antes dar uma risada com o absurdo que é suar em temperaturas negativas.

As filhas foram seguindo os passos do pai que caminhou na direção de onde o pica-pau estava. Quando o trio se aproximou do local, onde o incansável pássaro trabalhava, ele alçou voo e pousou em um galho mais alto na árvore ao lado. Temeroso, lá ficou por um tempo, observando os caminhantes, e só retornou à sua árvore e ao trabalho quando percebeu que os visitantes não representavam mais uma ameaça.

O percurso de volta foi mais lento, pois Clara demonstrou sinais de cansaço. A menina avançava em passos lentos e estava ofegante. Atento, Juan percebeu a dificuldade da filha e sugeriu que parassem para descansar um pouco.

– Tudo bem com você, Clara?

– Estou cansada, Vicky – a voz ganhou os ares em tom abaixo do natural.

– Vamos parar um pouco e continuaremos assim que você estiver se sentindo melhor – falou o pai.

Juan esvaziou o conteúdo da mochila, colocou-a no chão e sentou-se com as pernas cruzadas em posição de borboleta. Depois pediu para que Clara se acomodasse sobre suas pernas. A menina atendeu prontamente ao pedido e aninhou-se confortavelmente para descansar, enquanto tomava um pouco de água. Juan aproveitou para verificar com a mão a temperatura da filha, mas tudo estava aparentemente normal.

Victória ficou em pé, olhando as árvores à sua volta com o binóculo, enquanto aguardava o restabelecimento da irmã. Não encontrou na paisagem monocromática nada digno de nota.

Pouco menos de dez minutos depois, Clara disse ao pai que já estava melhor. Ele se ofereceu para carregá-la, mas a menina não quis. Então a caminhada recomeçou. Com energias renovadas, ela caminhava com desenvoltura, como se nada tivesse acontecido.

– Quem me dera ter a capacidade de recarregar as baterias assim tão rapidamente. Dormir algumas horas e acordar com energia cem por cento renovada – comentou Victória ao ver Clara toda serelepe em meio ao bosque nevado.

– É para mim que você diz isso? – falou o pai.

Juan não era mais nenhum garoto, aproximava-se perigosamente da casa dos cinquenta anos, como gostava de dizer. A rotina militar o mantinha em relativa forma para a idade, muito embora o oficialato o tivesse transformado em um burocrata, afastando-o quase totalmente das atividades e exercícios de campo, mas não podia reclamar, pois foi a carreira que decidiu abraçar e a atividade era esperada para o momento em que galgasse postos mais avançados na hierarquia militar.

Quando o trio saiu do interior do bosque e adentrou no perímetro do terreno da cabana, avistaram Constanza, do lado de fora, com os braços cruzados num gesto de protesto não muito sutil. Certamente os aguardava, impaciente.

– Preparem-se – falou Juan, virando-se para as filhas.

– Dona Constanza deve estar nos cascos – sorriu Victória, esperando por uma reprimenda da mãe.

– Onde vocês estavam? Por que demoraram tanto?

– Estávamos explorando o lugar e acabamos perdendo a noção do tempo – justificou Juan.

– Vimos um pica-pau, mãe – atalhou Clara.

– É mesmo? Que ótimo! – respondeu com falsa atenção à novidade contada pela filha.

Tentei ligar para o celular de vocês, mas não consegui. O sinal aqui não é dos melhores.

– Realmente o sinal da operadora aqui não é muito bom – Victória concordou.

– Estava preocupada com vocês e Clara não tem idade para ficar caminhando por aí. Além do frio, esses bosques e a neve escondem muitos perigos.

– Ah, pelo amor de Deus, mãe – Victória revirou os olhos –, não seja tão dramática. Estávamos com papai. Ele é militar e tem treinamento para lugares como esse, lembra?

Juan sorriu e fez sinal com as mãos como quem diz "o que posso fazer?".

– Não importa. Você fala isso porque não é mãe, o dia em que for mãe me dará razão. Vamos, entrem! Venham almoçar!

– Certo, dona Constanza – disse Victória, levantando as mãos ao alto, com as palmas para frente, de forma teatral.

Apesar da aparente impaciência, Victória sabia que a mãe era insuportavelmente superprotetora em tudo que envolvia a irmã caçula. Isso a incomodava, às vezes, numa clara demonstração de ciúme.

Apesar da ligeira discussão, o almoço seguiu tranquilo, mesmo com as reprimendas de Constanza aos demais integrantes da família Gonzalez Fernandez.

Sem se importar com o descontentamento da mãe, Clara sugeriu ao pai que fizessem uma fogueira ao anoitecer para assar *marshmallows*. De canto de olho Juan percebeu a expressão de desaprovação de Constanza. No fundo ela tinha razão, pois se durante o dia as temperaturas já estavam muito baixas, à noite o cenário seria muito pior.

– Não posso prometer nada agora, meu anjo – iniciou o pai, com voz suave e pausada, – vamos aguardar o entardecer, para ver como estará o tempo. Se estiver ventando ou nevando muito forte, creio que não será uma boa ideia ficarmos do lado de fora. Mas caso o tempo permita, vou pensar em alguma maneira de fazermos uma fogueira lá fora, mas protegidos do frio.

– Com base nos meus anos de experiência em dificuldades logísticas femininas, adquiridos com Victória e Clara, enquanto você se especializava na logística naval, gostaria de saber como você pretende fazer isso, Juan.

– Tenho meus truques, todos adquiridos através dos anos de experiência em logística naval – falou com uma calma irritante e um sorriso entre os dentes.

Victória colocou a mão na boca para conter o riso. Sabia que a mãe ficaria possessa caso demonstrasse graça da resposta dada pelo pai, muito embora ela tivesse realmente achado engraçada.

– Oba! – vibrou Clara, abraçando o pai, recebendo a resposta como um "sim", independentemente do que o tempo aprontasse. No fundo ela tinha razão.

– Você não toma jeito, Juan. Está mimando essa menina.

– O que posso fazer, Constanza? Como dizer não para esse rostinho fofo e esses olhos verdes pidões.

Constanza levantou-se da mesa e, com o auxílio de Victória, recolheu os pratos e talheres. Clara desceu do colo do pai e, sem aviso, deitou-se no grande sofá da sala.

– Está tudo bem com você, querida? – perguntou a mãe, sentando-se na beirada do sofá e acariciando os cabelos da filha.

– Estou cansada.

– Mais uma vez, Clara? – perguntou Victória.

– Por que mais uma vez? – Constanza indagou à filha mais velha.

– Tivemos que parar um pouco durante a volta para Clara descansar.

– Quem sabe você não quer dormir um pouco...

Clara aceitou a sugestão e foi até o quarto, acompanhada da mãe.

– A pequena estava realmente cansada, pois já dormiu – falou Constanza quando retornou do quarto da filha, quinze minutos mais tarde.

– Ela acordou mais cedo do que o habitual. Depois teve a viagem e o passeio da manhã. Natural que esteja cansada – observou Victória.

No futuro, por muito tempo ela se recriminaria por não ter percebido a mudança do comportamento da irmã, afinal, Clara parecia ter um tanque inesgotável de energia e não seria uma caminhada que a deixaria fadigada. Além disso, fazia muito tempo, desde que tinha dois anos, que não dormia mais após o almoço. Aquele inofensivo cansaço repentino era o primeiro, e sutil, sinal – tiveram outros naquele fim de semana – de um mal que se espalhava silenciosa e lentamente e que mudaria a vida da família Gonzalez Fernandez para sempre.

Clara dormiu por quase duas horas. O céu estava enfarruscado e a neve caía em flocos dispersos quando a menina acordou. Esfregando os olhos, foi até a porta e percebeu que do lado de fora o pai improvisava um abrigo para cumprir a promessa feita de assar *marshmallows* na fogueira durante a noite.

Juan utilizou-se de alguns itens do kit de sobrevivência que carregava sempre consigo. Ele ergueu uma base com troncos e galhos de árvore, por sobre os quais esticou uma lona com elementos de camuflagem em tons cinza e branco, próprios para uso na neve, amarrando as extremidades em quatro pontos diferentes, deixando aberta somente a parte da frente, que posicionou no sentido contrário ao que normalmente sopra o vento. A parte de trás Juan fechou hermeticamente, impedindo, assim, a passagem do ar, ao menos de forma considerável. Sua ideia era acender uma pequena fogueira justamente na entrada da cabana, pois além de ficar livre do vento, forneceria calor para o interior do abrigo. Para manter o isolamento térmico do chão, deixando-o livre da umidade e do frio, o experiente militar coletou uma espécie de musgo – cortado em grandes placas de formato irregular – muito comum na região. Depois forrou completamente o solo, fechando todos os espaços, deixando-o como um tapete felpudo verde. Sobre a cobertura de musgos, ele espalharia, à noite, uma generosa quantidade de folhas que recolheu e pôs para secar ao lado da lareira construída de pedra, fiel ao padrão de rusticidade da casa.

Constanza num primeiro momento não gostou da ideia, mas assim que o marido explicou sobre a possibilidade de satisfazer o desejo da caçula sem expor a família ao frio, além do necessário, ela abrandou suas críticas, principalmente diante do esforço de Juan. No fim, ela se mostrou favorável ao piquenique noturno.

Clara estava exultante, pois além da fogueira teria uma cabana para completar a aventura de sábado à noite. Era perfeito.

A tarde transcorreu de forma tranquila. Juan coordenou um pequeno ritual com as filhas. Cada uma delas escolheu uma pequena muda de árvore para plantar na área da cabana da família. Para Clara aquilo transformou-se em um grande evento. A menina carregou um pequeno exemplar de faia prateada como se fosse um bebê e acompanhou, tagarelando o tempo inteiro, passo a passo o seu plantio. A menina fez questão de acomodar a planta no buraco aberto pelo pai. Cerca de três metros à direita, foi a vez de Victória depositar na terra uma muda de lenga, três vezes maior que o de Clara.

– Por que a árvore da Vicky é maior que a minha, pai?

– O que você acha? – respondeu Juan, paciente.

– Por que ela é mais velha?

– É justo, não é?

– Talvez seja. Ei, Vicky, agora temos a nossa árvore – falou Clara, orgulhosa, enquanto andava em volta da sua planta.

– Foi uma ótima ideia – Victória voltou-se na direção do pai.

– Aprendi com seu avô. "O que fizemos foi plantar memórias afetuosas. Uma conexão que produz frutos no presente e no futuro" – dizia ele.

– Simbolicamente, perfeito.

– As crianças realmente são um solo fértil, onde ideias plantadas de forma divertida e com encantamento, tem muita força para germinar.

– Quem cuidará da minha árvore quando estivermos na casa da cidade? – perguntou Clara, interrompendo a conversa.

– Sempre que viermos aqui, você terá de tratar muito bem dela: ver se não tem mato crescendo ao redor, colocar água nos dias muito quentes e secos, adubá-la, retirar galhos secos. Assim, ela ficará bem até a nossa próxima visita – falou Juan, abaixando-se para ficar na altura da filha.

– Logo, logo, minha árvore estará do mesmo tamanho que a da Vicky.

– Assim como você, Clara. Logo, logo, estará do meu tamanho.

O assunto "árvore" seguiu durante a tarde. Clara fez dezenas de perguntas ao pai.

Anoiteceu. Não nevava. O céu estava excepcionalmente claro e as estrelas ofertavam um espetáculo brilhante de inverno. Era possível, diante da claridade da lua cheia, pendurada como joia no céu negro, formando um círculo perfeito, vislumbrar o cume nevado do imponente cordão de montanhas ao redor do vale. Juan acendeu a fogueira e todos acomodaram-se no pequeno, mas aconchegante abrigo. A cobertura do solo funcionou perfeitamente. Além disso, o abrigo, devido à lona, retinha em seu interior o calor vindo das chamas. O vento, o único convidado indesejado da noite, serviu aos propósitos de Juan, pois, como soprava na parte de trás da construção, não permitia que a fumaça invadisse o ambiente fechado.

– Impressionante como as estrelas ficam de alguma forma

mais brilhantes nas noites mais frias – observou Victória, o rosto refletindo a luz alaranjada das chamas, enquanto cutucava o fogo com um graveto. Pequenas fagulhas se espalharam e dançaram na escuridão. – Olhar as estrelas é uma sensação de humildade, né? Quando olhamos para elas lembramos como somos minúsculos.

– Não somos nada, embora tenhamos a pretensão de nos usar o rótulo de seres importantes. Quando se está em alto-mar tem-se a mesma sensação. Somos um pontinho de nada flutuando na imensidão do mar – complementou Juan.

Todos ficaram em silêncio diante do último comentário. Observavam o céu pela abertura da cabana, onde as pontas soltas da lona tremulavam devido ao sopro do vento frio que, carregado com a promessa de que aquele inverno seria rigoroso, gemeu por entre as árvores; todos, exceto Clara, cuja atenção estava voltada única e exclusivamente para o saco de *marshmallows* e suas tentativas frustradas para abri-lo.

Constanza abriu o pacote e todos pegaram as varas que Juan produziu usando como matéria-prima galhos secos de árvores. As pontas afiadas facilitavam o processo de espetar a guloseima na ponta.

– Mantenha o *marshmallow* na ponta do fogo até ficar bem tostado e macio – orientou Constanza, pegando na mão de Clara, auxiliando-a a posicionar a vara na distância e altura corretas do fogo.

A atenciosa mãe espetou o quitute na sua vara e mostrou como tostá-lo, lentamente, girando a vara aos poucos. Ela foi seguida por todos. Sob a sombra bruxuleante que a fogueira produzia dentro do abrigo, comeram cerca de três *marshmallows* cada um. A boca e as mãos de Clara ficaram meladas pelo doce, e pretas por conta das cinzas.

Constanza havia preparado sanduíches de queijo, alface, tomate e presunto, que ajeitara em uma cesta de piquenique, acompanhados de algumas frutas, mas o lanche só seria consumido um pouco mais tarde, quando voltassem para a casa, pois, para atender ao desejo da filha, naquela noite, todos comeram primeiro a sobremesa. Nada mais comum num ambiente onde há filhos pequenos ditando as regras para os adultos. Filhos são como água, ocupam todos os espaços. Todos! E é maravilhoso.

Tudo parecia normal na família Gonzalez Fernandez, mas a vida não é divertida todo o tempo, e quase nunca é fácil. A normalidade era apenas aparente. Por trás da prosaica cena de pais e filhos divertindo-se em volta da fogueira, assando *marshmallows*, nada mais estava normal, tudo estava como que à beira de um precipício, mas eles ainda não sabiam disso.

Grandes tormentas costumam anunciar-se por singelos sinais enviados pela brisa.

CAPÍTULO 3

BILBO

Embora tivesse nevado durante praticamente toda a noite, as primeiras horas do amanhecer trouxeram um sol tímido a esgueirar-se por entre as nuvens. Com o passar do tempo, aos poucos, elas abriram espaço, permitindo que a luz dourada e leve fosse derramada por toda a extensão do silencioso vale. A temperatura, entretanto, mantinha-se muito baixa, impedindo o derretimento da neve acumulada.

A casa estava silenciosa quando Victória, sonolenta, levantou-se da cama, enfiou os pés em um chinelo de couro forrado com lã de ovelha e caminhou vagarosamente até a sala com o cuidado de um ninja para não fazer barulho e acordar os demais, dando uma ligeira parada no corredor para olhar-se no espelho. O sol nascente lançava uma sombra tênue sobre a vidraça coberta por uma cortina de linho bege. Ela apertou o cinto do roupão, afastou discretamente a lateral da cortina abrindo uma fresta e enfiou a metade do rosto, quase colando-o ao vidro e deleitou-se com a visão panorâmica da paisagem. O sol levantava-se por entre duas grandes montanhas – ainda com algumas nuvens a atrapalhá-lo – acrescentando um brilho ofuscante ao topo nevado das imponentes e silenciosas sentinelas de pedra que observavam, imóveis, a luz do astro-rei ganhar força e, gradativamente, espalhar-se por entre as árvores e pela planície coberta pelo tapete branco, fofo, da neve trazida pela noite. Em alguns pontos, a luz do sol era refletida pelos minúsculos cristais de gelo, dando a impressão de que o caminho estava coberto de pequenos brilhantes.

A sala – conjugada com a cozinha – iluminada pela claridade solar, ficava mais aconchegante com o fogo que crepitava na lareira, abastecida por Juan para deixar o ambiente agradável no momento em que a família acordasse. O zeloso pai fez isso no fim da madrugada, quando um tapete de névoa espessa deslizava por toda a extensão do vale como uma fina camada de tecido de organza de seda.

Victória avaliou o frio, a temperatura que deveria estar fazendo do lado de fora, e achou aquela uma ótima oportunidade para usar seu casaco de lã batida azul *royal*, com um cachecol amarelo, tons alegres, condizentes com um domingo de sol nas montanhas. Preparou a cafeteira elétrica, ligou-a e foi para o quarto trocar-se, enquanto o café passava. Assim que retornou, serviu-se de generosa xícara de café e ficou sorvendo o líquido, sozinha na cozinha, enquanto folheava uma revista regional, detendo-se na reportagem sobre o efeito do aquecimento global no turismo da Patagônia, no lado argentino e chileno, devido ao aumento da temperatura média, mesmo nas regiões mais austrais.

Vários minutos tranquilos se passaram até que o silêncio se tornou incômodo. Inquieta, Victória decidiu enfrentar o frio e caminhar um pouco. Tão logo colocou o rosto na parte externa, a baixa temperatura eliminou instantaneamente os vestígios de sono deixados pela noite maldormida. Apesar de ter adormecido facilmente, acordou suando frio, o fôlego curto, após sonhos desconexos, sem lógica aparente. Depois, ficou rolando na cama de um lado para o outro. Custou-lhe reencontrar o sono perdido. Desperta, esforçou-se para lembrar do enredo do pesadelo, mas foi em vão, pois as imagens enfraqueceram-se a ponto de se refugiarem em algum escaninho obscuro de seu subconsciente, bem distante da memória imediata. Fora um pesadelo, disso tinha certeza.

Esfregou, então, os braços, e abaixou um pouco o gorro para cobrir inteiramente as orelhas. O céu estava decididamente azul. As nuvens agora não passavam de pontos e manchas brancas – algumas acinzentadas, – formas discretas, figurantes no imenso cenário azul-celeste. Afastou-se um pouco da casa e seguiu na direção oposta da caminhada do dia anterior. A paisagem ao redor brilhava com os raios solares refletidos nos cristais de gelo e o cenário, naquele ponto, era basicamente o mesmo do lugar visitado na manhã anterior. A desolação e a beleza eram hipnotizantes, mas Victória decidiu dar alguns passos adiante, respirando profundamente o ar gelado, a fim de ativar todas as células do corpo, fazendo com que pegassem no tranco. A paz e o silêncio, proporcionados pelo lugar, minimizavam a angústia que discretamente invadia os recônditos mais profundos da sua alma, embora não houvesse motivo aparente para aquele sentimento. "Talvez fosse o pesadelo" – pensou.

Questionando-se sobre o que sentia, admitia que a sua vida e a da família poderia ser considerada boa. Independente profissional e financeiramente, uma família estável, com pequenos problemas como qualquer outra, mas com relativa condição financeira e, mais do que isso, um lugar onde reinava a concórdia, o amor e o respeito, acima de tudo. Poderia dizer que vivia em uma família feliz, mesmo sabendo que a felicidade plena é algo inatingível, e que na vida temos momentos felizes entrelaçando-se a situações tristes. Porém, caso fosse possível representar a relação familiar dos Gonzalez Fernandez através de um gráfico, certamente ver-se-ia infinitamente mais linhas apontando para o alto do que aquelas representando períodos de queda. O que desconhecia é que essa situação estava prestes a mudar, ou melhor, já havia mudado, apenas não entrara no campo de percepção de todos.

Victória sentou-se em um enorme tronco de madeira caído, quase na divisa da propriedade. Aproveitando toda a paz e a tranquilidade proporcionada pelo lugar, ficou admirando o cenário e pensando em tudo e em nada ao mesmo tempo. De súbito, um lampejo brilhante, vindo do interior de sua mente revelou uma frase totalmente inesperada. Ela surgiu com a rapidez de um relâmpago em noite de tempestade: "*você irá para onde te pertence*". Aquelas palavras não tinham significado algum, muito pelo contrário. De alguma forma sabia que elas faziam parte do pesadelo da noite anterior, muito embora desconhecesse o contexto em que foram ditas. Por algum motivo, seu subconsciente, distraído, deixou escapar tal frase de seus domínios. Vencida, sem compreender o significado e o porquê de ter se lembrado dela naquele instante, deu de ombros e esqueceu o tema.

Victória ainda permaneceu sentada, absorta, pensamentos a vaguear sem rumo. Seus olhos assistiam à combinação de cores provocada pela luz solar derramada naquele vale entre as montanhas, até que começou a se dar conta do quanto estava frio e sentiu a parte desprotegida do seu rosto começar a arder levemente. Desapontada, resolveu voltar para o calor aconchegante da casa. Caminhou rapidamente a fim de movimentar a musculatura e produzir um pouco de calor.

Assim que entrou, ouviu vozes vindo da cozinha e dirigiu-se até lá, encontrando pai e a mãe sentados tomando café.

– Booooom dia – Victória esticou a primeira palavra para

frisá-la. – Há muito tempo eu não acordava antes de vocês. Ficaram até mais tarde com Clara ontem?

– Bom dia, filha. Sim, sua irmã demorou algum tempo para "diminuir a rotação" depois da aventura noturna. Mas você tem razão, eu mesma não me lembro da última vez em que acordou primeiro que nós. Não teve uma noite boa?

– Boa, de fato, não é o adjetivo mais adequado para definir a minha noite.

– O que aconteceu? – perguntou o pai, depois de sorver um generoso gole de café.

– Insônia, pesadelos. Os motivos tradicionais de todo mundo. Meu padrão de sono tem ficado cada vez pior ultimamente.

– Algum motivo específico? – insistiu Juan.

– Sem causa aparente. Foi mais uma má noite, apenas isso.

– Já tomou café?

– Estou sem fome, mãe, mas aceito o café.

Victória sentou-se enquanto a mãe a servia.

– Açúcar?

– Já sou doce o bastante.

– Isso é discutível – disse a mãe.

– Clara ainda está dormindo?

– Profundamente – respondeu Constanza.

– Bom, se vocês me derem licença – Juan levantou-se, dando um último gole no café –, preciso ir lá fora desmontar o nosso abrigo de ontem.

– Ficou muito bom, pai. A Clara adorou. E eu também.

– Obrigado, Vicky.

– Assim que terminar aqui vou lá fora ajudá-lo – ofereceu-se.

– Aguardo você lá, então.

A promessa de Victória não chegou a ser cumprida. Minutos depois Clara acordou reclamando de cor de cabeça. A irmã sentou-se com ela no sofá, abraçou-a com a mão esquerda e ficou tocando o dedo em diversos pontos da cabeça, perguntando onde doía.

– Aqui – disse Clara, segurando o indicador de Victória, conduzindo-o até a região central da nuca.

Sem perder tempo, com agilidade, Constanza preparou a dose de um analgésico líquido que Clara tomou fazendo careta no final. Depois disso, Victória colocou um travesseiro para a irmã deitar-se no sofá, mas ela protestou dizendo que deitada a cabeça doía mais. A melhor solução encontrada foi acomodá-la sentada, da maneira mais confortável possível. Victória virou o suporte da TV e ligou-a no canal preferido da irmã, oferecendo uma forma de distração.

Vários minutos tranquilos se passaram e, aos poucos, o analgésico começou a fazer efeito e a dor foi regredindo, algo que poderia ser visto no semblante de Clara.

Quando Juan entrou, pronto para brincar com Victória sobre o descumprimento da promessa de ajudá-lo, percebeu que havia alguma coisa errada ao ver a esposa e a filha ao lado da caçula.

– O que houve? Como está se sentindo, filha? – os cabelos negros em desalinho, a jaqueta e o gorro nas mãos indicavam que ele tinha trabalhado bastante no desmanche do abrigo.

– Estou com dor de cabeça, papai – respondeu Clara, fazendo cara de choro.

– Já tomou remédio?

– Mamãe me deu remédio para tomar, mas ainda está doendo.

– Então, logo você estará melhor – disse ele acariciando seus cabelos.

Constanza levantou-se, preparou um chá de limão com especiarias e todos ficaram na sala, fazendo companhia para Clara.

– O que você gostaria de assistir na TV, filha? – Juan pegou o controle remoto e sentou-se na bancada antiga de carvalho.

– Não sei – o tom de voz natural de Clara era suave, mesmo assim saiu um tom abaixo.

O pai apontou o controle na direção da TV e começou a zapear pelos canais, procurando algo que agradasse a filha. Depois de passar por uma meia dúzia de canais, ele ouviu Clara dizer "aí, aí". O canal exibia o seriado mexicano *El Chavo del Ocho*.

Clara divertia-se com as peripécias do menino órfão que morara em um barril e sua turma. O episódio exibido contava a história do cachorro de estimação da personagem conhecida como a Bruxa do 71, chamado "Satanás". Clara gargalhava de forma efusiva ao ver as crianças da vila assustando-se ao ouvir a "bruxa" procurando pelo cãozinho, dizendo "é você, satanás?" ou "onde está você, satanás?". As risadas da menina contagiaram os demais, e, quando se deram conta, estavam todos assistindo ao programa.

Os minutos escorreram rapidamente e gastaram-se até formar uma hora.

– Como está se sentindo, Clara? – perguntou Victória.

– Estou bem. Não estou sentindo dor. Será que podemos ir lá fora fazer um boneco de neve?

– Clara – Victória levantou-se e Juan sentou-se a seu lado –, talvez não seja uma boa ideia ir lá fora agora. Vamos comer alguma coisa, continuar assistindo TV e esperar mais um pouco. Mais tarde, tão logo você esteja bem, vamos lá fora explorar, como fizemos ontem, ou brincar do que você quiser.

– Mas eu estou bem e lá fora tem mais coisas para fazer.

– Eu sei que lá fora é mais divertido, mas vamos esperar só mais um pouquinho, filha – seu tom era suave e o olhar acolhedor.

– Podemos fazer um boneco de neve?

– Claro que sim. Que tal fazermos um acordo: você aguarda mais um tempinho aqui dentro e mais tarde poderá sair para brincar lá fora e fazer o boneco de neve. O que me diz?

– Posso ajudar com o boneco? – atalhou Victória.

Clara sorriu e balançou a cabeça dizendo que sim, mas logo em seguida fez nova careta, levando a mão até a nuca.

– O que foi? – perguntaram os três em uníssono.

Clara explicou que havia sentido um novo latejar na cabeça, mas já tinha passado.

Por um instante todos ficaram em silêncio, inclusive Clara, que se aquietou no sofá.

– Talvez devamos considerar a hipótese de irmos para casa mais cedo, Juan. – sugeriu Constanza.

– Vamos aguardar mais um pouco, Constanza. Caso a situação não melhore, voltaremos mais cedo.

– Não quero ir para casa agora, mamãe. – redarguiu Clara

– Eu também não, filha. Mas se a dor não passar será melhor. Vamos aguardar até o início da tarde. Se Clara continuar assim, voltaremos. Em casa temos mais recursos e estaremos próximos do hospital – disse Constanza em tom imperativo, virando-se na direção do marido.

Ninguém a contrariou. Juan e Victória balançaram a cabeça sinalizando terem entendido todas as nuances daquelas palavras. No fundo, apesar do inconveniente de interromper o programa de fim de semana, concordavam que um vale distante de tudo definitivamente não era o lugar mais indicado para se estar em caso de urgência médica, embora todos também nutrissem a mesma certeza de que se tratava de algo pontual e passageiro. Até aquele instante, nenhum dos membros da família estabeleceu qualquer ligação entre os episódios ocorridos com Clara nos últimos dois dias: cansaço durante a caminhada, sono excessivo e dor de cabeça.

As horas seguintes transcorreram de forma tranquila. Quase no fim da manhã a dor de cabeça desapareceu completamente e o comportamento de Clara voltou ao normal. A menina andava inquieta e serelepe pela casa, cobrando a todo instante a promessa de ir para fora fazer boneco de neve. Depois de muita insistência obteve a concordância dos pais, vencidos pela filha, dotada da persistência de um beduíno no deserto; além, é claro, da nítida melhora de seu estado. Juan ficou em casa auxiliando a esposa com o almoço e também organizando tudo para o retorno para a cidade no fim da tarde.

Como havia prometido, Victória foi acompanhar a irmã na tarefa – para ela prazerosa – de ajudar na construção do boneco de neve, não sem antes vestirem casaco, gorro, protetor de ouvido e luvas, além de creme para proteger o rosto do frio, apesar de a menina ter protestado quando a mãe condicionou sua saída ao uso do cosmético. Paralelamente, Victória municiou-se de alguns itens que julgava indispensável para a missão, como uma cenoura, um boné de futebol com o símbolo do Boca Juniors – time do coração do pai – um cachecol azul e amarelo e algumas tampinhas de refrigerante.

Na meia hora seguinte as irmãs ocuparam-se de Bilbo, o nome que com que Clara batizou o boneco de neve enquanto o construíam, uma referência a Bilbo Baggins, seu personagem preferido de "O Senhor dos Anéis", da saga criada por J. R. R. Tolkien. A caçula cantava enquanto trabalhava. Ela amava cantar, mesmo que não fosse tão boa nisso.

Depois de juntarem neve suficiente para fazer o grande corpo do boneco – que tinha quase a altura de Victória, – a irmã mais velha colocou o cachecol em volta do que seria o seu pescoço, delineou os olhos e a boca com as tampinhas pretas de refrigerante. Feito isso, ergueu Clara para que a irmã posicionasse a cenoura para criar o nariz, além de colocar o boné, completando o vestuário de Bilbo. Por fim, faltavam os braços, que Victória construiu ao cravar dois galhos secos na lateral do corpo de neve, finalizando a obra.

As irmãs deram três passos para trás e Clara, com uma das mãos no queixo, observou Bilbo atentamente por alguns instantes, analisando se poderia acrescentar algum novo detalhe. Quando finalmente reconheceu que tudo estava perfeito, chamou os pais para conferirem o resultado do trabalho. Clara obrigou-os a fechar os olhos e só permitiu que os abrissem no momento em que estivessem posicionados de frente para Bilbo.

– Uau! Além de bonito é inteligente – exclamou Juan, apontando para o boné.

Constanza riu da brincadeira do marido, concordando,

enquanto aplaudia as filhas pela criação. Em seguida, fizeram uma sessão de fotos com Bilbo, com todas as combinações possíveis, tudo coordenado por Clara. Faltava apenas a foto com toda a família. Juan pegou uma escada com tripé, posicionou o celular em um dos degraus, apoiando-o com pedra, ajustou o temporizador e conseguiu uma foto de toda a família ao lado de Bilbo, um momento que durou segundos, mas que seria emoldurado no coração de todos da família pelo resto da vida, transformando-se em doce e eterna lembrança. Aquela cena, aprisionada no tempo através das lentes da câmera do celular, seria a última foto da família reunida. Até mesmo Bilbo, o simpático boneco de neve, teria um lugar especial na memória afetiva da família, inclusive de Clara. No futuro, bonecos de neve se tornariam um potente gatilho emocional para gerar um estímulo para o sentimento de saudade e para a ativação de lembranças de momentos felizes que um dia envolveram a família.

O restante do domingo prosseguiu normalmente, sem qualquer intercorrência e com muitas brincadeiras. Os episódios de dor cabeça perderam gradativamente a importância, consolidando-se na mente de todos como fatos isolados, apenas mais um problema como muitos pequenos outros que Clara, assim como qualquer outra criança, tem nos primeiros anos de vida, principalmente numa região com o clima tão inóspito e cuja temperatura externa apresenta variações de vinte a trinta graus com relação a ambientes internos, devido à climatização artificial.

O sol começava a se esconder no horizonte, espalhando um manto reluzente no céu. Serpentinas douradas refletiam-se nos cristais de gelo quando a família, em meio a brincadeiras e gargalhadas, deixou o chalé e iniciou o trajeto de volta para casa.

Mais tarde, à noite, depois que Clara e Victória se recolheram para seus quartos, na varanda da confortável casa, com as grandes janelas de vidro fechadas, tendo como vista as águas límpidas e tranquilas da belíssima baía Golondrina, situada na margem norte do Canal de Beagle, com uma cadeia de montanhas e suas coroas de neve ocultas pela escuridão, uma luz suave iluminava o casal Juan e Constanza, sentados em duas confortáveis poltronas estofadas, base em madeira, laterais e o encosto feitos com cordas náuticas, relaxando enquanto traçavam planos para a rotina dos próximos dias.

As semanas seguintes da família Gonzalez Fernandez seriam permeadas pela tranquilidade e pela harmonia, mesmo em meio ao corre-corre imposto pela rotina, uma calmaria temporária que precederia a grande tempestade que se avizinhava no horizonte. A vida pacata que conheciam seria revirada de pernas para o ar diante da pesada turbulência que precisariam enfrentar. Navegariam por um mar revolto de águas escuras e precisariam buscar sozinhos uma tábua de salvação.

CAPÍTULO 4

TREM PARA O FIM DO MUNDO

Os meses passaram e a família Gonzalez Fernandez – assim como a grande maioria das famílias – seguia propósito primário de realizar, da maneira mais eficaz possível, a singela tarefa de tocar a vida adiante sem sobressaltos, de preferência. Nesse período, Constanza foi chamada uma vez na escola porque Clara sentiu-se mal durante a atividade de educação física na quadra de esportes. A menina, com tonturas, foi levada até o banheiro, onde teve um episódio agressivo de vômito.

Quando a mãe chegou na escola, encontrou a filha amuada, sentada na poltrona de uma sala anexa à secretaria. Clara estava pálida, os lábios praticamente sem cor e a região abaixo dos olhos levemente inchadas e avermelhadas. A aparência era muito similar a das pessoas resfriadas.

– Como você está, filha? – perguntou, agachando-se e colocando a mão em sua testa para verificar se estava com febre. A temperatura corporal parecia normal, sem indícios de febre.

– Estou melhor, mamãe. Vamos para casa?

– Vou levar você para casa, não se preocupe.

No caminho de volta, a menina mostrava-se mais alegre e falante, fazendo crer que estavam diante de mais um episódio isolado, sem gravidade. A vida, porém, não se cansa de emitir avisos, e, quando pistas sutis não funcionam, alertas mais contundentes acabam sendo emitidos.

Foi na semana do natal que a dura verdade descortinou-se de maneira ostensiva. Para a família Gonzalez Fernandez a festa de Natal sempre foi considerada um grande acontecimento. Era sem dúvida a maior celebração do ano.

Era um domingo chuvoso, com temperatura bem abaixo do que se esperava para o verão patagônico. Faltavam cinco dias para o Natal. A tarde caminhava para o fim, as "três Marias", um termo cunhado por Juan, com referência aos primeiros nomes das mulheres da família e aqui cabe um breve parêntese: é comum na Argentina os filhos serem batizados com nomes compostos. Igualmente comum um desses nomes ser deixado de lado pelo desuso, mantendo-se vivo apenas nos documentos oficiais e nas situações em que a formalidade exija sua presença. A regra aplicava-se às mulheres Gonzalez Fernandez, Maria Constanza, Maria Victória, e Maria Clara, que abandonaram o uso diário das "Marias".

Fechado o parêntese, voltemos aos acontecimentos: as três lanchavam calmamente na praça de alimentação do *shopping Paseo del Fuego*, sentadas em uma mesa próxima da imensa parede de vidro que proporcionava uma vista espetacular do Canal de *Beagle*, tendo o cinturão de montanhas ao fundo, bem como a cidade que brilhava com os reflexos da chuva e das luzes multicoloridas que compunham a decoração natalina. Repleta de carros e pedestres caminhando apressados, a rua Perito Moreno, onde o *shopping* estava situado, era exemplo da agitação alegre do Natal. A cereja no bolo era uma enorme árvore decorada com milhares de luzinhas verdes, vermelhas, azuis e amarelas.

As três optaram por fazer um lanche rápido. Clara e Victória pediram o tradicional combo com hambúrguer, batatas fritas e refrigerante, enquanto a mãe preferiu empanada vegana, acompanhada de suco *detox*. As filhas fizeram careta no momento em que o pedido foi servido.

– Suco de laranja com cenoura e couve – explicou a mãe.

– Vegetais pulverizados. Liquefizeram legumes crus, colocaram uma fruta no meio para dar gosto e cobraram uma fortuna por isso – disse Victória, sorrindo, enquanto Clara seguia fazendo careta.

– Quando eu era pequena seus avós me ensinavam que não se deve comer com as mãos, em hipótese alguma. E agora estou aqui, no *shopping*, assistindo vocês duas pedir comida que se come com as mãos.

– Delícia! – exclamou Victória, enquanto dava uma generosa mordida em seu hambúrguer, sujando o canto da boca de mostarda.

– Com as mãos ou não, vamos terminar nosso lanche o quanto antes. Ainda temos presentes para comprar e não podemos perder muito tempo. Lembrem-se que ainda falta o presente do seu pai, o mais difícil deles.

– Um brinde a comer com as mãos – Victória levantou o hambúrguer.

– Tudo pelo presente do seu pai.

– Adoro comer com as mãos – disse Clara, enquanto pegava uma batata frita de forma teatral, arrancando risadas.

Todo ano era a mesma dificuldade. Queriam surpreender Juan com algo diferente, original, coisa que ele sempre fazia com maestria. No Natal anterior, presenteou as mulheres com um belíssimo quadro, pintado por um artista local, retratando o céu noturno de Ushuaia, com destaque para três "estrelinhas" azuis, simetricamente alinhadas, emanando um poderoso brilho. Eram Mintaka, Alnilam e Alnitak[3], ou seja, as Três Marias, estrelas muito maiores que o sol, distantes 1.500 anos-luz da Terra e que formam uma linha marcante no interior da constelação de Órion; sem dúvida, é a característica mais reconhecida de Órion, visíveis em todo o mundo, compondo o chamado Cinturão de Órion. O presente, depois da explicação do pai, arrancou lágrimas de Victória.

Depois do lanche, as três mulheres circularam pelo *shopping*, olharam vitrines, entraram, vasculharam, mas não acharam nada que satisfizesse minimamente suas intenções, até que se deram por vencidas e rumaram para uma grande loja de roupas masculinas. Juan ganharia roupa de presente na noite de Natal, mais uma vez! Clara mantinha-se em silêncio, seguia a mãe e a irmã com expressão que oscilava entre o cansaço e o tédio.

As três perambulavam por entre os corredores quando uma taciturna vendedora se apresentou com um sorriso no rosto incompatível com sua postura corporal. Definitivamente, ela não estava contente de estar ali, trabalhando. Talvez fosse a fantasia de elfo que usava, composta por botas pretas, meias listradas de vermelho e branco que cobriam a perna inteira, um vestido estilo cintura-camisa, mangas curtas bufantes, botões decorativos pintados para parecerem bombons de hortelã, cinto de couro falso com fivela de plástico em tom de latão antigo, chapéu de bico curvo, vermelho e verde, decorado com sinos.

– Precisam de ajuda?

"Essa é uma pergunta óbvia e descartável" – pensou Victória, antes de responder com um lacônico "sim".

---

[3] Do árabe: o cinto, a pérola, a corda, respectivamente.

Uma a uma as sessões foram sendo vencidas, até que Constanza avistou uma jaqueta, cor creme, esportiva, perfeita para o inverno. Mostrou a peça para Victória, que a pegou nas mãos, avaliou-a com atenção e concordou com a mãe. O presente de Juan estava escolhido, para alívio de Clara que se sentou em uma poltrona ao lado de Victória que, distraída, lia as mensagens no celular, enquanto a mãe efetuava o pagamento.

Quando Constanza retornou do caixa da loja, Victória levantou-se e colocou o celular no bolso. Clara, entretanto, assim que ficou pé, colocou as mãos no rosto, sentindo-se tonta. A menina desequilibrou-se e caiu. A mãe, que percebera a situação da filha, assim que a viu se levantar, correu em sua direção, mas não chegou a tempo de ampará-la. Tudo o que conseguiu foi pronunciar o nome de Clara enquanto corria em sua direção, num tom de voz que despertou a atenção das pessoas na loja, situação com a qual ela não se importou, pois o momento era incompatível com predicados de boa educação.

Clara respirava com ligeira dificuldade e não tinha forças para levantar-se sozinha. A mãe pegou-a no colo e sentou-se no banco de um provador próximo, enquanto Victória correu na direção do bebedouro para pegar um copo com água.

– O que você está sentindo, filha? Diga para a mamãe!

Clara levou a mão à cabeça e começou a chorar, acusando a presença de dores.

Victória chegou com um copo de água, oferecendo à irmã, que tomou um pequeno gole. Ao seu lado, uma "vendedora-elfo" falava através de uma espécie de rádio comunicador para comunicar-se com o setor de enfermagem do *shopping*.

Não demorou muito para que uma enfermeira chegasse e pedisse para que Constanza levasse a filha até a enfermaria que ficava próxima de onde estavam.

Lá chegando, a menina foi deitada numa maca e rapidamente a profissional começou a examiná-la. A enfermeira fez algumas perguntas e Victória respondeu que estavam fazendo compras há um longo tempo e Clara havia comido há menos de trinta minutos.

– Provavelmente ela só precise descansar, mas sugiro que procurem um médico amanhã —orientou.

Constanza assentiu com um movimento de cabeça de forma autômata, pois estava preocupada com a causa da nova indisposição da filha. Finalmente seu íntimo ligou o sinal de alerta. Algo lhe dizia para seguir o conselho de enfermeira o quanto antes.

Ligeiramente refeita e após tomar analgésico para combater a dor de cabeça, Clara pediu para irem embora, pedido atendido pela mãe.

À noite, após relatarem a Juan o acontecido, ele telefonou para um amigo, Gabriel, médico da base militar em que trabalhava

– "Gostaria de lhe dar uma opinião mais assertiva, mas este é um território incerto - disse ele –, antes de prescrever alguns exames laboratoriais. Juan decidiu que a filha faltaria à escola no dia seguinte para realizá-los.

Juan acordou muito cedo. Todos ainda dormiam quando ele abriu a porta, desceu os degraus da entrada e saiu a caminhar, pensativo. Algo na situação da filha o preocupava. Inicialmente andou em volta da casa, no jardim, depois tomou a direção da rua. Passou pelas velhas árvores e casas, onde tudo parecia estranho em meio à escuridão daquela hora. O céu ainda estava negro e nada se mexia à sua volta. Não havia nenhum carro na rua e o único som que ouvia era o das águas da baía que se moviam pelo embalo suave da corrente. Juan andou lentamente até a margem do canal e sentou-se sobre uma grande pedra, enquanto refletia e esperava pelos primeiros sinais da luz do dia.

A chegada da aurora trouxe a certeza de que teriam um dia ensolarado e de céu azul. Sentiu os primeiros raios solares tocarem seu rosto, ao mesmo tempo em que criavam um efeito similar a uma estrada brilhante nas águas da baía.

Horas mais tarde, Juan, Constanza e a filha rumaram até o laboratório para realização dos exames prescritos pelo amigo Gabriel. Clara não dava o menor sinal de anormalidade, circunstância que tranquilizou temporariamente os preocupados pais, pois Constanza também compartilhava da silenciosa preocupação do marido, embora não a tivesse externado por superstição, com receio de atrair aquela energia negativa. "Tudo aquilo que você pensa, joga para o universo" – era a frase que usava como uma espécie mantra para todas as ocasiões e incertezas da vida.

A coleta foi de sangue para o hemograma e materiais para os demais exames solicitados; ambos ocorreram de forma tranquila. Em pouco mais de uma hora tudo estava pronto. Os resultados, porém, só seriam disponibilizados no dia seguinte, tempo exato para a consulta com o pediatra da família, doutor Rodriguez, agendada para a manhã do dia seguinte. Como tudo ficou para o outro dia, Constanza voltou ao trabalho e Clara ficou aos cuidados do pai.

O dia estava agradável e Clara pediu para passear no *Tren del Fin del Mundo,* algo que ela já havia feito pelo menos cinco vezes, mas nunca se cansava de repetir.

– "Um pouco de extravagância nunca fez mal a ninguém" – pensou Juan.

Algum tempo depois, no momento em que pai e filha compravam ingresso para o *tour* de trem, do outro lado da cidade, antes de chegar ao trabalho, na agência de turismo, na igreja

Nuestra Señora de la Merced, Constanza realizava silenciosas orações e pedidos pela saúde da filha.

Juan sempre achou o passeio no trem a vapor um programa agradável, por isso aceitou sem contestação o pedido de Clara. A locomotiva percorria sete quilômetros do caminho original realizado pelos condenados que cumpriam pena no presídio da cidade há quase um século. Naquela época, os presos precisavam cortar a lenha que seria utilizada para aquecê-los dos rigores do inverno. Sem trabalho não teriam o aquecimento indispensável para a sua sobrevivência. As condições do lugar e do clima eram tão rigorosas que, durante a viagem de trem, os guardas afrouxavam a segurança. Os poucos presos que tentaram fugir não tiveram sucesso na empreitada. Alguns morreram congelados; outros, recapturados após pedirem abrigo nas casas das redondezas.

O passeio era belíssimo. O trem passava pelas encostas do Monte Susana, levando os passageiros por magníficas paisagens, passando pelo rio Pipo, pela cascata Macarena, por florestas multicoloridas, pelo Cemitério das Árvores, onde a tristeza da devastação, incrivelmente criava um belo cenário. Por fim, serpenteava em meio às árvores e braços de rio de uma parte inacessível do deslumbrante Parque Nacional *Tierra del Fuego.*

Clara, como de costume, estava exultante com o passeio e a cada parada, onde todos desciam para apreciar a paisagem mais de perto por alguns minutos, saía correndo para explorar o lugar.

A manhã mostrou-se bastante divertida. Quando reencontrou a mãe, durante o almoço, a menina contou-lhe, entusiasmada, tudo sobre o passeio feito com pai. Constanza ouviu atentamente com um sorriso no rosto, feliz por ver a filha naquele estado de euforia, estado de espírito que perdurou até a noite. Definitivamente foi um dia feliz, pena que a felicidade, muitas vezes, revela-se como um fugaz raio de sol, iluminando nossos dias, antes de se esconder nas sombras frias da realidade.

CAPÍTULO 5

LLA

NO DIA SEGUINTE, JUAN ACORDOU NOVAMENTE ANTES do sol nascer e repetiu o ritual da manhã anterior, saindo a caminhar, reflexivo, pelas ruas desertas do bairro adormecido. De diferente, apenas a sonata de grilos na vegetação próxima da margem da baía *Golondrina*. Depois, retornou para casa e aguardou o despertar do restante da família.

Na hora marcada, Juan, Constanza e Clara encontravam-se na sala de espera do consultório do pediatra. Pouco tempo antes, o casal passou pelo laboratório e retirou os resultados dos exames realizados no dia anterior. Uma passada de olhos rápida pelos papeis foram suficientes para constatar uma alteração na contagem de plaquetas e hemoglobina, muito abaixo do que seria considerado normal para uma criança na idade de Clara, conforme o número de referência disponibilizado no próprio exame. Essa discrepância os deixou preocupados.

Na sala de espera do consultório médico, decorada com temas infantis, um silêncio incômodo pairava no ar enquanto os três aguardavam, pacientemente, o momento de se serem atendidos. Minutos mais tarde, já durante a consulta, Constanza relatou ao médico o episódio na aula de educação física, além da ocorrência mais recente, no *shopping*. O pediatra ouvia a tudo atentamente, sem desviar o olhar da narradora. Então, perguntou sobre eventuais ocorrências de febres, fadiga, cansaço, vômitos, dores de cabeça, sangramentos pelo nariz. Essa pergunta fez os pais lembrarem do ocorrido durante o fim de semana na cabana, além de outras situações que julgavam isoladas.

Depois disso, doutor Rodriguez pediu para ver os exames. Constanza analisou sua fisionomia na tentativa de adivinhar se os papéis eram portadores de más notícias, mas a expressão neutra e concentrada do médico fez seu coração acelerar e uma preocupação sincera tocou fundo em seu íntimo. Quando finalmente chegou à última folha dos exames, ele deteve seu olhar por alguns segundos e em seguida buscou por algo nas páginas anteriores.

Constanza sentiu sua pulsação acelerar de tal maneira que não conseguia ficar quieta na cadeira. Pressentia algo de errado, mas seu cérebro ainda tentava compreender a cena. Apertava freneticamente as mãos uma na outra. Sentia-se incomodada, ansiosa, sem saber ao certo o porquê. Juan, aparentando calma, olhou para a esposa e percebeu toda a sua inquietação, havia preocupação em cada movimento, em cada respiração. Os anos de convívio deram-lhe a sensibilidade para entendê-la perfeitamente, mesmo no vácuo das palavras.

Depois de algum tempo analisando os exames, o pediatra finalmente quebrou o silêncio e, de forma objetiva, sem rodeios, informou aos pais que os sintomas narrados, associados aos exames, davam-lhe fortes indicativos – um eufemismo para "tenho certeza" – de que Clara era portadora de Leucemia Linfoide Aguda ou LLA – o médico fez questão de frisar a abreviatura.

O silêncio que se fez na sala nos segundos seguintes foi ensurdecedor. A notícia pegou os pais de surpresa e golpeou-os com força descomunal. Em seguida, o médico explicou que necessitava, por precaução, realizar outro exame para ter a confirmação definitiva, muito embora estivesse convencido do diagnóstico preliminar. Devido ao baixo índice de hemoglobina e plaquetas no sangue, além da grande presença de blastos.

Constanza não o ouviu direito, depois da pronúncia de "Leucemia", e as palavras do médico ficaram distantes. Instantaneamente sentiu-se insegura, como num prédio em colapso. A insegurança evoluiu rapidamente para pavor, não conseguindo perceber nada além dos batimentos acelerados de seu coração. Era como se os ouvidos estivessem tapados com algo que impedisse a entrada do som. Para Juan, o impacto não foi menos agressivo. LLA: o significado daquela sigla perversa pesava sobre ele como uma sombra densa. Entretanto, num esforço hercúleo, ele tentou recobrar a calma.

Clara, que estava na sala e acompanhava a tudo em silêncio, apesar de não compreender a extensão do diagnóstico, percebia, pela fisionomia dos pais, que alguma coisa de ruim estava acontecendo.

– Estou doente, mamãe? – perguntou ela.

– Sim, filha. O doutor Rodriguez está nos explicando o que está acontecendo com você, mas ficará tudo bem – foi o pai quem respondeu.

– Exatamente, Clara – complementou o médico.

A menina olhou para o médico, depois para os pais, abaixou a cabeça e ficou em silêncio. "Estão mentindo" – pensou.

– Qual o próximo passo? – perguntou Juan. A interrupção da filha fez diminuir seu pavor diante da notícia, o sentimento foi gradativamente substituído pela determinação e pela esperança.

– Bom, além de fazer novo exame para fechar definitivamente o diagnóstico, vou encaminhá-los ao um oncologista pediátrico para que o tratamento possa ser iniciado imediatamente. Esperem um momento, por favor.

Constanza e Juan trocaram olhares enquanto o médico pegou o celular e fez uma ligação:

– Esteban? Tudo bem, amigo?

Depois de ouvir a resposta do outro lado da linha, ele continuou:

– Teria disponibilidade para agendar, o quanto antes, uma consulta para uma paciente minha? Diagnóstico preliminar de LLA.

Mais uma pausa – desta vez maior – para ouvir a resposta e o doutor Rodriguez finalizou:

– Obrigado, amigo. Abraço!

Em seguida, o médico escreveu o nome, número do telefone e endereço do oncologista em uma das folhas do bloco timbrado que estava sobre a sua mesa, informando aos pais que a consulta fora agendada para aquela mesma tarde.

– Muito obrigado, doutor – agradeceu, Juan.

Na sequência, Juan fez sinal com os olhos e com a cabeça para a esposa e ela compreendeu o que o marido pedia. Constanza convidou a filha para ir até a recepção enquanto o pai terminava de conversar com o médico. Ela concordou imediatamente, pois estava entediada de ficar sentada, em silêncio, no consultório.

Após a saída de Clara, o médico explicou para Juan que a situação era grave e que, muito embora o avanço da medicina tivesse aumentado sobremaneira a taxa de sobrevida para aquele tipo específico de leucemia, seria necessária a realização de um tratamento agressivo, com efeitos colaterais indesejados. O câncer e a quimioterapia, infelizmente, surpreendem das piores formas.

– É uma situação terminal? Digo... algo que devamos nos preparar para o pior?

– Falando especificamente de mortalidade, a resposta é não,

ao menos não imediatamente. Espera-se e planeja-se encontrar formas e oportunidades de reduzir o risco de morte. São muitas variáveis. Com todos os avanços nessa área, em geral, o percentual de pessoas que vencem a doença está aumentando e mesmo aquelas que perdem a batalha estão conseguindo viver mais. Então, vamos pensar nisso mais como uma doença crônica em vez de fatal.

Depois disso, calmamente, mas sem perder a objetividade, o médico começou a explicar todas as implicações da doença. Juan ouvia calado, tentava manter-se firme, muito embora sentisse que o chão estivesse abrindo sob os seus pés. Reuniu forças e fez algumas perguntas sobre o tratamento e os sintomas.

No estacionamento do consultório, enquanto Clara, absorta, ouvia música no celular, usando fones de ouvido, um silêncio infeccionado pela angústia caiu sobre o casal após Juan relatar à esposa os detalhes da conversa que manteve em particular com o médico. Clara, desta vez, não captou a preocupação e a gravidade da situação que era discutida em voz baixa – quase um sussurro – pelos pais. Constanza e Juan decidiram que, após a segunda consulta, conversariam com a filha, a fim de explicar o que estava por vir.

Na hora do almoço, em um restaurante no centro da cidade, foi com perplexidade e lágrimas nos olhos que Victória recebeu da mãe a notícia do diagnóstico preliminar de Clara. Seu coração afundou no chão, buscando esconderijo. Seus joelhos tremiam. Recusava-se a acreditar que aquelas "coisas bobas" que a irmã vinha sentindo fosse algo tão grave. Victória até tentou agarrar-se à ideia de que poderia haver um erro no diagnóstico, mas suas esperanças ruíram quando a mãe lhe relatou acerca da convicção com que o experiente médico chegou ao diagnóstico, a ponto de ele mesmo ligar para o colega oncologista para agendar a consulta. A gravidade da situação deixou Victória arrasada.

À tarde, o oncologista, para a infelicidade dos Gonzalez

Fernandez, confirmou o diagnóstico preliminar feito pelo pediatra. Mesmo assim, solicitou a realização de mais alguns exames, dentre eles o mielograma que, dias depois, ratificaram o diagnóstico, com o acréscimo de que a doença estava em um grau muito mais avançado do que o especialista gostaria que estivesse. O adjetivo transformou-se em superlativo e a situação da menina – que aparentava normalidade – migrou de grave para gravíssima.

Naquela mesma noite, a família reuniu-se para explicar para Clara sobre a doença e sobre o tratamento. O lema de ordem passou a ser a união de esforços, de energias e de orações em prol da recuperação da caçula. Iniciava-se a difícil e árdua batalha contra um inimigo invisível, silencioso e implacável.

Bem mais tarde, Constanza e Juan permaneciam deitados na cama, em silêncio, ambos olhando na direção do teto, em meio à escuridão. As incertezas, a angústia e o medo afastaram o sono. Cada um tentava, a seu modo, digerir a notícia.

– O homem faz planos. E Deus ri deles – disse Constanza.

– O Deus que eu acreditava deixou de existir naquele consultório médico – respondeu o marido, irritado.

A madrugada chegou; o sono, não. As revelações do dia haviam subido na cama e ocupavam boa parte do espaço. Apesar de ambos perceberem que o companheiro ao lado não conseguia dormir, optaram por não falar mais nada, ao menos naquele momento de reflexão, enquanto davam vazão aos medos e às esperanças comuns. O ser humano, afeto do conhecido, teme as incertezas, pois causa-lhe insegurança. Não houve, naquela noite, o tradicional desejo de "boa noite", pois soaria falso. Aquela, definitivamente, não era uma noite boa e o casal não conseguiria dormir um minuto sequer. Sobre o criado-mudo o exame de Clara repousava, cruel. Palavras grafadas em um mísero pedaço de papel. Poucas, é verdade, mas com força suficiente para mudar para sempre, de forma definitiva, a vida da família.

CAPÍTULO 6

COTTONLAND

Clara caminhava devagar e olhava para todos os lados tentando identificar onde estava. Sentia-se perdida pois nunca vira aquele lugar antes. Tudo era muito estranho, principalmente porque não sabia como fora parar ali. Olhou para baixo, mas não conseguiu ver seus pés, pois um fino véu de neblina cobria o chão até a altura dos tornozelos. Deu mais alguns passos e o solo pareceu ondular sob seus pés, como se caminhasse sem a influência da força da gravidade. Definitivamente não estava em um local conhecido e aquilo só poderia ser um sonho.

A nebulosidade cobria toda a extensão do terreno à sua volta, ao menos até onde a vista alcançava. Era como se estivesse caminhando por entre nuvens. O ar como um todo dava a impressão de estar mais pesado com a bruma. Na paisagem, conseguia divisar árvores gigantescas – elas não pareciam reais, – em variados tons de verde, elevando-se entre a bruma como imensas guardiãs, além de um céu azul que a mãe certamente chamaria de azul-eternidade.

"Que lugar é este? Onde estão todos?" – perguntava-se.

Sem respostas, andou de forma aleatória, sem direção, até

que avistou, à distância, um grande vale, composto de pastagens e arbustos baixos, cobertos por uma camada fina de neve. E foi para lá que seguiu, em passos incertos, mas decididos. Quando alcançou o vale que se estendia à sua frente, lindo e infinito, cercado ao longe por cadeias de montanhas, Clara seguiu por uma estrada sinuosa em meio ao campo monocromático – em tons de branco – sentindo o vento suave, levemente gelado, acarinhar seu rosto e erguer discretamente seus cabelos. Virou-se e percebeu que a névoa tinha ficado para trás.

A menina abaixou-se, pegou um punhado de neve e sentiu que a textura era bem diferente da que estava acostumada. A sensação era de segurar um chumaço de algodão gelado, mas era neve, disso não tinha dúvida. Batizou-a de "neve de algodão", a analogia foi a única que sua mente infantil conseguiu realizar naquele momento.

A beleza do lugar era abundante e havia um toque de magia no ar que emprestava uma aura de conto de fadas. Mais adiante, a jovem exploradora aproximou-se de um vilarejo formado por construções multicoloridas, como se tivessem saído de um mundo infantil dos desenhos animados, tamanha a variedade de cores, conferindo-lhes um ar moderno e alegre. Logo depois de uma curva leve, seguida de acentuado aclive, notou o ruído suave de água, muito similar ao som do riacho que ouvira quando passeou com o pai e a irmã Victória por entre o bosque nevado próximo da cabana de férias da família.

À medida que avançava, o som de água corrente e das folhas das árvores agitadas pelo vento aumentava. Mais alguns passos e viu surgir à sua frente um rio de águas límpidas, infinitas, ladeado por árvores gigantes cujos galhos dançavam em câmera lenta ao embalo do vento, e, em meio delas, algumas espécies de trepadeiras e barbas-de-velho disputavam espaço nos galhos mais baixos, criando um cenário que mesclava verde-esmeralda, branco e pequenos pontos cinzas.

A vila foi crescendo diante dos seus olhos. A jovem exploradora observava, encantada, a beleza e a aparência feliz do lugar. Clara parou e tentou lembrar de como viera parar ali. Há pouco mais de uma semana os pais contaram-lhe sobre a sua doença e avisaram que o tratamento seria "um pouquinho difícil e chato" – foram os termos que usaram. – Explicaram que, com a concordância do médico, o tratamento teria início somente após o Natal, data que a família comemorou com a mesma alegria dos outros anos, mas, no dia seguinte, foram todos até o hospital da cidade. A mãe avisou-lhe sobre a necessidade de ficar internada por alguns dias para iniciar o tratamento, principalmente as sessões de quimioterapia, pois o médico achava melhor que estivessem no hospital neste primeiro momento da batalha contra a leucemia. O que não sabiam é que haveria muitas estadas como aquela no hospital, todas assustadoras do seu ponto de vista, pelos mais variados motivos.

Recordava-se de ter sentido um frio instantâneo quando, pela primeira vez, deixou a aconchegante sala de espera e atravessou, junto com os pais, a porta de acesso ao interior do hospital, uma espécie de portal para um mundo frio, estéril, com camas e cadeiras desconfortáveis, cheiro metálico e ferroso, iluminação fluorescente que acentuava ainda mais as paredes brancas e frias.

A sala onde realizou sua primeira seção de quimioterapia mostrou-se ainda mais inóspita. Nada ao seu redor, nos móveis ou na decoração, servira-lhe de instrumento de distração ou mostrava-se minimamente aconchegante, muito pelo contrário, a pia de aço, os armários pálidos abarrotados de toalhas de papel, álcool, esparadrapos, soros, seringas e agulhas, deixando-a ainda mais temerosa e apreensiva. Com o tempo, e as incontáveis sessões que teria pela frente, como é natural com qualquer ser humano, ambientar-se-ia à sala e ao procedimento, mesmo quando seus pequenos braços estivessem castigados pelas inúmeras picadas e acessos para aplicação dos medicamentos.

Os efeitos colaterais após a primeira sessão foram terríveis. Ela foi levada ao quarto 49 do hospital, aquele que seria seu habitat por algumas semanas. Entre as brincadeiras que os pais faziam para distraí-la e criar um ambiente agradável, precisavam realizar longas pausas, pois, ao menor esforço, começava a sentir náuseas, muitas vezes seguidas de vômitos, além das queixas de dores de cabeça a ponto de ela mal poder sair da cama em determinados momentos. Um dos aspectos mais cruéis da doença certamente são os efeitos devastadores do tratamento.

Olhando para o lindo e pitoresco vilarejo à sua frente, Clara seguiu puxando pela memória em busca de lembranças relacionadas às últimas horas. Recordava-se da cama de hospital, da noite ter caído e de se sentir muito fraca, mas isso era tudo.

Não se lembrou, por exemplo, de que na noite imediata à sua primeira sessão de quimioterapia, a dor de cabeça voltara com intensidade redobrada, desta vez acompanhada de leve dor no peito. Não se recordava dos olhares atônitos dos pais ao ver a cor do seu rosto esvair-se, empalidecendo gradativamente, e, após a medicação dada pela enfermeira, o corpo entregar-se lentamente e obrigando-se a relaxar, até ficar sonolenta e suas pálpebras penderem-se pesadas, enquanto fazia um último esforço – inútil – para mantê-las abertas. Por fim, mesmo revirando todos os escaninhos da sua mente, não lembrou do momento em que, finalmente, vencida pelos efeitos da medicação e do cansaço acumulado ao longo do difícil dia, sucumbiu ao sono e dormiu profundamente.

Ela foi retirada de seus pensamentos e das tentativas de reconstituir seus últimos passos pelo som de uma família que passeava em meio às árvores e às folhas caídas pelos carreiros onde a "neve de algodão" fora retirada. Estavam em um parque infantil tradicional com balanços, escorregadores, gangorras. O pai pegou o filho no colo, a criança deveria ter três anos, rodou-o no ar e começou a enchê-lo de beijos. O menino dava gostosas gargalhadas, enquanto a mãe os observava com um sorriso no rosto, contagiada pela risada do filho. A cena fez Clara lembrar-se das histórias que o pai contava de quando tinha aquela idade e do quanto adorava quando ele fazia algo parecido. O estranho lugar, de alguma forma, a fazia querer lembrar de coisas relacionadas à sua infância.

Quando tiramos um momento para olhar para as coisas, para as pessoas à nossa volta, perceberemos o quanto estamos cercados de elementos que nos fazem recordar momentos adoráveis, apenas escondidos na memória. Era o que a jovem experimentava diante do cenário daquele mundo até então desconhecido.

O tempo escoou e ela ficou ali, parada. Um minuto? Cinco minutos? Não sabia por quanto tempo ficara observando, anonimamente, a feliz família. Teve vontade de aproximar-se daquelas pessoas e perguntar onde estava, mas, estranhamente, teve medo. Por outro lado, eles sequer notaram a sua presença, por isso resolveu seguir caminhando, aproximando-se ainda mais das casas.

O vilarejo estruturava-se numa espécie de novelo de ruelas, salpicadas por casas geminadas, estilo medieval, construídas em pedras, pintadas de cores variadas e vibrantes, inclusive o telhado em formato retangular, coberto com telhas curvas de terracota, janelas e portas retangulares dispostas na posição vertical. Em todas as construções via-se uma grande quantidade de janelas na parte frontal da casa – em algumas contou sete – além da porta localizada no centro da fachada principal.

As construções seguiam o mesmo padrão, sem grandes

mudanças. Clara caminhava olhando para cima, pois tudo à sua volta era mais alto do que o padrão que estava acostumada. Aliás, na paisagem, pelo que pôde perceber, a vegetação do lugar era ligeiramente maior do que o normal.

A menina estranhou a ausência de outros habitantes do lugar pela rua. Passou por diversas casas, a maioria delas fechadas, mas não vazias. Às vezes apareciam pessoas na porta ou com meio rosto olhando através da janela, algumas em atitude de quem cogitava fazer uma saudação ou uma pergunta, mas ninguém saiu de casa e foi até ela ou perguntou algo, mesmo de longe.

As ruas por onde as casas estavam espalhadas eram extremamente bem cuidadas. O calçamento era feito com pedras cinzas dispostas em perfeita simetria uma com as outras. Em um ponto ou outro, onde havia falhas na "neve de algodão", era possível ver partes de um gramado denso, de um verde lustroso. Percebeu que as ruas tinham nomes de árvores e flores, e que estava na rua Limoeiro. Pela quantidade de postes, era possível imaginar que à noite o lugar era bem iluminado.

A jovem seguiu trilhando pelas ruas e ruelas – Jasmim, Salgueiro, Laranjeira, Bambu, Flor de Pitanga, – depois tomou uma trilha paralela que desembocava em um túnel verde formado por antigos pinheiros, cujos galhos mais altos das árvores, de ambos os lados se entrelaçavam, unindo sua folhagem pontiaguda e bloqueando consideravelmente a luz do sol. Elevou o olhar para a cúpula de ramos. O ar estava mais quente em meio à cobertura verde.

Ela parou para observar a engenharia da natureza, depois voltou a andar, sentindo um cheiro de turfa que subia forte e doce. Foi então que começou a ouvir diferentes gorjeios e trinados de pássaros que a acompanhavam a cada passo dado, como se fossem sentinelas a anunciar a passagem de alguém.

Quando deixou o túnel natural seguiu por uma estradinha

acanhada, com cercas – em alguns pontos – dos dois lados da estrada. Elas pareciam novas, ao menos a pintura – em tons variados de azul – dando a impressão de serem recentes. Para além do cercado, estendiam-se abundantes plantações de algo que não conhecia.

Clara olhou ao redor e não avistou construções naquele ponto da cidade, mas deslumbrou-se com uma floresta nativa, pulsando com vida própria, com muitos pássaros de plumagens variadas que adejavam de árvore em árvore. Próximo dali existia um grande lago de superfície verde exibindo, no reflexo das águas, as nuvens que pareciam se mover lentamente em razão da ilusão de ótica produzida pela ondulação quase imperceptível provocada pela brisa que acariciava a superfície da água.

Há poucos metros dali, havia uma plataforma de madeira que avançava em direção ao centro da lagoa, e, na entrada, uma tabuleta que dizia: *"Laguna Esmeralda"*. O nome era apropriado devido à cor da água que contrastava com o branco da "neve de algodão" ao redor do lago. Ao fundo, avistava-se imponente cinturão de montanhas compridas e disformes com os picos nevados, de onde brotavam as águas límpidas e verdes que formavam a lagoa.

Foi então que Clara atentou-se para um detalhe – muito importante – que não havia notado até então. No fim da plataforma uma jovem, sentada, balançava os pés despretensiosamente no ar, quase tocando as águas do lago.

Ela, então, aproximou-se vagarosamente. Foram setenta e três passos contados mentalmente.

– Olá? – chamou com voz suave e amigável para não assustar a moça que parecia distraída.

– Oi – ela respondeu, virando-se, surpresa. – Quem é você?

– Meu nome é Clara.

– Olá, Clara. O meu é Mayla – disse, levantando-se.

Mayla deveria ter a mesma idade – ou muito próximo – de sua irmã Victória. Era alta, o rosto levemente arredondado, destacando um par de olhos cintilantes de intenso azul que emanavam ponderação e sabedoria, e estavam em perfeita harmonia com o vestido azul-turquesa que usava, cobrindo a pele alva como alabastro ao luar. Seus cabelos caíam em cachos abundantes pelos ombros e eram de um amarelo-queimado, como trigo maduro.

– Nunca tinha visto um lugar tão bonito antes. Onde estou? – indagou Clara.

– Você não sabe onde está? Bem, olhando para você dá para perceber que não é daqui mesmo.

– Sério?

– Na sua testa há uma inscrição dizendo "forasteira".

– É, tem razão, não sou daqui mesmo. Na verdade, nem sei como vim parar neste lugar.

– Você está no reino de *Cottonland*. E realmente tudo aqui é deslumbrante.

– *Cottonland*? Nunca ouvi falar. Onde fica? Será que é perto de Ushuaia, a cidade onde eu moro?

– Já ouvi falar da sua cidade por aqui, mas não sei dizer se é perto ou longe. Estou intrigada com o fato de você não saber como veio parar em nosso reino. Ninguém a trouxe? Onde estão seus pais?

Clara pensou por um instante e respondeu:

– Não sei onde estão meus pais. Tudo o que sei é que estava no hospital e quando acordei me vi neste lugar. Acredito que isto seja um sonho e que, a qualquer momento, irei acordar na cama do hospital.

– Pode ter certeza de que tudo aqui é muito real – Mayla apontou na direção do lago e das árvores, girando os braços num movimento de cento e oitenta graus. Mas, espere! Você disse que estava em um hospital? Então está doente?

– Sim, estou doente. Tenho Leucemia. Descobrimos há pouco tempo.

– Você não me parece doente.

Só então Clara percebeu que as dores de cabeça que a incomodavam há dias tinham desaparecido completamente e não sentia náuseas ou qualquer outro desconforto mesmo tendo caminhado por algum tempo desde que chegou.

– É verdade, Mayla. Também não estou me sentindo cansada. Onde eu moro eu descanso, descanso, e mesmo assim não me sinto descansada. Tudo por causa da doença. Mas aqui eu me sinto muito bem.

– Todos falam que os ares do nosso reino têm efeitos terapêuticos.

Clara sorriu, mas logo em seguida ficou pensativa.

– O que a incomoda?

– Estava andando por aí até encontrar você e, apesar de ter cruzado com algumas pessoas, a maioria agiu como se eu não estivesse ali e os que olharam na minha direção não me dirigiram uma palavra sequer.

– Não se preocupe com isso, Clara. Nosso povo é muito hospitaleiro e acolhedor, mas um bocado desconfiado e arredio. Com o tempo você vai se acostumar com eles e eles com você. Então, perceberá que teve uma primeira impressão equivocada.

– Muitas casas estavam fechadas e havia poucas pessoas nas ruas. Em alguns momentos, parecia que eu estava em uma cidade-fantasma.

– Estamos em um setor pouco movimentado do reino. Acredito que a maioria das pessoas estejam nos campos que circundam a cidade cuidando das plantações ou na área central ou nos arredores do castelo, que são o coração e o centro nervoso de *Cottonland.*

– Castelo? Do tipo com reis e rainhas?

– Sim. Uma rainha, apenas. Minha mãe.

– Então você mora em um castelo?

– Exatamente.

– Se você mora em um castelo e sua mãe é uma rainha, você é... uma princesa?

– Pode-se dizer que sim – Mayla sorriu.

– Eu nunca conheci uma princesa de verdade, nem um castelo.

– Posso mostrar o castelo para você.

– Jura?! – Clara perguntou, exultante.

– Só não pode ser hoje.

– Não? – havia decepção em sua pergunta.

– Não, Clara. Na verdade, as últimas semanas têm sido muito tristes para nossa família.

– Sinto muito, Mayla. Por isso você estava sozinha aqui?

– É meu lugar preferido. Aqui consigo respirar, consigo pensar.

– Posso saber o que aconteceu?

– Meu pai...

– O rei? – Clara interrompeu.

– Sim, o rei. Meu pai... – Mayla fez uma pausa – Ele nos deixou. Fez a passagem.

– Ele estava doente?

– Não, Clara. Em *Cottonland* as pessoas não ficam doentes e não temos hospitais, ao menos não da forma como você conhece. Aqui eles têm outra finalidade, mas não vem ao caso. No nosso reino, depois de um tempo, que é diferente para cada um, as pessoas fazem a passagem e não as vemos mais.

– Em Ushuaia, minha avó também fez a passagem, como você diz.

– Sinto muito.

– Obrigado. Já faz muito tempo, eu não cheguei a conhecê--la, pois isso aconteceu antes de eu nascer. Mamãe conta que ficou muito triste por vários dias.

– Exatamente por isso é que hoje não seria um bom momento para visitar o castelo. Todos estão tristes por lá, inclusive minha mãe.

– Não sei como seria se não visse meu pai nunca mais. Eu ficaria muito triste. Deve ser difícil.

Mayla pensou um pouco, até encontrar as palavras certas.

– Você não imagina o quanto. Eu amo muito meu pai e vou sentir muito a sua falta. Ultimamente ele vinha conversando comigo sobre o assunto e me preparando para a sua passagem, dizendo que estaria próxima.

– É possível saber quando a passagem vai acontecer?

– Não exatamente. Mas, segundo ele, a gente sente quando o momento se aproxima. Muitas pessoas estão dispostas a falar sobre o assunto, mas muito poucas sobre a sua própria passagem. Meu pai era diferente e conversava abertamente comigo. Por isso, de certa forma, eu já estava esperando por tudo isso e também ligeiramente preparada, embora ninguém jamais esteja totalmente pronto para lidar com a partida de alguém tão próximo.

De qualquer forma, apesar da saudade e da tristeza, confio na sabedoria de Deus e no amor que derrama sobre nós. Ele está no comando de todas as situações de nossa vida.

Eu sei que não deveria me sentir dessa forma, pois ao longo da nossa existência fazemos a passagem muitas vezes. Porém, mesmo sabendo de tudo isso, é em nome de toda a tristeza que paira sobre o castelo que uma visita agora não seria muito agradável para você. Mas prometo levá-la outro dia.

– Entendo, Mayla, mas talvez eu não tenha outra oportunidade, afinal, não sei como vim parar aqui, não sei como voltar para casa e nem se visitarei *Cottonland* novamente. É tudo muito confuso.

– Algo me diz que você virá muitas vezes aqui.

Mayla lançou um sorriso enigmático e um olhar terno de alguém que conhece e sabe de muitas coisas, mas Clara não percebeu.

– Não posso responder às suas dúvidas, mas já que está aqui, posso lhe mostrar alguns lugares. Isso se quiser, é claro.

– Eu adoraria conhecer um pouco mais de *Cottonland*. Na verdade, se pudesse, eu queria poder desacelerar o tempo e atrasar a hora de voltar para casa.

Clara tinha a nítida sensação, mesmo não sabendo explicá-la, de que iria embora a qualquer momento. Por isso, quanto mais tempo passava no reino de *Cottonland*, ao lado de Mayla, maior era a vontade ficar, estender ainda mais o tempo que restava, como bala de caramelo. Aquele reino diferente despertava-lhe o desejo de conhecê-lo um pouco melhor, de explorá-lo, pois tudo era tão estranho e tão familiar ao mesmo tempo.

– Não consigo desacelerar o tempo, mas posso ajudá-la a aproveitar ao máximo enquanto estiver aqui, seja o tempo que for.

Clara ficou feliz com a proposta da sua anfitriã. Estranhamente, não se sentia tão mal quanto seria de se imaginar de alguém que, sem explicações, fora levada para um lugar desconhecido.

As duas deixaram a passarela de madeira e Mayla guiou Clara por um caminho sinuoso existente entre as grandes árvores de folhagem densa no lado oposto do lago. Depois de alguns minutos de caminhada, penetraram ainda mais na floresta, serpenteando por trilhas estreitas morro acima, numa subida bem acentuada. Em alguns pontos, Clara precisou apoiar-se em pequenos troncos ou nos galhos das árvores mais jovens para acompanhar Mayla que, percebendo sua dificuldade, parava para oferecer-lhe ajuda.

Foram cerca de quinze minutos de caminhada pelo terreno íngreme até aportarem em uma região plana, na verdade uma vasta planície com vegetação baixa, formada principalmente por pradarias que acolhiam, de forma espaçada, algumas árvores de grande porte.

– Quer descansar um pouco? – perguntou Mayla.

– Não precisa. Estou bem.

– Então vamos por aqui – apontou para o seu lado esquerdo.

A vegetação sob seus pés era curta e macia e Clara seguia ao lado de Mayla, encantada com o cenário ao seu redor. Naquela parte do relevo não havia "neve de algodão" e o céu parecia mais azul do que antes.

– Só mais um pouco e chegaremos – Mayla falou.

Seguiram pela trilha que se estendia plana à frente, para alívio da pequena visitante. Em pouco tempo cobriram grande extensão dos campos de relva suave, salpicado com pés de lavanda, dispostos de forma aleatória pelo terreno. Depois depararam-se com um grande rochedo coberto de grama e contornaram-no, até que surgiu uma nova floresta fechada, onde o sol era um ser que penetrava no ambiente de forma tímida, dando a impressão de que havia anoitecido.

– Não tenha medo – incentivou Mayla.

– Não estou com medo. Estou achando tudo muito bonito.

Após saírem da faixa de árvores, o caminho ficou mais acidentado, tornando a marcha mais lenta, até que se depararam com nova subida, dessa vez mais leve que a anterior.

As duas subiram na direção da crista ensolarada de outra comprida ladeira.

– Veja – Mayla apontou para a frente assim que chegaram ao topo da colina. A vista abarcava extensa região e é possível ter a visão de todo o reino.

Do alto do observatório natural, Clara olhou na direção em que a amiga apontou e pôde ter uma noção exata das dimensões de *Cottonland*. Era como se estivesse consultando um gigantesco mapa onde os caminhos ora apareciam, ora desapareciam. À esquerda, riachos murmurantes serpenteavam por entre a floresta e caíam em forma de abundantes cachoeiras; à direita, montanhas com os picos cobertos de "neve de algodão", contrastando com o aglomerado de telhados multicoloridos das casas do reino, situadas mais ao centro, onde a densidade de construções era nitidamente maior que nas outras áreas.

– Que região é aquela? – Clara apontou na direção do que, à distância, poderia ser descrita como grandes áreas quadradas de cores verde, nos mais diversos tons, bege, vermelho e amarelo.

– São plantações de hortaliças, pomares, flores, cereais, além dos trigais, que ocupam toda aquela região – Mayla indicou a direção de uma grande área destacada das demais, acrescentando a informação de que o trigo estava maduro nessa época do ano.

– Daqui de cima parece um tabuleiro de xadrez colorido.

– É uma boa comparação.

Maravilhada com tudo o que seus olhos registravam, Clara, que adorava livros que traziam em seu enredo mundos fantásticos, castelos medievais, príncipes, princesas, fazia analogia do lugar como *Wonderland*, de "Alice no País das Maravilhas"; Terra Média, de "Senhor dos Anéis" ou Oz, de "O Mágico de Oz".

– Está vendo lá? – Mayla chamou a atenção para uma área mais afastada, encravada em um bosque no ponto mais alto de uma cadeia de pequenas colinas.

Clara seguiu a indicação da amiga e divisou uma construção com características facilmente reconhecíveis de um castelo medieval. Erguido em pedra, com muros altos, torres, janelas pequenas, protegido em todas as direções por um fosso e cujo acesso dava-se por uma ponte levadiça. Uma obra imponente, mesmo vista de longe.

– Mesmo daqui de cima ele parece muito bonito.

– Tenho que concordar com você.

– Como é ser uma princesa e morar em um castelo?

Mayla pensou, pois ninguém havia lhe feito essa pergunta antes.

– Solitária – foi a primeira palavra que lhe veio à mente.

Clara ficou intrigada com a resposta e comentou:

– Pensei que fosse como em um conto de fadas.

– Antes fosse. A vida pode ser bastante solitária quando se pertence à família real. A posição de meus pais afasta as pessoas e cria um muro muito mais alto do que as paredes do castelo.

– Você não tem amigos?

Mayla deu a impressão de refletir por algum tempo, com a cabeça baixa e os olhos postos no chão, até que respondeu, finalmente:

– Apesar de ter sempre muita gente ao nosso redor, e é por isso que eu venho para cá quando quero pensar, não tenho muitos amigos de verdade. Eu diria que tenho bastante conhecidos agradáveis. Pessoas com quem mantenho conversas legais por algum tempo, mas não tenho proximidade suficiente para falar de coisas mais íntimas.

– Posso ser sua amiga? Talvez você não se sinta assim tão solitária – disse a visitante, com satisfação.

– Eu adoraria, Clara.

Clara gostou da ideia de tornar-se amiga de uma princesa. Entretanto, a euforia inicial deu lugar ao silêncio e ela baixou a cabeça, taciturna, lançando um olhar triste na direção do chão.

– Um doce pelos seus pensamentos...

A jovem forasteira ficou em silêncio por um momento, na tentativa ignorar a realidade perturbadora que se formava em sua mente.

– Talvez, na verdade, eu não seja uma boa amiga, porque não sei como será quando eu voltar para casa. Nem sei se vou conseguir voltar para *Cottonland*. No fim das contas você continuará sem amigos.

– Mesmo não conhecendo o lugar de onde você veio, e como fez para chegar até aqui, meu sexto sentido me diz que nós nos veremos mais vezes – Mayla lançou um sorriso terno após a frase. Clara retribuiu.

O tempo passou rápido e pareceu muito mais breve que o

normal enquanto as duas novas amigas sentaram-se e ficaram contando histórias e detalhes sobre suas vidas e seus respectivos mundos.

Com o escoar das horas, do ponto mais alto do relevo, Mayla e Clara tiveram a oportunidade de testemunhar – principalmente Clara – o indescritível espetáculo do entardecer proporcionado pela natureza. A visitante nunca tinha visto nada igual. Sua pobre e infantil linguagem humana não dispunha de recursos para descrevê-lo. A luz do fim do dia esparramava-se por todo o reino, tingindo-o com camadas de cores alternando-se entre roxo brilhante, lavanda, e um vermelho vivo, realçando ainda mais os pontos em que a "neve de algodão" dominava a paisagem com sua brancura suave.

Depois de alguns minutos o céu começou a escurecer lentamente.

– É hora de descermos. Logo vai ficar tudo escuro – sugeriu Mayla, após alguns instantes, permitindo que a nova amiga aproveitasse ao máximo seu momento de contemplação.

– Tudo bem, Mayla.

– Então me siga, Clara, desceremos por um atalho – Mayla levantou-se e, num gesto amigável, pegou na mão da visitante, auxiliando-a a erguer-se.

Tendo a princesa como guia, as duas desceram correndo a colina. A descida era longa, mas não muito íngreme, como foi na subida. No meio do caminho pararam para retomar o fôlego por alguns segundos.

– Tudo bem com você, Clara?

– Tudo ótimo. Espero que esteja tudo bem com você também – a menina mal terminou a frase e saiu correndo colina abaixo, abrindo vantagem sobre Mayla.

Quando chegaram na base da colina as duas inclinaram-se para frente e, sorrindo, apoiaram as mãos sobre os joelhos para recobrar o fôlego.

– Você trapaceou – sorriu Mayla.

– Só um pouquinho – Clara fez sinal com a mão direita, aproximando os dedos polegar e indicador.

– Venha por aqui – Mayla apontou na direção de uma trilha.

Antes de embrenhar-se pelo caminho indicado pela anfitriã, Clara olhou para a encosta da colina, banhada pelo sol da tarde, que iniciava sua trajetória de descida no céu. Não precisou de muitos passos para constatar que o fim da tarde, em meio à floresta fechada, já não era mais tão acolhedor quanto antes. A luz pálida que penetrava entre as folhas das grandes árvores não era suficiente para iluminar o caminho de forma satisfatória, muito embora os raios solares que restavam banhassem a copa das árvores.

Clara caminhou mais devagar, mas estava muito excitada com aquele misterioso reino para dar atenção até mesmo aos próprios medos.

– Já estamos saindo da trilha – falou Mayla, após perceber a desconfiança da pequena companheira.

Mais alguns minutos de caminhada e as duas chegaram à margem da floresta e, quando deixaram a sombra da mata para trás, abriu-se à frente uma estrada de terra vincada de sulcos de onde, à esquerda, via-se um antigo casarão de aparência nostálgica, graças aos elementos *vintage* de sua arquitetura. Um portal insculpido em madeira sobre o portão de entrada da propriedade dava boas-vindas à fazenda Espírito da Floresta.

Clara parou bem em frente ao portal e apoiou-se no grande portão de madeira.

– Você está bem? – perguntou Mayla.

– Não sei. De repente comecei a ficar cansada.

– Vamos nos sentar um pouco. Talvez seja cansaço por termos descido a colina correndo.

– Não quero parar. Já está ficando tarde e eu não tenho para onde ir quando escurecer. Não sei como voltar para casa. Estou ficando com medo. Não conheço este lugar. Onde estão meus pais, minha irmã?

– Não se preocupe com isso. Você está comigo, lembra? Nada de mau vai lhe acontecer enquanto estiver aqui, acredite.

– Onde vou ficar durante à noite?

– Eu cuido disso, Clara.

– Mas você disse que não poderia me levar para o castelo hoje.

– Não se preocupe com o que eu disse, apenas preste atenção no que estou dizendo agora: você precisa descansar um pouco – Mayla mantinha a calma, trocando olhares significativos com a jovem amiga.

Clara sentou-se e imediatamente sentiu a visão ficar turva e as forças fugirem do corpo rapidamente. Mayla postou-se ao seu lado e pediu para que apoiasse a cabeça em seu tronco. A menina obedeceu sem discutir, pois, sentia-se fraca demais.

Àquela altura o sol começava a afundar nas colinas mais altas e o céu pálido deixava os morros ainda mais escuros. Quanto mais o tempo passava, Clara mostrava-se ainda mais cansada e sonolenta.

– Estou me sentindo tonta, tudo está girando ao meu redor.

Essas foram suas últimas palavras. A menina sentiu como se estivesse flutuando em uma escuridão profunda, sem nenhum ponto de referência. Ela sentiu seu corpo cair sugado por uma espécie de buraco negro, até que a escuridão se apossou dos seus olhos e a consciência abandonou-a.

*

Clara abriu os olhos lentamente. A escuridão dos olhos fechados deu lugar a uma luminosidade que a fez cobri-los com as mãos rapidamente; era a mesma sensação de acordar de cara para o Sol, quando a luz e o calor são tão intensos que faz perder o fôlego. Em nova tentativa, piscou repetidas vezes. Demorou alguns segundos para acostumar-se com a iluminação. Confusa e ligeiramente desorientada, sem movimentar a cabeça, analisou somente aquilo que estava no seu campo de visão, mas foi possível ter as primeiras noções do lugar em que se encontrava. Enxergava apenas parte das paredes de um quarto inteiramente branco. Um par de minutos se passaram e ela apertou os olhos à luz e com algum esforço moveu levemente a cabeça à direita e só então, após olhar para os apetrechos ao lado da cama, confirmou sua desconfiança de que estava de volta ao quarto de hospital e tudo parecia exatamente como antes. *Cottonland* não passara de um sonho.

Seu semblante era de decepção e tristeza. A experiência foi tão especial que chegou a acreditar ter realmente saído do quarto do hospital. Subitamente sentiu saudade de Mayla, pois tinha receio de nunca mais vê-la.

A luminosidade entrava pelas frestas da persiana e pela moldura da janela, dando conta de que o Sol estava alto. A imagem de *Cottonland* surgiu-lhe à mente novamente. Estava feliz com a nova e breve amizade que fizera. Além disso, naquele lugar, seu corpo parecia estar perfeitamente bem, sem dores, sem enjoos, como se não estivesse doente.

– Bom dia, filha. Dormiu bem?

Clara virou a cabeça para sua esquerda e viu a figura da mãe.

– Bom dia, mamãe. Sim, dormi maravilhosamente bem.

A afirmação não poderia ser considerada uma mentira, afinal a experiência que teve durante o sono foi realmente maravilhosa, mesmo assim, estava preocupada. Sempre que sonhava, as imagens desapareciam lentamente ao longo do dia, até não sobrar nada para lembrar, mas desta vez não queria que as lembranças de *Cottonland* e de Mayla se dissipassem para sempre de sua mente, por isso foi tomada por uma urgência incontida de falar a respeito.

– Mamãe – iniciou ela, – tive um sonho muito real. Na verdade até achei que fosse de verdade.

– E sonhou com o quê?

– Estava aqui no hospital e do nada me vi num mundo totalmente diferente do nosso, com lindas paisagens, diferentes construções.

– É mesmo? – Constanza não demonstrou muito interesse após ouvir o relato inicial da filha.

– Sim. E fiz uma amiga no sonho.

– Sério? – falou Constanza, enquanto olhava para uma mensagem que acabava de chegar no celular.

– E lá eu não estava doente.

– Querida – a mãe segurou em sua mão, – você não deve se deixar impressionar e nem se empolgar com sonhos. Sei que para você tudo pareceu muito real, mas tudo isso deve-se ao fato de você estar aqui, no hospital, e desejar ficar boa o quanto antes para voltarmos para casa. Eu sei que aqui não é o melhor lugar para se estar, mas em breve estaremos em casa. Essa primeira parte do tratamento precisa ser feita aqui. Serão só alguns dias. Eu prometo.

Clara estava pronta para dizer que, por mais estranho que parecesse, ela lembrava do cheiro das flores, da textura da "neve de algodão", do toque do vento, da tentativa da luz do sol de esquivar-se por entre os galhos das árvores gigantes, mas retraiu-se diante da nítida falta de interesse da mãe sobre sua experiência em *Cottonland.* Assim, reuniu toda a boa vontade que lhe restava e limitou-se a pronunciar, de forma hesitante, um singelo "tudo bem, mamãe".

Nisso o telefone celular de Constanza tocou, era Victória.

– Vicky quer falar com você – falou, esticando o braço e entregando o telefone.

– Oi, Vicky.

– Como você está, Clara?

– Tudo bem.

– Daqui a pouco estarei aí. Hoje você terá de me aguentar, pois ficarei com você o dia inteiro.

– Sério? – Clara sorriu. Gostava da companhia da irmã. – Mas e o seu trabalho?

– Não se preocupe com ele. Consegui uma dispensa. Pode passar o telefone para mamãe novamente?

– Ela quer falar com a senhora.

– "Talvez Vicky acredite e queira ouvir sobre *Cottonland.*" – pensou.

A fisionomia da menina era novamente de contentamento.

CAPÍTULO 7

DIFICULDADES

O RELÓGIO NO CORREDOR DO HOSPITAL INDICAVA QUE passavam dezessete minutos das oito horas da manhã quando Victória entrou no quarto e encontrou a irmã de pé sobre a poltrona, com o rosto praticamente colado ao vidro da janela do quarto, observando o movimento do lado de fora.

Clara estava ali há algum tempo e presenciou quando o céu cinzento se tornou escuro, carregado e súbitas rajadas de vento que levaram as folhas das árvores pelos ares e as nuvens de chuva começaram a se reunir ao redor. Percebeu quando o vento foi diminuindo até parar no exato instante em que as primeiras gotas de chuva tamborilaram no vidro e, segundos depois, martelaram forte, como se estivessem tentando entrar.

O vento estava afiado e forçava a chuva a um ângulo quase horizontal. O manto de água envolveu tudo ao seu redor com uma névoa prateada. O clima do lado de fora combinava perfeitamente com a decepção que sentia em razão da mãe ter ignorado a sua tentativa de falar sobre *Cottonland*.

– O tempo lá fora está horrível – disse Victória ao entrar no quarto. – Bom dia, mãe. Bom dia, Clara.

– Bom dia, Vicky – respondeu a irmã, sem tirar os olhos da janela.

– Como está se sentindo hoje?

– Melhor. O tempo demora a passar aqui – a voz saiu baixinha.

– Aproveitarei que Victória chegou e vou até a agência cuidar de algumas coisas. Vejo você amanhã, filha, pois hoje à noite seu pai ficará aqui. – falou Constanza, beijando-a na testa.

– Certo, mamãe. Até amanhã.

– E você – Constanza falou na direção de Victória, – qualquer dificuldade me ligue que virei imediatamente.

– Vai ficar tudo bem, mãe. Não se preocupe – Victória lançou uma piscadela nem um pouco discreta na direção da irmã.

As duas permaneceram paradas, em silêncio, observando a mãe deixar o quarto e fechar a porta. Depois disso, Clara voltou-se para seu observatório e o olhar concentrou-se novamente na paisagem do lado de fora.

Victória percebeu que algo incomodava a irmã, mas pensou o óbvio: ela deveria estar entediada por ficar trancafiada num quarto de hospital. Então, resolveu não a incomodar.

Os minutos escoaram e Clara não fez menção de sair da janela, continuando a lançar um olhar perdido através da vidraça, até que uma náusea repentina a obrigou a deixar seu posto de observação. Ela pediu a ajuda da irmã para deitar-se um pouco. Victória colocou-a na cama e apertou o botão para inclinar a cabeceira, deixando-a mais confortável, mas sua ação não conseguiu evitar o episódio de vômito que se seguiu minutos depois.

Depois de medicada pela enfermeira, chamada por Victória, Clara relaxou e adormeceu, descansando relativamente em paz, apenas com uma respiração mais pesada que o normal. Então uma música de ninar suave invadiu o quarto, para a surpresa da irmã mais velha.

– O que é isso? – perguntou à enfermeira.

– Um bebê acabou de nascer.

Victória ficou ainda mais surpresa com a resposta e pediu mais explicações. A enfermeira relatou que era tradição do hospital tocar uma música de ninar sempre que uma criança nascia.

– Para os quartos dos pacientes também?

– Todas as alas, inclusive UTI, centro-cirúrgico, lanchonete e, respondendo à sua pergunta, para os quartos também. A música é tocada em todos os nascimentos, sem exceção.

– Qual a intenção? Não que eu esteja reclamando – explicou-se.

– Se você sair por aí agora verá que todas as pessoas do prédio fizeram uma pequena pausa para ouvir a música, ainda que por alguns segundos. Por uma fração minúscula de tempo, conversas foram interrompidas e deram lugar a sorrisos sutis. Hospitais costumam ser sinônimo de sofrimento, ansiedade, angústia, medo, até mesmo para os profissionais, sugados por procedimentos técnicos e esmagados pelo sofrimento dos pacientes.

– Não tinha pensado nisso.

– A música é um pequeno lembrete de aqui também é um lugar de vida, vida que pode ressurgir a cada instante, trazendo fragmentos de otimismo e esperança, um estímulo positivo para ir em frente.

– Genial! – exclamou Victória, despedindo-se da enfermeira e voltando-se para Clara, de quem se esquecera durante a música.

A manhã, porém, ainda reservaria mais alguns momentos de extremo desconforto para a jovem paciente, pois a nova sessão de quimioterapia realizada algumas horas depois causou-lhe efeitos colaterais ainda mais ferozes, maltratando o já debilitado organismo.

Por mais que lhe doesse a alma ver a irmã, de aparência indefesa, sofrendo, – "é como uma faca no coração", dizia a mãe sobre a impotência diante de momentos assim, – Victória tentava, à custa de muito esforço, manter a calma e mostrar-se alegre e otimista, desfilando um certo sentimento de normalidade, ainda que estivessem num quarto de hospital, mas quem a olhasse com mais atenção, perceberia o olhar indefeso e o semblante beirando o desespero, desmentindo a aparência tranquila. Seu objetivo com essa atitude era não se transformar em instrumento de angústia e preocupação para a irmã. Estava lá para ajudá-la e tornar sua estada mais agradável.

Foi depois de uma refeição frugal ao meio-dia e de alguns minutos de repouso que a menina começou a sentir-se melhor e pôde ficar sentada na cama, muito embora a montanha-russa promovida por seu organismo alternava momentos bons que desaguavam em momentos de dor de cabeça, náusea e até febre.

Clara iniciava um processo com o qual precisaria adaptar-se durante o tratamento, ou seja, a mescla de dias bons com vários dias não tão bons, ao menos na fase inicial do tratamento.

– Como está se sentindo? Conseguiu descansar um pouco no último cochilo?

– Um pouco – havia um leve tremor em sua voz e Victória percebeu a presença do medo por trás da resposta curta da irmã.

Clara estava assustada com o que estava acontecendo com o seu organismo e somente agora compreendia a real extensão da frase “um pouquinho difícil e chato” usada pelos pais quando da conversa sobre a doença e o tratamento. Enfrentava dificuldade para lidar com o desconhecido – toda a família, na verdade. – Não tinha consciência do quão dolorosa e infeliz poderia ser “a coisa” – uma das formas que ela utilizava para se referir à doença.

– Vicky, você acredita em sonhos? Quer dizer... podemos sonhar com lugares reais?

Victória ficou intrigada com a pergunta da irmã, mas preferiu guardar sua desconfiança e ouvir o que ela tinha para falar.

– Sim, Clara. Acredito na ocorrência de dois tipos de sonhos. Aqueles que não passam de produtos da nossa imaginação, uma construção que nosso cérebro faz juntando, como em uma colcha de retalhos, todas as experiências que vivenciamos durante o dia ou nos últimos dias. Mas creio que... – Victória fez uma pausa para achar as palavras mais adequadas – creio que em determinadas ocasiões podemos, durante o sonho, ser levados para conhecer pessoas, lugares pertencentes a outros mundos, ainda que nos sejam desconhecidos.

O rosto de Clara iluminou-se diante da resposta. A menina chegou a esboçar um sorriso. Atenta, Victória perguntou:

– Você teve um sonho desse tipo?

– Sim, tive.

– Quer falar sobre ele?

– Tenho medo de você me achar boba e não acreditar em mim, como a mamãe.

Victória compreendeu os rodeios na abordagem de Clara sobre o assunto, por certo temia que ela fizesse pouco caso do seu relato.

– Por que eu acharia boba a sua história? Acabei de falar que acredito em sonhos.

Clara pediu para a irmã inclinar um pouco mais a cama, deixando-a praticamente sentada e nos minutos seguintes contou com detalhes a sua viagem para *Cottonland* e sobre a princesa Mayla, sua nova amiga.

Apesar de achar a história fantasiosa demais e da provável hipótese de ter sido fruto do especial estado da irmã, Victória guardou para si suas impressões para não quebrar o elo de confiança criado, evitando que Clara se fechasse e não revelasse mais detalhes sobre o assunto. Victória pensou em reunir o máximo de informações possíveis para, só então, conversar com o médico responsável pelo tratamento. Tudo poderia ser fruto de efeitos colaterais de algum dos inúmeros medicamentos.

Tão logo a primeira impressão sobre o sonho de Clara veio-lhe à mente, Victória recriminou-se. Achou impressionante como suas crenças podiam ser tão perfeitas e lógicas no campo das ideias, na seara da teoria, mas bastou um relato prático para que iniciasse a procura por explicações pragmáticas a fim de contraditá-las. Estava agindo de forma idêntica aos críticos de sua crença. Talvez sua fé não fosse tão grande quanto pensava.

Victória não podia negar, por outro lado, que havia alguns pontos da história de Clara que não poderiam ser ignorados, como sua capacidade de reter todas os detalhes sobre o sonho, algo incomum, pois na grande maioria dos casos as lembranças acerca do enredo vão esmaecendo com o passar das horas, até desaparecerem por completo.

"Teria Clara participado de uma experiência de natureza espiritual durante o sono, retendo de forma lúcida e vívida as visões que teve?" – perguntou-se em pensamento.

Victória teve a oportunidade de aprender, no grupo de estudos do qual participava em uma casa espírita, que os chamados "sonhos espirituais" são aqueles em que a alma se desprende do corpo de maneira mais completa, permitindo a vivência de atividades reais. Essa modalidade de sonho é de suma importância para as ações do plano espiritual, pois através dela os Espíritos superiores nos esclarecem, instruem e advertem sobre temas de nosso interesse. É também nesses desprendimentos que o Espírito pode ser levado a visitar parentes já desencarnados, Espíritos afins, lugares que conhecemos em outras encarnações, como cidades espirituais, além de outras atividades.

Não obstante todo o conhecimento, Victória ainda estava relutante quanto à veracidade do relato da irmã, pois talvez houvesse um temor inconsciente sobre as razões pelas quais ela estaria sendo apresentada ao inusitado mundo.

– Tem mais uma coisa que esqueci de contar – disse Clara.

– O quê?

– Durante todo o tempo que fiquei em *Cottonland* eu não me sentia doente. Até minha insistente dor de cabeça desapareceu.

– Então deve ser um lugar muito especial mesmo.

– Mayla disse que os ares do reino tinham poderes de cura.

– Que fantástico! – exclamou Victória, ocultando seu ceticismo.

– Gostaria de poder visitar *Cottonland* sempre que eu quisesse. Seria maravilhoso poder rever a princesa Mayla e me livrar da doença por um tempo, além de poder fazer o que eu quisesse sem me cansar, sentir dor ou vontade de vomitar.

– Estou vendo que a visita a *Cottonland* lhe fez muito bem. Por isso vou torcer para que nos próximos sonhos você consiga ir para lá novamente.

– Mayla me deu certeza de que nos veríamos outras vezes.

– Ela disse isso?

– Sim.

– Você falou que ela é uma princesa, e princesas normalmente têm conhecimentos sobre determinados assuntos que nós, pessoas normais, não temos, ainda mais quando se trata de um reino tão especial.

Clara sorriu e seus pequenos olhos verdes resplandeceram como um gramado orvalhado iluminado pelo sol da manhã.

*

Os dias se seguiram e em meio aos fogos que anunciavam a troca de ano a família improvisou uma singela comemoração ali mesmo no quarto do hospital onde Clara seguia em tratamento. Naquele Ano-Novo, em razão do delicado estado da caçula da família Gonzalez Fernandez, não sabiam se os pensamentos deveriam se voltar ao passado ou ao futuro.

Victória chegou a ficar mal-humorada com as risadas que flutuavam pelo ar, vindas dos festejos que se ouvia do lado de fora. A vida continuava, barulhenta e insensível. O mundo se recusava a parar de girar. A irmã mais velha adjetivava de egoístas aquelas pessoas que ignoravam todos os dramas e sofrimentos ocultos do mundo exterior pela frieza insensível das paredes brancas do hospital. Então lembrou-se de que, por quase toda a sua vida, ela própria foi uma delas.

Com o passar dos dias, a menina dava sinais de cansaço e irritação. Paralelamente, a chegada do novo ano foi marcada pela preocupação de todos diante da "resposta insatisfatória" – termo usado pelo médico – ao tratamento inicial, algo que acontece entre dez a vinte por cento dos casos. O objetivo primordial era levar o câncer ao estágio de remissão, ou seja, fazer com que células leucêmicas não fossem mais encontradas nas amostras de medula óssea, mas os resultados iniciais mostraram um avanço da doença, indicando um prognóstico futuro negativo, caso a curva de crescimento se mantivesse.

Segundo o oncologista pediátrico, a abordagem até então havia sido conservadora. Preferiu-se, num primeiro momento, manter o equilíbrio entre a eficácia e os efeitos colaterais indesejados produzidos pelos fortes medicamentos, por entender que debilitar demais a paciente, já nas primeiras semanas, poderia comprometer o restante do tratamento que certamente seria longo. Por isso, proporcionar à jovem a maior quantidade de "dias bons" possíveis era considerado importante na fase inicial do combate à leucemia. Entretanto, em razão da "resposta insatisfatória", partir-se-ia para uma abordagem mais agressiva. Infelizmente para Clara os efeitos colaterais aumentariam na mesma proporção.

O mês de janeiro entrava no seu último terço quando Clara finalmente recebeu autorização para deixar o hospital. Obviamente as sessões regulares de quimioterapia seriam mantidas, além da utilização de outros medicamentos. A lista era extensa.

Pouco tempo depois, a menina percebeu que seu cabelo começou a cair em grandes tufos, obrigando-a a aceitar a sugestão de Victória para raspar a cabeça. Além da queda dos cabelos, Clara tinha olheiras acentuadas, fruto dos incômodos provocados pela doença e pelo tratamento. Também começaram a surgir alguns hematomas causados, segundo explicação médica, pela diminuição das plaquetas. Por fim, Juan e Constanza foram alertados de que os cuidados com a filha deveriam ser redobrados, pois o organismo da menina estaria mais suscetível a infecções em razão da diminuição dos glóbulos brancos.

A rudeza da quimioterapia com seus efeitos devastadores, também impactou diretamente, nos outros membros da família, acossados pela angústia, pela incerteza e pelo medo. Essa é uma das características marcantes do câncer, afetar também as pessoas próximas ao doente.

Constanza sentia-se confusa e não conseguia concentrar-se minimamente no trabalho ou em algo que pudesse lhe servir de refúgio temporário: um passeio, um livro, uma série de TV. Nada acalmava sua mente e a retirava da espiral de sentimentos que, como repetia, "embaralhavam seus nervos".

Victória, por sua vez, também sofria com a dificuldade em manter o foco no trabalho, mas a circunstância era compreendida pelos colegas e superiores hierárquicos. A insônia ou o sono difícil, cheio de suores, tornaram-se companheiros possessivos e fiéis que surgiam sempre que encostava a cabeça no travesseiro. Eram noites longas com muitos minutos desperdiçados olhando para o teto.

Juan precisou encontrar uma forma de lidar com dois problemas graves ao mesmo tempo. Na família, lutava para assimilar a ausência de progresso do tratamento médico da filha, por isso chegou a conversar com Gabriel, mostrando-lhe o nome dos novos medicamentos que seriam utilizados no tratamento. O médico inicialmente alertou ao amigo que a oncologia não era a sua especialidade, mas tinha conhecimento de que "anticorpos monoclonais, como o *blinatumomab, inotuzumab ozogamicina*, poderiam ser uma opção para pacientes com leucemia linfoide aguda".

– O que você acha de tudo isso, Gabriel? Seja sincero.

– Comandante...

– Juan, me chame de Juan, pois agora não são os militares quem conversam, mas os amigos.

– Tudo bem, Juan, para ser sincero, quando o tratamento inicial não surte efeito, aumentam as probabilidades dos novos medicamentos também não responderem de maneira eficaz.

– E o que fazer caso não funcionem?

– Talvez o médico possa considerar a possibilidade de um transplante de células-tronco, mas para isso a leucemia precisa entrar pelo menos em remissão parcial. Porém essa é uma conversa que você deve ter com o oncologista, o verdadeiro especialista na matéria. Posso ser honesto com você?

– Por favor!

– Perdoe-me, mas em nome de nossa amizade e dos anos que trabalhamos juntos, preciso dizer, como médico e amigo, por mais que isso me doa, que a situação de Clara não é nada animadora – falou com a voz gentil e esticou o braço, apoiando a mão no ombro de Juan.

– Obrigado pela sinceridade, amigo.

Além do avanço da leucemia, no trabalho, Juan, assim como seus companheiros, sofriam com o desaparecimento de um submarino argentino durante a realização de manobras militares poucos dias depois de deixar o porto de Ushuaia. O comando da armada precisava enfrentar a pressão gerada pela comoção popular que clamava pela localização, com vida, dos mais de quarenta tripulantes que estavam a bordo. No fundo, Juan tinha consciência de que quando se está diante do desaparecimento de um submarino é improvável que o fim seja uma surpresa milagrosa. Já tinha certeza do destino reservado aos bravos companheiros, mas mantinha suas impressões pessoais para si, pois externamente o discurso era de esperança.

Toda a família descobriu, cada qual a seu modo, que o sofrimento tem efeito desorientador e isso os fazia flertar constantemente com a raiva, e, consequentemente, com a revolta. Estavam suscetíveis a descontar no outro suas frustrações e suas angústias. Manter-se fortes, otimistas e equilibrados emocionalmente era um desafio diário que todos enfrentavam.

Clara não sonhara mais com *Cottonland*, àquela altura uma lembrança cada vez mais distante, e isso a deixava ainda mais triste, pois temia que, com o tempo, o rosto de Mayla e a imagem das paisagens começassem a desaparecer de suas lembranças. Nem mesmo a companhia do pai e os passeios que tanto gostava auxiliavam nos momentos de tristeza mais profunda.

Não raras vezes tinha crises solitárias de choro em razão do desapontamento. Certa vez, Victória surpreendeu-a no quarto, de bruços, apertando o rosto contra o travesseiro na tentativa de abafar os soluços provocados pelo choro compulsivo. Ela aproximou-se e em silêncio alisou seus cabelos. Clara abraçou-se à irmã e continuou chorando. Nenhuma palavra foi dita, mas, no fundo, Victória sabia que Clara sentia-se cansada e buscava em *Cottonland* uma trégua para suas dores e os cada vez mais constantes mal-estares.

A situação era angustiante em razão da impotência. Se pudesse, Victória faria qualquer coisa para trazer mais conforto à irmã, ainda que fosse uma viagem a um mundo de sonhos. O que ela não sabia é que a situação estava prestes a mudar.

CAPÍTULO 8

REGRESSO

Clara e Victória aproveitaram a agradável noite do verão patagônico e esticaram uma grande toalha de piquenique sobre o gramado do jardim de casa. Aproximava-se das vinte e duas horas, mas a noite chegara havia pouco mais de trinta minutos, algo comum na cidade mais austral do planeta onde durante o verão os dias chegam a ter até dezessete horas de sol. A temperatura beirava incríveis 20ºC, uma marca muito acima da média de 12ºC de máxima do verão da região.

Uma tênue claridade tomava conta do lugar. A mesma lua cheia que estendia um tapete de luz sobre manto escuro das águas da baía, do outro lado da rua, iluminava o jardim e derramava sua luz suave sobre as irmãs, deitadas, olhos fixos nos pontinhos de estrelas que salpicavam o céu, maravilhadas com os padrões de luz e escuridão, transmitindo uma sensação de paz.

– Será que uma dessas estrelas é *Cottonland?* – perguntou Clara.

Victória inclinou o rosto para a escuridão, como se estivesse procurando alguma galáxia e ficou observando o céu patagônico por um longo tempo, refletindo sobre o que dizer. Por um tempo, um grilo compensou a ausência de conversa. Seus olhos pararam na constelação triângulo austral, facilmente localizável no céu noturno naquela região devido ao formato que as estrelas desenhavam e pela proximidade com duas das estrelas mais brilhantes do hemisfério sul, conhecidas por *Rigil Kent* e *Hadar*, integrantes da constelação vizinha de Centauro. Foram longos segundos de silêncio até ficar claro que não sabia o que dizer. Restou-lhe apenas responder à pergunta com um lacônico "talvez".

– Deve ser uma das estrelas brancas, porque tem muito branco em *Cottonland* por causa da "neve de algodão" – observou Clara, com ingenuidade infantil.

– Se ela for realmente branca, isso facilitaria a sua procura, porque já poderíamos descartar as estrelas de outras cores – mesmo sem ter uma opinião sedimentada quanto à *Cottonland*, Victória decidiu interagir com a irmã.

– Tem estrelas de todas as cores?

– Você perguntou para a pessoa errada, mas até onde me lembro existem estrelas de todas as cores do arco-íris, com exceção do verde, embora eu não consiga enxergar outras que não azuis, brancas e vermelhas, estas com mais dificuldade porque são bem apagadinhas. Não tenho certeza, mas acho que as brancas são as mais brilhantes.

– São muitas estrelas para procurar – suspirou Clara.

Clara sentou-se, ajeitou o lenço que usava para cobrir a cabeça e baixou o rosto, detestando-o desde a primeira vez em que teve de usar esse adereço. Quando se olhava no espelho até dirigia um grande sorriso na direção do reflexo na tentativa de agradar-se a si mesma, embora não surtisse efeito. Com o passar dos dias foi se acostumando, mesmo não gostando, e eles se tornaram parte indispensável da sua indumentária.

Depois de um tempo olhando para o chão a menina encarou a irmã e perguntou:

– Será que eu vou morrer, Vicky?

Victória ficou desconcertada. Não esperava uma pergunta assim, tão direta. Ela mesma nunca tinha cogitado essa possibilidade, aliás, era um pensamento absolutamente apavorante.

– Morrer todos iremos um dia, Clara. Mas se você está perguntado sobre agora, é claro que não. Nem pense uma coisa dessas. A sua doença é grave, é verdade, mas a medicina está muito avançada. No fim tudo ficará bem e tudo isso se transformará numa história para contar no futuro.

O silêncio envolveu o cenário a tal ponto que as duas puderam ouvir o barulho suave das águas da baía. Victória ficou pesarosa por constatar que, com apenas nove anos, a irmã já havia incorporado ao seu cotidiano assuntos como morte, despedida e a certeza de que as pessoas "se vão", preocupações absolutamente incomuns para crianças da sua idade. Internamente, sentiu um aperto no peito diante da pergunta que a fez refletir sobre a mera possibilidade de perder a irmã.

"Não sei como seria a nossa vida sem Clara. Adoro recordações de momentos bons, mas não lido bem com a saudade" – foi o pensamento instantâneo que lhe veio à mente, fazendo com que uma agulha fria de medo penetrasse seu coração ao constatar que isso poderia mesmo acontecer.

– Vicky, eu sei que você está tentando me proteger, mas eu sinto que as coisas não estão boas. Meu corpo está dando sinais disso. Não tenho como fingir que não está acontecendo nada.

– Eu sei que a situação é bem séria e que temos um longo

caminho a percorrer com o tratamento, mas tenho certeza de que no fim você conseguirá vencer a doença. Temos de permanecer unidos e fortes em torno desse propósito.

– Será que eu fiz alguma coisa errada para Deus estar zangado comigo?

– Claro que não fez nada de errado, imagina. Deus não está zangado com você. Tire isso da cabeça.

– Então porque estou doente?

– Essa é uma resposta que não tenho, Clara. Tudo o que acontece na nossa vida tem um porquê. Certamente Deus está querendo que todos nós aprendamos algo. Um dia, quem sabe, consigamos compreender.

– Eu odeio esse câncer, é horrível!

– Imagino que sim, pois eu também o odeio. Por que você acha que *Cottonland* é uma estrela? – a irmã mais velha tentou mudar o foco da conversa e afastar os pensamentos ruins trazidos por Clara.

– Não sei dizer. Mas se não for em uma dessas estrelas, onde mais ficaria o reino? Eu tenho certeza de que ele existe, só não sei onde. Você acredita, não é?

– Não tenho dúvida quanto à sua certeza.

Clara voltou seu olhar novamente na direção do céu sem perceber a ambiguidade da resposta da irmã.

– Você quer me contar mais detalhes sobre a nova visita a *Cottonland*?

Clara voltou a deitar sobre a toalha e, com os olhos voltados para o firmamento, narrou à irmã sua segunda passagem pelo reino da princesa Mayla.

*

E foi assim que ocorreu a segunda visita de Clara a *Cottonland:*

A tarde estava chuvosa quando Clara obrigou-se a voltar para a cama após tomar remédios para tentar diminuir a dor de cabeça, os enjoos e os constantes episódios de vômito desde a chegada em casa após mais uma debilitante sessão de quimioterapia. Recordava-se de ouvir os pingos da chuva caírem do telhado e precipitarem-se contra a cobertura de pedras decorativas que havia no jardim.

Sozinha, oculta pela proteção do seu quarto, entregou-se ao choro triste. Sentia-se cansada devido a tudo o que vinha passando nos últimos meses: dores constantes, desconfortos diários, a incerteza provocada pela doença, o massacre provocado pelo tratamento. Enfim, seus medos.

Chorou muito, até que aos poucos os olhos ficaram pesados e a escuridão tomou conta de seu pequeno mundo.

Na sua percepção parecia ter passado pouco tempo depois de ter deitado na cama e adormecido, mas quando os olhos abriram, para sua surpresa, e felicidade, viu-se novamente em *Cottonland*, por coincidência, nas margens do mesmo lago onde encontrou a princesa Mayla pela primeira vez.

Não fazia sol desta vez, quem dominava a paisagem era o céu de um cinza aperolado. O coração de Clara batia alto enquanto ela refazia os passos da visita anterior e seguia na direção do deque que avançava até quase o meio da lagoa, sentindo o rangido suave da "neve de algodão" sob seus pés.

Para a sua alegria, Mayla estava exatamente na mesma posição: sentada, de costas, com os pés balançando e quase tocando a água. Por um instante, Clara pensou ter retornado ao sonho anterior, revivendo a cena, como no filme Feitiço do Tempo, mesmo assim, seguiu alegre na direção da amiga, sentindo no rosto a carícia do vento que sussurrava nas folhas dos imensos eucaliptos e das faias ao redor do lago, enquanto contava setenta e três passos até o fim da plataforma.

– Mayla, sou eu, Clara. Consegui voltar – falou a menina, enquanto corria na direção da amiga.

A princesa virou-se lentamente e seu rosto não denotava surpresa. Mayla parecia esperar pelo reencontro.

– Que bom ver você novamente, Clara. Eu disse que nos veríamos outras vezes. Meu sexto sentido nunca me trai – Mayla estampou um largo sorriso e as duas trocaram um longo abraço.

– Estava com saudade de você.

– Eu também, Clara. Você está muito bonita com esse lenço. Adorei!

– Meu cabelo começou a cair, então tive que cortá-lo. Por isso tive de usar o lenço.

– Oh, que chato isso. Mas não se preocupe, seu cabelo crescerá novamente. De qualquer forma, caso sirva de consolo, saiba que o lenço caiu muito bem em você.

– No começo eu não gostava, agora já acostumei.

– Gostaria de falar sobre como está se sentindo quanto à sua doença?

– Não muito bem. O tratamento inicial não deu muito certo, então meu médico decidiu mudar. Só que os novos remédios me deixam muito ruim. Às vezes mal consigo sair da cama.

Mayla permaneceu em silêncio, pois compreendia que não era necessário ter algo a dizer o tempo todo e que, muitas vezes, apenas estar presente e ouvir já seria o bastante.

– Sabe, Mayla – continuou, Clara –, um dos motivos que

me faz querer vir para *Cottonland* é porque aqui eu não me sinto doente. Parece até magia, como nas histórias dos livros.

– Eu falei que nosso reino tem propriedades terapêuticas. E posso lhe garantir que não tem nada de mágico envolvido neste momento. Talvez um dia descubramos porque isso acontece.

– No fundo, tudo o que eu quero é uma vida normal de uma menina da minha idade, mas sei que não poderei ter.

– Talvez não tenha uma vida de uma menina da sua idade, mas pode tentar levar a melhor vida possível para uma menina da sua idade com leucemia.

– Tem dias, quando estou me sentindo muito mal, que desejo, de verdade, vir para *Cottonland* e ficar aqui para sempre, mas sei que não pertenço a este mundo. Além disso, meus pais ficariam muito tristes se isso acontecesse.

– Tenha fé em Deus – Mayla abaixou-se, ficando na altura de Clara. – Ele sabe o que faz, mesmo que não compreendamos os seus propósitos.

– Vicky sempre me diz que "existem coisas que não podem ser alcançadas, mas pode-se estender a mão para elas: a brisa, o pássaro que levanta voo, Deus!

– Quem é Vicky?

– Victória, minha irmã. Por falar nela, é a única que acredita em *Cottonland.* Meus pais acham que tudo não passa de coisa da minha cabeça. Um sonho.

– E você, o que acha?

– Estamos aqui, não estamos? No começo, também achei que fosse um sonho, mas acreditei quando você me disse que era real. Amigos confiam nos amigos.

– Pode confiar, porque tudo isto aqui existe e é muito real. Sinta... – E Mayla deu um leve beliscão no braço de Clara.

– Ei, eu senti isso.

– Pareceu fantasia para você? – Mayla riu do próprio experimento e da careta que a amiga fez.

– Não – Clara devolveu o sorriso.

– Sente-se aqui comigo.

Mayla e Clara sentaram-se lado a lado na borda do deque, de frente para as águas da *Laguna Esmeralda* e do extenso arvoredo, enquanto a brisa suave balançava os galhos, que pareciam braços em sincronia com as delicadas folhas verdes, como se fossem mãos. As árvores pareciam dançar para elas enquanto o lago mantinha-se sereno.

– Queria muito que todos acreditassem em mim – disse Clara, após longos segundos.

– Tudo a seu tempo, Clara. Você não precisa torturar consciências e forçar que acreditem. Mais dia menos dia, todos perceberão que sua história é verdadeira. Não tenha pressa, cada pessoa tem um tempo próprio para assimilar as coisas e enquanto isso não acontece com seus pais não se aborreça com eles.

– Talvez Vicky ajude a convencer meus pais.

– É possível que a participação dela seja muito importante para que isso ocorra.

– Será que Vicky poderia vir comigo a *Cottonland?*

Mayla refletiu por alguns instantes e sorriu antes de responder, como se fosse exatamente isso que estivesse esperando de Clara.

– Acredito que seja necessário conversar com minha mãe. Somente a rainha pode autorizar que pessoas de outros lugares transitem livremente por *Cottonland.*

– E eu, será que posso andar por aí?

– Depois da primeira vez que nos encontramos, conversei com mamãe e ela concedeu trânsito livre a você pelo reino.

– Sabe, Mayla, eu adoraria que Vicky conhecesse este lugar. Aliás, vocês devem ter a mesma idade.

– Eu também ficaria muito feliz em conhecê-la.

– Promete que pedirá para a rainha autorizar a entrada de Vicky no reino?

– Façamos melhor, vamos nós duas até o castelo e juntas e pediremos a ela. Com isso eu também cumpro a promessa que lhe fiz da última vez.

Clara pulou de alegria. Aquela seria a primeira vez que conheceria um castelo de verdade, e uma rainha.

– Será que a rainha me receberá?

– Tenho certeza que sim. Minha mãe, apesar das suas responsabilidades, é uma pessoa normal como outra qualquer.

– Mas ela é a rainha.

– Sim, é, mas isso não a torna melhor ou mais especial que qualquer outro habitante do reino.

– Então, vamos até o castelo.

– O castelo fica um pouco afastado, seria uma caminhada um pouco mais longa, caso não se importe. Mas se preferir podemos pedir para Arvid conseguir um transporte para nós.

– Quem é Arvid?

– É um dos conselheiros do reino. Era o braço de direito de meu pai, agora tem ajudado muito minha mãe. Ele foi até o hospital pois também presta auxílio naquele lugar. Vamos até lá.

– Se você não se importa eu gostaria de ir andando, assim conheço um pouco mais este lugar.

– Você está realmente se sentindo bem para caminhar?

– Sim, estou ótima. Já disse que aqui eu não me sinto doente.

– Tudo bem, então. Siga-me!

Mayla e Clara saíram do deque e contornaram a margem do lago. Naquele ponto, todo o caminho era coberto pela "neve de algodão". Vez ou outra Clara desviava o olhar na direção da princesa e estudava discretamente suas expressões corporais, seu olhar, sua forma de andar. Estava maravilhada com o porte garboso, os modos corteses e os gestos altivos que conferiam à amiga ares próprios da realeza.

Saindo dos domínios da *Laguna Esmeralda,* tomaram o caminho de uma estradinha secundária sem grandes atrativos, até encontrarem a via principal. Aquele ponto do caminho era desabitado e ladeado por longa área de mato baixo.

Foram necessários alguns minutos de caminhada sob um céu cujo teto era formado por nuvens de um cinza claro até que surgissem as primeiras casas, relativamente idênticas àquelas encontradas em sua primeira visita.

À medida que penetravam no coração do bairro – foi assim que Mayla o chamou –, caminhando por uma rua estreita, calçada com pedras cinzas, regulares, semicobertas pela "neve de algodão" – aquele parecia ser o padrão das ruas do reino – cruzaram com algumas pessoas que ao passarem pela princesa saudavam-na com discreta reverência. A todos Mayla retribuía o cumprimento, sempre com um sorriso no rosto, perguntando como estava a vida ou mandando lembranças a algum parente. Ela desfilava simpatia e parecia ser estimada por todos.

Das janelas – algumas não tinham vidro, mas uma cortina de linho que impedia a entrada do ar gelado nos dias mais frios – ou da frente das casas, que Clara achava estranhas por não possuir pátio e estarem ligadas umas com as outras, alguns moradores observavam a passagem das duas, como se a menina fosse uma curiosidade peculiar e passageira.

– Você conhece todos as pessoas daqui?

– Posso dizer que conheço muita gente, mas muito longe de conhecer a todos. *Cottonland*, apesar de não ser um dos maiores reinos existentes, conta com cerca de nove mil habitantes, e ninguém conhece todo mundo.

– Tudo isso?

– É um reino pequeno, comparado a outros.

– O reino de *Cottonland* é muito antigo?

– *Cottonland* foi fundada há cerca de trezentos anos. Os hospitais foram construídos antes mesmo do castelo. Na biblioteca do castelo há um livro que conta toda a história do priorado. O livro chama-se "Livro de Ragnar".

– Que nome estranho!

– À primeira vista pode parecer. Mas Ragnar foi um dos fundadores da cidade e escreveu uma espécie de diário onde registrou todos os detalhes da criação do reino e, por décadas, toda a evolução do lugar, até o dia em que fez a passagem. Depois dele, outros autores escreveram algumas obras acrescentando novas informações.

– Ele foi um historiador.

– Pode-se dizer que sim, mas tinha participação ativa nos trabalhos do reino, além de escrever seus registros.

O trajeto pela rua, cercada de casas por todos os lados, foi mais longo do que Clara poderia imaginar. O bairro era maior do que supunha, ou talvez a rua espremida entre as casas fizesse parecer maior do que efetivamente era, porque depois de uma centena de metros, a cromática paisagem tornou-se monótona aos olhos da visitante.

Foi com grande alívio que Clara, apesar de encantada com tudo à sua volta, viu surgir a sua frente uma área aberta, sem construções. A paisagem do reino – ao menos dos poucos lugares que visitara – era formada por extremos: construções siamesas em profusão ou extensas áreas abertas.

O novo cenário desvelou um campo de beleza extraordinária. A primeira imagem era um extenso relvado verde, polvilhado com "neve de algodão", e salpicado com tufos espaçados de flores silvestres. Quando passou por um deles, Clara interrompeu a caminhada e colheu uma flor de cor violeta, ofertando-a à amiga.

– Muito obrigada – agradeceu Mayla, prendendo a flor nos cabelos.

A menina teve vontade de parar para apreciar um pouco mais a paisagem, mas a lembrança do castelo, seu destino, o lugar que gostaria de conhecer acima de tudo, a fez andar ainda mais rápido. Mayla, como quem tivesse lido o pensamento da amiga, sorriu discretamente.

– Precisamos ir por aqui – apontou na direção do caminho da direita, após encontrarem uma bifurcação na estrada.

– O que tem por ali?

– O hospital. Quero avisar Arvid de nossa viagem, já que ele combinou de me encontrar no lago quando retornasse ao castelo.

A estrada escolhida por Mayla foi dar numa antiga e sólida construção em meio a uma clareira aberta entre as árvores. A princesa guiou Clara através de um pórtico de entrada da propriedade onde uma placa dizia: "Hospital Conforto", um nome incomum, mas não se poderia chamar de inadequado, afinal, qualquer pessoa, principalmente aquelas que estão doentes, buscam por conforto através da cura dos males ou da extinção de suas dores.

– Não faz muito tempo que saí de um hospital e não imaginava que voltaria para um, justamente aqui.

– Não se preocupe, esse aqui é bem diferente daquele em que você esteve. Além disso, não nos demoraremos, pois não quero atrapalhar o trabalho de Arvid, apenas comunicá-lo das minhas intenções.

As duas seguiram por uma trilha de pequeninas pedras brancas que se abriu sob seus pés. A trilha penetrava na propriedade em linha reta, passava por algumas magnólias em flor e seguia até a porta de entrada do hospital, onde bem próximo havia um pequeno chafariz circundado por doze estátuas de anjos que seguravam cântaros de onde a água era projetada em fino esguicho formando um arco perfeito e bem definido. Era um bonito ornamento.

– Em dias de sol, os raios solares, ao atravessarem os arcos de água decompõem-se em minúsculos arco-íris, acrescentando um colorido ímpar no centro do chafariz – explicou Mayla, ao perceber o encantamento da amiga pela peça decorativa.

Clara parou diante da entrada do hospital e olhou para cima. A imponente construção, que poderia facilmente ser confundida com uma igreja, principalmente em razão do grande domo que formava a cobertura, era toda feita em pedra, com janelas em arco e uma grande porta de entrada também no mesmo formato.

– Espere um minuto, eu já volto – falou Mayla.

A princesa dirigiu-se até a porta que se abriu diante da sua aproximação. Ela entrou e, instantes depois, juntou-se à amiga.

– Arvid já está vindo.

– Mayla, você falou que o hospital aqui não é igual ao da minha cidade. Como funciona então?

– Sim. Não há doenças em nosso reino. Ao menos não da forma que você conhece. *Cottonland* recebe novos habitantes vindos de lugares variados. Na grande maioria dos casos, todos precisam ser tratados para só então estarem aptos a morar aqui.

– Eles chegam aqui doentes?

– A explicação é bastante complexa e demorada, mas pode-se dizer que eles não chegam em condições de fazer parte da nossa sociedade. Só depois de um período de refazimento em nosso hospital é que se tornam efetivos cidadãos de *Cottonland.* Essa é a função de locais como este – a princesa apontou na direção da grande construção de pedra.

– Nenhum habitante precisa ir para o hospital?

– É muito raro, Clara. Eu mesma não lembro da última vez que isso aconteceu. Um novo habitante só pode ser integrado à sociedade quando está completamente refeito de qualquer mal que o afligia quando aqui chegou. Esse cuidado é uma garantia de que não necessitará de tratamento hospitalar futuro, embora esse não seja o termo mais adequado, e também de que não "contaminará" – Mayla fez sinal com os dedos indicando "entre aspas" – os habitantes mais antigos. Saiba que nem todos conseguem recuperar-se.

– E o que acontece com eles?

– Vão para outros lugares...

A conversa foi interrompida pela chegada de Arvid. O conselheiro, homem alto, de movimentos vigorosos, empurrou para trás o capuz da alva túnica que trajava, uma vestimenta incomum aos olhos de Clara, deixando à mostra os cabelos pretos levemente grisalhos nas laterais. Seu rosto era sereno e os olhos acinzentados como se tivessem sido insculpidos com a mesma pedra usada na construção do hospital.

– Vossa Alteza! – cumprimentou, inclinando-se levemente na direção da princesa.

– Deixe disso, Arvid, você sabe que comigo não precisa dessas formalidades.

– De antigos hábitos não se livra assim tão facilmente, Alteza – seu tom de voz era suave; o sorriso, cativante.

– Arvid, quero lhe apresentar minha amiga Clara. Ela não é do nosso reino.

– É uma honra conhecê-la, *milady* – Arvid fez uma reverência depois de terminar a frase.

– Não se assuste, Clara, Arvid é incorrigivelmente formal.

A menina apenas sorriu, sentindo-se importante.

– Está gostando de *Cottonland*, jovem Clara?

– Estou amando o pouco que conheci do lugar. Não fosse pela distância da minha família, eu seria capaz de morar aqui para sempre.

– Fico feliz que nosso reino tenha agradado aos seus olhos – Arvid trocou olhares de cumplicidade com Mayla que o encarou com serenidade.

– Ainda prefere caminhar até o castelo, Alteza? Posso providenciar um transporte.

– Preferimos – foi Clara quem respondeu.

– Preferimos andar, Arvid. Assim Clara conhece um pouco mais do nosso reino.

– Tudo bem.

– Não queremos mais tomar seu tempo. Sei que você tem muito trabalho no hospital.

– Então, se me der licença. E você, jovem Clara, aproveite o passeio e a estada em *Cottonland*. Se nos der o prazer da companhia por mais tempo, talvez eu possa mostrar-lhe alguns lugares mais tarde.

– Ótima ideia – disse Mayla.

– Eu ficaria muito honrada – Clara respondeu com afetada reverência, arrancando risos de todos.

Após despedirem-se de Arvid, Mayla e Clara seguiram na direção do castelo. A princesa apresentou à jovem acompanhante boa parte de *Cottonland*. Enquanto andavam, Mayla dava detalhes sobre os locais, os hábitos e as atividades dos habitantes.

Nas imediações da região próxima ao castelo, as estreitas ruas começaram a ficar mais movimentadas. Podia-se ouvir ao longo do caminho conversas em tons desconexos, mas nenhuma das pessoas sequer ergueu os olhos enquanto passavam, para alívio da visitante, ainda um pouco desconfiada quanto ao povo local. Por fim, após vencerem o relevo de uma longa, porém não muito elevada colina, caminhando pela relva baixa, ele surgiu imponente na paisagem.

A cena ficou paralisada por uma fração de segundo. Boquiaberta, a jovem visitante não conseguiu esconder o espanto.

*

Clara obrigou-se a interromper sua narrativa devido à chegada do pai que perguntou se as duas estavam bem. Após ouvir sinais de positivo, ele deixou-as sozinhas novamente, pedindo para que não se demorassem por muito tempo na rua.

– Entraremos em seguida, pai – foi Victória quem falou.

– Tudo bem, mas não se demorem, pois, a temperatura está caindo e não acho uma boa ideia vocês duas permanecerem aqui fora. Principalmente você, mocinha – falou olhando na direção de Clara.

– O senhor tem razão, pai. Vamos recolher tudo e entramos em seguida.

– Desculpe atrapalhar a conversa de vocês, mas não podemos abrir qualquer porta, por menor que seja para alguma doença. Lembre-se do que o médico falou, Clara.

– Sim, papai.

Cerca de uma hora depois, já prontas para deitar, Victória foi até o quarto de Clara. A jovem estava impaciente para terminar sua história. Victória sentia-se da mesma forma, embora tentasse esconder a curiosidade e a ansiedade.

A irmã mais velha posicionou uma poltrona ao lado da cama, enquanto Clara sentou-se, recostando-se em dois travesseiros.

– Você disse que pediu autorização à princesa Mayla para que eu pudesse visitar *Cottonland*. E conseguiu?

– Ainda não cheguei lá, Vicky. Mayla prometeu levar o pedido até a rainha, lembra-se?

– Sim, mas o que disse a rainha?

– Eu chegarei lá, mas primeiro quero contar como foi nossa chegada ao castelo.

– Não pode pular essa parte?

– Claro que não!

Victória constatou o óbvio: falar de *Cottonland* fazia a irmã esquecer de seus desconfortos e dores.

CAPÍTULO 9

O CASTELO

ACOMODADA CONFORTAVELMENTE NA CAMA, CLARA reiniciou o relato de onde parou, mais precisamente na chegada ao castelo.

Victória gostava de observar o entusiasmo da irmã ao falar sobre sua experiência em *Cottonland*. A forma com que as mãos desenhavam imagens no ar quando tentava explicar alguma coisa, enquanto o rosto expressava empolgação e deslumbramento, era notável.

Aos poucos a primeira impressão de que tudo não passava de imaginação ou efeito colateral dos remédios começava a perder força enquanto, na mesma proporção, a teoria de que a irmã realmente visitara um lugar diferente, através do fenômeno de emancipação da alma, ganhava terreno em suas cogitações.

Clara respirou fundo várias vezes como se estivesse se recompondo ou pensando no que dizer para não deixar escapar nenhum detalhe. Victória chegou a pensar em preencher o silêncio com perguntas, mas recuou e esperou um pouco mais, pressentindo que palavras estavam prestes a sair, aos borbotões, como de costume quando o assunto era *Cottonland*. E foi o que aconteceu.

*

De perto o castelo era bem maior do que imaginara quando o vira pela primeira vez do alto da colina. Tudo era e enorme.

O estilo gótico, com múltiplas estruturas, todas construídas em pedra, deixavam-no com cinco pavimentos. A construção era cercada de muros altos e o acesso era possível apenas por uma ponte levadiça que estava baixada no momento em que as jovens chegaram.

Clara olhava em todas as direções na tentativa de registrar tudo em sua mente enquanto cruzavam a ponte. Na parte interna, a visitante não se conteve e expressou todo o seu deslumbramento com um pausado, porém enfático, "uaaau!"

O complexo interno, além de dois grandes pátios, trazia a casa da guarda, a casa dos trabalhadores e duas torres. Em uma delas fora construído um espaço destinado a orações. Na outra, o primeiro andar encontrava-se com o acesso fechado, ao menos pelo lado externo, enquanto nos andares superiores existia um vasto salão e aposentos pessoais. O castelo propriamente dito completava todo o complexo.

– Venha por aqui – falou Mayla, interrompendo o momento de contemplação da menina.

No exato instante em que as jovens deixavam o pátio principal e iniciaram a caminhada até o interior do castelo a chuva começou a cair. Mayla e Clara atravessaram toda a extensão descoberta debaixo de muita chuva até chegarem em frente à porta que dava acesso ao interior do castelo. Elas entraram silenciosamente. O barulho da chuva abafou seus passos, por isso, num primeiro instante, não foram notadas.

Diferentemente do que Clara imaginava de um castelo, não havia um séquito de serviçais caminhando freneticamente por todos os lados, prontos para servir os membros da realeza. Muito pelo contrário. Havia alguns servidores circulando, é verdade, mas a impressão era de que todos estavam muito ocupados com atividades aparentemente mais importantes do que simplesmente servir aos habitantes do castelo.

Mayla guiou Clara pelo salão principal que era espaçoso, redondo, bem iluminado por janelas altas, com teto em forma de arco e cheiro de cedro. Castiçais, quadros, ornamentos com temática que remetiam à idade média e belas flores naturais enfeitavam o ambiente.

Do lado de fora a chuva continuava a cair. Enormes gotas ricocheteavam nas paredes e nas janelas, enquanto córregos desciam pelas calhas, criando lençóis d'água que, devido à discreta e proposital inclinação do terreno, desciam até precipitarem-se no fosso. O céu, combinando com as vastas paredes de pedra do castelo, apresentava diferentes tons de cinza.

Mayla guiou a jovem amiga por um longo corredor no lado leste do salão que desembocou em outro hall de onde avistava-se a cozinha do castelo. Clara notou que todas as portas por onde passaram possuíam um relevo distinto, esculpido em madeira, que encenava a via-crúcis de Jesus.

– Depois da distância que andamos você deve estar com fome – falou Mayla sem parar de andar.

– Para falar a verdade não tinha me dado conta de que não comi nada desde que cheguei aqui, mas agora que você mencionou estou com fome, sim. É estranho sentir essa sensação.

– Por que estranho?

– Desde o início do meu tratamento tenho comido muito

pouco, e cada vez menos. Na verdade, tem dias que tenho medo de comer porque me deixa ainda mais enjoada e a sensação não é nada agradável.

– Está se sentindo enjoada agora? – A pergunta de Mayla era meramente retórica, pois já sabia a resposta.

– Não. Estou ótima. Por isso estranhei. Desacostumei com a sensação de normalidade, sem dores ou outra coisa. E mais ainda a sensação de fome.

– Pois, então, aproveite o momento. Venha! – exclamou Mayla com voz suave, mas em tom imperativo, enquanto puxava a amiga pela mão.

A cozinha do castelo era bem grande e tão logo as duas penetraram no recinto despertaram a atenção de uma senhora de meia idade que estava de costas para a porta, organizando alguns apetrechos em um armário de madeira.

– Olá, Valerie.

– Oh, oi Mayla – Valerie respondeu à saudação e direcionou o olhar na direção da acompanhante da princesa.

– Valerie, esta é minha amiga Clara. Ela está visitando nosso reino.

– Olá para você também, Clara. Imagino que as duas devam estar com fome, do contrário não estariam àqui na minha cozinha. Há muitos lugares mais bonitos para Mayla mostrar a você.

– Tem razão, estamos com fome. Neste momento, a cozinha é o lugar mais aprazível de todo o reino.

Com o auxílio de Mayla, Valerie arrumou a mesa que ficava na cozinha e serviu um pão branco caseiro, à base de trigo e cereais, pão de gengibre, presunto, queijo, mel, além de um vistoso sambocade, que Valerie explicou para Clara que se tratava de um bolo de queijo preparado com sabugueiro, peras cozidas em vinho, enfeitado com frutas vermelhas. Para beber, a visitante recebeu um generoso copo de mors, feita a base de mirtilos e amoras silvestres.

Clara experimentou um pequeno pedaço de cada um dos itens. Comeu com gosto, como há semanas não fazia, impressionando-se com o sabor, principalmente do sambocade e da bebida, que achou simplesmente dos deuses.

Depois do lanche, as duas agradeceram, despediram-se de Valerie e seguiram à procura da mãe de Mayla, a rainha de *Cottonland.*

A anfitriã guiou sua convidada até uma pequena antessala. Mayla aproximou-se vagarosamente da porta da sala principal, deu duas leves batidas com os nós dos dedos indicador e médio, colocou a cabeça para dentro e avistou a mãe, reunida com dois trabalhadores.

– Perdão, imaginei que a senhora estivesse só – os acompanhantes lançaram um olhar tranquilo na direção da princesa, e interromperam a conversação.

– Não, tudo bem. É algo urgente, Mayla?

– Nada que não possa esperar.

– Importa-se de aguardar alguns minutos, então?

– Não, mamãe, tudo bem.

Mayla fechou delicadamente a porta, sentou-se ao lado da amiga e aguardaram pacientemente o fim da reunião.

A decoração do ambiente seguia o mesmo padrão do restante do castelo, apenas com pequenas variações, como um quadro com a imagem do rei, pintado por um dos artistas do reino, em vez das pinturas de paisagens presentes no salão principal. Clara ainda não tinha visto a mãe de Mayla, mas o quadro não deixava dúvida de quem ela havia herdado o formato levemente arredondado do rosto e os olhos azuis.

Elas permaneceram em silêncio até avistarem duas silhuetas movimentando-se por trás da porta de vidro fosco, que se abriu segundos depois, permitindo que ouvissem as despedidas. Logo em seguida a rainha surgiu à porta.

Clara ficou paralisada como um cervo assustado, como se o ar tivesse fugido do recinto. Nunca estivera diante de uma rainha antes. Ela era bem mais jovem do que supunha. No seu imaginário, fruto das muitas leituras sobre reinos de fantasia, rainhas eram sempre mais velhas e baixas, o oposto da mulher a sua frente: alta, de traços delicados, mas andar imponente e postura altiva.

Fisicamente, Mayla não se parecia muito com a mãe, a genética transferiu-lhe tão somente os cabelos da cor de trigo maduro. Os olhos âmbar e penetrantes da rainha, fecharam a questão quanto à herança paterna da cor turquesa da íris da princesa.

– Você deve ser Clara – a voz era baixa e melodiosa, mas havia notas de firmeza e autoridade, a combinação perfeita para alguém na sua posição.

– Vossa Majestade sabe quem sou eu?

– Como não? Mayla falou muito sobre a nova amiga. E não precisa usar de formalidades comigo. Pode me chamar apenas de Philippa.

– Sim, Majestade, digo, Rainha Philippa, digo, senhora Philippa – todos sorriram com a dificuldade de Clara para encontrar as palavras.

– Vamos nos sentar – ela apontou na direção da sala de onde saíra.

Ao penetrar no amplo cômodo, Clara sentiu uma pontada de decepção. A menina esperava encontrar um trono suntuoso, como nas histórias dos livros, mas tudo o que viu foi uma sala muito parecida com o escritório que o pai tinha em casa.

Percebendo a reação da visitante, como quem tivesse lido seus pensamentos, a rainha Philippa observou:

– A sala do trono fica do outro lado, logo depois da escadaria que leva aos quartos destinados aos visitantes. Mas prefiro esta. É menor, mais prática e aconchegante.

– Vamos nos sentar aqui, Clara – Mayla apontou na direção de um confortável sofá.

O silêncio tomou conta do ambiente. Por alguns instantes, ninguém disse nada, até que a rainha, após analisar acuradamente o rosto da pequena forasteira, pôs fim ao mutismo.

– O que tem achado de nosso reino, Clara? Espero que Mayla tenha sido uma boa anfitriã.

– Tudo é muito bonito aqui. Mayla me mostrou muitas coisas.

– Andamos desde a *Laguna Esmeralda* até aqui – atalhou Mayla.

– Então já conheceu boa parte de *Cottonland*, mas ainda há outros lugares bem interessantes para se visitar, apenas ficam um pouco mais afastados, mais ao norte.

– Arvid se ofereceu para mostrar o reino para Clara. Talvez possa levá-la por aqueles lados em outra oportunidade.

– É uma excelente ideia, Mayla. Arvid será um bom guia. Onde vocês o encontraram?

– No hospital. Arvid havia combinado de retornar comigo ao castelo, então avisei-o de que voltaríamos a pé.

– Você estava sozinha lá na lagoa novamente?

– Desde que papai se foi eu gosto de ir até lá. O lugar me transmite paz.

– Eu sinto muito pelo que aconteceu com o seu marido. Espero que a senhora não esteja mais triste – falou Clara, que acompanhava em silêncio a conversa entre mãe e filha.

– Oh, muito obrigada por sua preocupação, criança. Realmente ficamos um pouco saudosos com a passagem do rei Jorge, mas, apesar do sentimento inicial, compreendemos que havia chegado a hora dele seguir adiante.

– Seguir adiante?

– Exatamente. A passagem não é o fim de nada. Saiba que nossa existência é marcada por ciclos. Ciclos iniciam, ciclos terminam, ciclos reiniciam, ciclos se sucedem sem parar. Há tempo de chegar, tempo de partir e tempo de regressar.

– Em todo lugar é assim ou só em *Cottonland*?

– O universo inteiro é regido pelas mesmas leis. Independentemente do reino, sempre haverá ciclos a comandar a estada das pessoas que nele habitam. Foi assim com Jorge, será assim com todos nós, inclusive eu e você.

– Ciclos significa morrer?

– Ninguém morre, jovem Clara. As pessoas apenas encerram um ciclo em um lugar e reiniciam em outro, para depois retornarem. O que você chama de morte, em muitos lugares, é apenas o mecanismo utilizado para marcar o fim de um período e o início de outro.

– Conheço muitas pessoas que morreram.

– Você pensa que elas morreram – interrompeu Philippa.

– A senhora está querendo dizer que elas estão em outros mundos?

– A resposta para a sua pergunta é um pouco mais complexa que isso, mas, em linhas gerais, pode-se dizer que sim.

Clara não disse nada, manteve o silêncio por algum tempo pensando na sua própria situação, na sua doença. Mayla e Philippa entreolharam-se, mas também preferiram o silêncio, deixando que a menina processasse a informação.

– Mamãe, temos um pedido a lhe fazer – interrompeu Mayla, quebrando o sentimento de angústia que começava a se formar no coração da jovem amiga.

– E o que seria?

Mayla fez sinal com os olhos para que Clara falasse.

– Majestade, digo, senhora Philippa, seria possível autorizar a entrada de minha irmã Victória em *Cottonland*?

– É um pedido inusitado, Clara. Por que você deseja que ela conheça nosso reino?

– Porque ela é a única que acredita em mim, que *Cottonland* não é um produto da minha imaginação. Um sonho.

– Vejo que sua irmã Victória é bastante inteligente. Mas se ela acredita em você por que trazê-la para cá?

– Gostaria que ela ajudasse a convencer meus pais de que *Cottonland* existe.

– É tão importante assim que acreditem em você? Talvez eles ainda não estejam preparados para conhecer os detalhes do nosso reino. Já pensou que podem continuar não acreditando mesmo que sua irmã fale sobre nós?

– Não tinha pensado nisso.

– É muito difícil ensinar algo para quem não está disposto a aprender, Clara. Todos temos nossos sistemas de crenças, mas em algumas pessoas ele é hermeticamente fechado, como uma fortaleza impenetrável. Nesse caso, palavras não são suficientes para quebrar as barreiras, é preciso elementos mais drásticos. Uma bolha de sabão estoura com um leve toque; uma pedra, só com explosivos. Assim são os seres humanos quanto ao despertar para novas realidades.

– Talvez seja inútil Vicky vir até aqui, então.

– Eu não disse isso, criança. Apenas estou alertando para a possibilidade de não apresentar, de imediato, o resultado que você imagina, e com isso causar-lhe algum tipo de frustração.

– O que me diz sobre o pedido, mamãe?

– Preciso refletir sobre isso. As regras para o acesso de pessoas estranhas em nosso reino são muito rígidas. Amanhã darei a resposta.

– Amanhã? – Clara perguntou, deixando escapar sua decepção.

– É uma decisão muito séria. É preciso um pouco mais de paciência.

– Desculpe. É que amanhã pode ser que eu tenha ido embora. Nunca sei como venho parar aqui e nem quando volto.

– Essa é uma resposta que você terá de descobrir sozinha.

Pedirei para Aliena preparar o quarto de hóspedes. Esta noite você será nossa convidada.

– Dormir aqui? Mas meus pais ficarão preocupados.

– Enquanto estiver em *Cottonland* você está sob minha responsabilidade. Não posso deixar você vagando por aí – sentenciou a rainha.

– Clara, já está escurecendo e como você não sabe como fazer para voltar para casa é melhor que tenha um lugar para ficar enquanto isso não acontece – ponderou Mayla.

– Você tem razão. Não tenho para onde ir enquanto estiver em *Cottonland*.

– Assim é melhor. Aproveite nossa hospitalidade pelo tempo que for necessário. E amanhã bem cedo darei a resposta ao seu pedido. Prometo. Agora se me derem licença, tenho outros assuntos para resolver.

Choveu durante o restante da tarde e por toda a noite. Clara estava apreensiva por passar tanto tempo fora. Temia pela preocupação dos pais, mas Mayla tranquilizou-a quando a acompanhou até o quarto de hóspedes após o jantar.

Era um quarto mais luxuoso que Clara vira em toda a sua vida. A cama gigantesca e macia, forrada com lençóis feito de tecido muito similar à seda, na cor pérola, da mesma cor do pijama que Mayla lhe forneceu.

– Não se preocupe com seus pais, nem com o tempo que ficará conosco, Clara. Tenho certeza de que não estarão preocupados.

– Não tenho tanta certeza assim. Mamãe até hoje só me deixou dormir na casa das minhas amigas de escola três vezes, mas em todas elas ligou o tempo todo para saber como eu estava me comportando. Você não conhece dona Constanza.

Mayla não falou nada, apenas sorriu.

– Ficará tudo bem. Confie em mim – falou a princesa em tom enigmático. – Além disso, creio que você não tem muita escolha, já que não sabe como voltar para casa e nem quando isso acontecerá.

– Nisso você tem razão – havia resignação na sua expressão.

Mayla deu de ombros e fez um gesto de "o-que-se-pode--fazer"?

Nas horas seguintes, as duas conversaram sobre diversos assuntos relacionados às suas vidas e seus mundos. Clara quis saber como tinha voltado para casa na primeira visita, pois se lembrava de estarem juntas pouco antes de despertar no quarto do hospital.

– Quando você se sentiu mal estávamos na entrada da fazenda Espírito da Floresta. Fui até lá para pedir ajuda, mas quando retornamos você tinha desaparecido. Procuramos nos arredores, mas não havia sinal seu. Simplesmente desapareceu sem deixar vestígios. Então imaginei o óbvio, que voltara para casa através dos mesmos mecanismos que chegou.

– É tudo muito estranho, pois minha mãe disse que em momento algum eu deixei o quarto de hospital.

– Clara, não se preocupe com isso agora. Sei que pode parecer estranho, mas para tudo há uma explicação racional e, na maioria das vezes, ela é mais simples do que se imagina. No seu lugar eu aproveitaria ao máximo o tempo em que está aqui, já que não sabe quando voltará.

– Vou tentar – sorriu, sem muita vontade, diante da incerteza quanto à sua capacidade de manter-se despreocupada com o incômodo da dúvida.

Após Mayla despedir-se, Clara não demorou muito para adormecer. Estava realmente cansada.

No dia seguinte, quando acordou, percebeu que os sons provocados pela chuva despareceram, dando lugar à cantoria de pássaros que deveriam estar em alguma árvore próxima.

A menina abriu a janela e deparou-se com um céu cor de damasco enquanto o sol nascia lentamente, mudando a cor da abóbada celeste. Foi um espetáculo inesquecível. Os primeiros raios solares eram rosados e tomavam conta do céu desbotado refletido na superfície espelhada de um pequeno lago e nas poças deixadas pela chuva do dia anterior.

O amanhecer róseo era de rara beleza. O sol brilhava por entre as árvores e as cores de tudo à sua volta eram mais vívidas do que os tons que conhecia. Ela notou que sua percepção, não somente para as cores, formas e estados da natureza, era mais completa, mais rica do que a normalidade.

Clara permaneceu por muito tempo debruçada na janela olhando para a paisagem e pensando no quanto aquele lugar era agradável, quando alguém bateu à porta. Era Mayla, chamando-a para o café da manhã.

As duas desceram e a visitante surpreendeu-se ao ver que o desjejum foi servido em uma sala simples, com paredes em tons ocre, cercada de quadros expressivos de pessoas que supôs tratar-se de reis e rainhas, antepassados de Mayla. A mesa fora decorada com dois vasos contendo flores amarelas. No seu imaginário, Clara esperava encontrar uma mesa enorme, louças de porcelana antiga, talheres de prata, como nas muitas histórias de palácios, reis e rainhas que lera nos livros. Mas o lugar era diferente. Podia ser grande, mas não tinha a riqueza esperada.

Quando estavam prestes a terminar o café, Aliena aproximou-se de Mayla e sussurrou algo em seu ouvido. A princesa balançou a cabeça em concordância e agradeceu à trabalhadora do castelo.

– Minha mãe mandou avisar que surgiram assuntos urgentes que pediram a sua presença, por isso não poderá transmitir sua decisão sobre a autorização para sua irmã Victória visitar *Cottonland*.

– Que pena. Estava com expectativa de que ela permitisse.

– Calma – sorriu Mayla. – Ela disse que não poderia transmitir a você pessoalmente, mas Aliena me deixou a par da decisão dela.

*

– E qual foi a decisão? Vamos Clara, não faça suspense – perguntou Victória, inclinando-se na direção da irmã que ajeitou o travesseiro nas costas.

– A rainha Philippa comunicou que via com bons olhos o seu ingresso no reino de *Cottonland*, pois a sua presença lançaria uma semente nos corações incrédulos, mesmo que ela demore ou não venha a germinar.

– Com essas palavras?

– Sim, mas não só isso. Pelo que Mayla me contou, a rainha teria dito algo como: *"há pessoas que acreditam sem ver; outras, precisam ver para crer; e ainda há os que, mesmo vendo, não creem"*.

Victória ficou intrigada com a frase. O chapéu serviu-lhe. No fundo sabia que, apesar da inclinação para a acreditar na versão da irmã, alguma coisa dentro de si dizia que precisava ver com seus próprios olhos.

– Depois disso o que aconteceu?

– Lembro de ter terminado o café da manhã e ir para o quarto me trocar e então comecei a sentir tonturas. Deitei na cama para descansar e... acordei no meu quarto.

– Isso é muito intrigante.

– Tem certeza que não fiquei muito tempo fora, Vicky? Tive medo de vocês ficarem preocupados.

– Nesse dia, você passou muito mal depois da quimioterapia e chegou em casa muito cansada. Dormiu à tarde e só acordou no dia seguinte.

– Não pode ser. Estive em *Cottonland* e passei a noite no castelo. Foi real. Você precisa acreditar em mim.

– Calma. Não estou duvidando. Mas acredite, enquanto dormia nós nos revezamos no seu quarto. Estávamos preocupados.

– Então como é possível eu estar em dois lugares ao mesmo tempo? – Clara reagiu com ansiedade e lançou um olhar de incompreensão na direção da irmã.

Victória lembrou-se de seus estudos da Doutrina Espírita sobre o fenômeno de emancipação da alma durante o sono. Essa era a resposta, mas preferiu omitir sua conclusão da irmã.

– Não sei, Clara. Mas deve haver uma explicação para isso. Nós apenas não a encontramos. Vamos tentar dormir um pouco agora.

A irmã mais velha abraçou a caçula na tentativa de tranquilizá-la. Internamente sorria de contentamento, pois a convicção de que Clara falava a verdade crescia dentro de si. Pela primeira vez sentiu as dúvidas abandonando-a. *Cottonland* era real.

CAPÍTULO 10

DIVERGÊNCIAS

VICTÓRIA ACORDOU QUANDO AINDA ESTAVA ESCURO. De alguma forma, sua mente adormecida mantinha a noção de tempo e a despertava rigorosamente pouco tempo antes do amanhecer, ainda que na noite anterior tivesse enfrentado dificuldades para conciliar o sono. Não conseguia afastar do pensamento os relatos de Clara sobre o misterioso, maravilhoso, ou seria estranho – não sabia qual o adjetivo mais adequado – mundo de *Cottonland?*

Por tudo que estudara sobre a Doutrina Espírita aprendera que todo o trabalho desenvolvido pela espiritualidade tinha um objetivo. Nada era feito em vão, sem um propósito definido. Portanto, inutilmente tentava compreender as razões pelas quais Clara estava sendo conduzida ou apresentada de forma tão real, com infindável riqueza de detalhes, a esse desconhecido reino. Havia um aprendizado em curso, disso não tinha a menor dúvida, a questão era o porquê de tal objetivo.

Empurrou com os pés o cobertor que a cobria, pois apesar do calor inesperado da noite anterior, a madrugada era fria, inclusive porque o sistema de calefação não tinha sido ligado.

Sentou-se na cama e ficou naquela posição por um tempo, aguardando o organismo fornecer-lhe a energia necessária para sair, o que aconteceu após longos minutos. Levantou-se, apertou o botão lateral do celular para obter um mínimo de iluminação e evitar ter que tatear no escuro até encontrar o interruptor da luz, situado no lado oposto da cama.

Quando tocou a tecla uma luz suave invadiu o quarto, pois ajustara o controlador de intensidade da iluminação de forma a não agredir os olhos recém-saídos da escuridão. A temperatura estava um pouco baixa e o ar noturno pesado com a umidade. Agasalhou-se, saiu do quarto e caminhou pela casa, quebrando o breu que dominava o ambiente com a luz do visor do celular, do contrário o trajeto seria complicado, pois a escuridão era total e mal conseguia divisar os contornos dos móveis. Tentou passar pela porta da frente da forma mais silenciosa possível, mas ela soltou um leve ranger quando foi fechada. Resolveu andar um pouco pela vizinhança, plagiando o hábito do pai quando algo o preocupava.

Do lado de fora o ar frio predominava, como sempre acontecia no fim das madrugadas de Ushuaia. Puxou o capuz do agasalho e cobriu a cabeça. O bairro permanecia silencioso como um réptil descansando. Somente mais tarde, na iminência do nascer do sol, é que a maioria das pessoas começaria a deixar suas casas na direção do trabalho.

A atmosfera silenciosa, quebrada às vezes pela algazarra de um bando de golondrinas[4] barranqueiras que pousavam nas árvores nas proximidades da baía, proporcionava um momento de paz. Sempre gostou de uma boa conversa, mas também se sentia à vontade com o silêncio, talvez até gostasse mais dele.

Enquanto andava, pensava em *Cottonland* e tentava formar

[4] No Brasil, andorinhas.

em sua mente, através dos relatos que ouvira da irmã, o cenário daquele mundo. Idealizava a imagem de seus habitantes, a fisionomia da princesa Mayla, para depois embrenhar-se em seu dilema pessoal: compreender os motivos pelos quais Clara estava sendo levada a conhecer o desconhecido e cativante lugar. Entre teses e antíteses, vez ou outra, seu cérebro tecia hipóteses sombrias, tristes. Então, sentiu um frio instantâneo na barriga, enquanto um pensamento urgente e assustador surgiu, mas ela rechaçou-o com a mesma velocidade com que ele apareceu.

Na noite anterior, pouco antes de dormir, trocou mensagens com Milena, colega de trabalho e companheira de credo espírita, aprofundando-se um pouco mais na teoria da emancipação da alma durante o sono, uma explicação plausível na visão da amiga; uma certeza, para Victória.

Essa era a explicação: um intercâmbio entre o plano físico e o plano espiritual através do desprendimento parcial do Espírito com relação ao corpo durante o sono, momento em que se afrouxam os laços que prendem o corpo espiritual ao corpo físico, tornando aquele mais livre e independente a ponto de viajar a lugares desconhecidos. *Cottonland* talvez fosse alguma espécie de colônia espiritual ou algo do gênero, para onde Clara estava sendo levada para propósitos ainda desconhecidos.

O amanhecer surpreendeu-a em meios às suas reflexões, já próxima de casa, após ter percorrido algumas quadras e iniciado o trajeto de volta, subindo pela rua principal do bairro. A caminhada matinal auxiliou-a na organização das ideias, principalmente porque precisava ter uma conversa com os pais para pô-los a par dos relatos de Clara e do seu ponto de vista.

Quando chegou em casa, encontrou-os na cozinha tomando café em silêncio. Talvez fosse uma excelente oportunidade para abordar o tema com ambos, sem a presença de Clara.

– Bom dia, filha. Você está chegando da rua? Imaginei que estivesse dormindo ainda – observou Constanza, surpresa com a disposição matinal da filha.

– Bom dia para você também, mãe. Bom dia, pai. E quanto à sua pergunta, sim, saí para dar uma caminhada, precisava andar um pouco.

Juan devolveu a saudação e imediatamente previu que algo incomodava a filha, mas preferiu deixá-la tomar a iniciativa.

– Foi providencial encontrar vocês dois antes de Clara acordar. Tem um assunto que gostaria de conversar.

– Aconteceu algo com ela? – perguntou a mãe, num sobressalto.

– Vem acontecendo, mas nada relacionado à doença, fique tranquila.

– Então deixe de suspense e fale de uma vez – Constanza parecia irritada.

– Sirva-se primeiro – interrompeu Juan, na tentativa de esfriar a temperatura da conversa que começou a elevar-se sem motivo aparente.

Victória sentou-se à mesa e serviu-se de café e de um pedaço de pão. Aproveitou o ritual para pensar na melhor forma de abordar o assunto e, paralelamente, estudar a fisionomia dos pais, nada muito complexo de se interpretar, ao contrário, ansiedade no rosto da mãe, contrastando com a expressão calma e gelada do pai.

– E então? – perguntou Constanza.

– Tenho conversado muito com Clara sobre algo que tem monopolizado sua atenção, na verdade, sonhos recorrentes que vem tendo com determinado lugar.

– Ela comentou algo comigo no hospital – uma pálida lembrança da conversa que tivera com Clara aflorara em sua mente. – Mas são apenas sonhos, nada que se deva dar grande importância. Esse era o assunto? – havia rispidez em sua fala, o tom de voz era afiado como uma navalha.

Embora o ambiente na casa estivesse agradável, com o cheiro do café no ar, Victória sentiu tudo ficar gelado de repente.

– Mãe, talvez seja algo sem importância para você, mas não é para Clara – sorriu, exibindo a expressão neutra, um retrato da paciência.

– Você tem ideia do que sua irmã está passando? Todo o sofrimento, causado pela doença e pelo tratamento, deve estar criando alucinações, sonhos.

Constanza mostrava-se sempre belicosa quando argumentava com alguém que divergia do seu pensamento. Victória já estava acostumada, porém, mesmo detentora de personalidade cheia e forte, decidiu relevar, inicialmente, o tom de voz da mãe.

– Vicky – falou o pai –, Clara sempre foi aficionada por histórias de reis, rainhas, princesas e reinos. Talvez isso esteja aflorando durante o sono, principalmente se considerarmos o momento delicado pelo qual ela passa.

– Pode ser isso também – Constanza atropelou a fala do marido.

– É possível, pai. Concordo que seja uma hipótese a ser considerada, mas há outras explicações.

– Explicações religiosas? – Juan adiantou-se, pois, previa o viés que a conversa tomaria.

– Se prefere chamar assim...

– Do que estamos falando exatamente?

Victória então explanou rapidamente sobre a teoria da emancipação da alma durante o sono. Enquanto falava não pôde deixar de notar a expressão de tédio feita de forma ostensiva pela mãe. O pai, por sua vez, continuava impassível, sem esboçar qualquer reação, seja ela de concordância ou não, muito embora fitava-a com evidente ceticismo. Estranhava, porém, o comportamento intransigente e impaciente da mãe, tradicionalmente mais aberta a esses assuntos.

A jovem fez uma pausa, num silêncio quase reverente, e a mãe aproveitou-se do momento para adverti-la.

– Espero que você não esteja incentivando Clara com essa história de mundo de sonho ou enchendo a cabeça da menina com suas teorias. Você sabe muito bem que ela está passando por um momento muito difícil e não precisamos agregar a ele fantasias ou conto de fadas.

O silêncio que se seguiu foi tão longo e desconfortável que Victória achou que poderia acabar caindo no choro, mas conseguiu conter-se. Compreendia o quão difícil era para a mãe lidar com a doença de Clara, a carga emocional que deveria deixá-la com os nervos à flor da pele, mas estava assombrada em como ela conseguia destruir uma conversa – amistosa em sua origem – quando se sentia contrariada. Até mesmo sua fisionomia mudara. Ela exibia uma máscara de amargura e ressentimento.

– Não estou incentivando Clara a acreditar ou seguir "minhas teorias", como a senhora chama. Além disso, Clara já é grandinha o suficiente para formar suas próprias opiniões – respondeu Victória, subindo o tom.

– É bom mesmo. Melhor que todos nesta casa estejam bem acordados para o mundo real e não percam tempo com fantasias e mundos de sonho.

Em silêncio até aquele momento, Juan percebeu que a conversa migrava para um terreno perigoso. Então resolveu intervir.

– Você está exagerando, Constanza – falou Juan, calmamente, o que irritou ainda mais a esposa.

– Você está acreditando nessa baboseira? Logo você, tão crítico e cético.

– Você sabe, e Victória também, que não acredito em qualquer teoria ou explicação de natureza sobrenatural, mas isso não significa que seja preciso ter, necessariamente, uma postura radical quando ao assunto. São coisas completamente distintas. O momento não pede mais discussões, mas serenidade de nossa parte.

– Agora eu é que sou a radical?

– Está agindo como tal – falou Victória.

– Victória...! – a advertência em sua voz era inequívoca.

– Age como radical quando se recusa, ao menos, a ouvir algo diferente do que pensa.

– Não tente distorcer os fatos. Não estamos falando de mim, mas das suas teorias, digamos, excêntricas, para não usar outro termo.

– Não julgue o que você não conhece, mãe. A senhora está sendo obtusa.

Constanza ficou furiosa com a última observação da filha. Seus lábios contraíram-se, os olhos semicerraram-se e o rosto ficou vermelho.

– Ah, é mesmo? Como pude ser tão obtusa quanto às suas crenças sobrenaturais – falou, com um pouco de veneno. – Pois saiba que daqui a poucos dias sua irmã fará novos exames e saberemos se o tratamento está surtindo efeito. Os resultados desses exames são a única coisa que me importam agora. Não perderei meu tempo com fantasias e quimeras. Guarde para si suas conclusões e não incentive a mente infantil de Clara com essas bobagens. Não quero nenhum tipo de fuga, ao contrário, todos nós, inclusive ela, devemos permanecer alertas e focados para os sintomas e as armadilhas dessa doença maldita.

– A preocupação com a doença de Clara não é exclusividade sua. Todos aqui estamos apreensivos e com medo de toda essa situação.

– Se estivesse realmente não alimentaria conto de fadas.

Victória soltou a respiração forte para tentar se acalmar. Tinha a sensação de estar em um trampolim muito alto, prestes a pular.

– A senhora não tem o direito, tampouco condições de avaliar meus sentimentos. Além disso, talvez não esteja conseguindo dimensionar exatamente o problema e aquilo que estou tentando expor desde que iniciamos esta conversa. Aliás, já estou arrependida de ter começado.

– Não é muito difícil discernir a realidade da fantasia, Victória – Constanza lançou um olhar irônico sobre a filha.

– Seu erro de avaliação é querer enxergar apenas o que está à sua frente, mas não vê aquilo que está "abaixo da superfície" – Victória fez sinal com os dedos indicando "entre aspas". – Não está em discussão o seu conceito, a sua percepção de realidade e fantasia. A senhora não compreendeu que nossa visão sobre o tema não tem importância alguma. Zero! Não passou pela sua cabeça que Clara realmente acredite nisso e que a experiência seja muito importante para ela? Que talvez fosse interessante ouvi-la para compreender porque está dando tanta importância para conto de fadas, como a senhora fala? Ao menos estou disposta a ouvi-la. E vou mais longe: acredito nela, mas não tentarei explicar mais nada, porque acho que a senhora está determinada a não compreender ou, pelo menos, fingir que não compreende.

Constanza encarou a filha e notou uma firmeza no seu olhar que nunca tinha visto antes. Mas tentou fazer valer a autoridade materna.

– Não admito que fale assim comigo, Victória. Não será você quem vai me dizer como devo lidar com os problemas de minha filha. Compreende isso? Quando o assunto é Clara eu determino como as coisas devem ser feitas, não você. A questão é simples: esta é minha casa e nela valem minhas regras.

O rosto de Victória mudou lentamente. Sentiu-se invadir por um profundo desgosto. A expressão era de perplexidade. Uma tormenta passou através de seus olhos e desapareceu, tão subitamente como aparecera. Amaldiçoava a falta de sensibilidade da mãe. Até pensou em argumentar, palavras ásperas afloraram aos seus lábios, mas ela não as disse. Em vez disso, engoliu o sentimento que abria caminho subindo pelo seu peito, sentindo um aperto na garganta. Piscou para conter as lágrimas que afloravam, teimosas, e baixou os olhos para esconder as emoções; um misto de pesar e ódio emanavam de seus olhos. Depois deixou o ambiente, carregando no peito tristeza e fúria.

– Prepotente – resmungou Victória, entre os dentes, inconscientemente segura por saber que ninguém provavelmente conseguiria ouvir aquilo.

Sua sombra comprida projetou-se na parede na medida em que se afastava da iluminação da cozinha. O silêncio persistiu por algum tempo até Juan quebrá-lo.

– Por que você fez isso? Ou melhor, como permitiu que a conversa chegasse a esse ponto?

Constanza girou sobre si mesma com a velocidade de uma cobra atacando. Seus olhos brilharam e, segundos depois, encheram-se de furiosa raiva, fuzilando-o, sem nada dizer.

– Você errou feio na condução da situação. Toda essa discussão foi inútil, desnecessária e desproporcional – disse ele, de maneira serena, mas enérgica, mantendo sua raiva longe da superfície. – Um típico comportamento seu: sempre tentando assumir o comando das coisas, despejando ordens e exigências e criando dramas. Parabéns!

– Não vejo dessa forma – disse ela, respirando profundamente na tentativa de manter a compostura.

– Não esperaria outra resposta sua.

– Do que diabos você está falando, Juan, objetivamente?

– Nada que você já não tenha ouvido da minha boca. Sugiro apenas que avalie seu comportamento e responda para si mesma porque entrou tão rapidamente no modo de ataque.

– Me deixe em paz, Juan.

– Farei isso – respondeu, encarando-a com expressão inflexível, deixando claro o quão desconfortável era permanecer na presença da esposa naquele momento.

Constanza calou-se mais uma vez e desviou o olhar turvo e amargo na direção da janela.

Juan levantou-se e deixou a mesa pisando firme em direção à porta da frente. Antes de sair, porém, encarou a esposa tentando ler a expressão da sua face. E tudo o que viu foi uma irritante obstinação. Sabia que Constanza se deixara levar pelo ego e aquele não seria o momento de tentar persuadi-la a pedir desculpas ou tomar qualquer atitude para minimizar os efeitos da rispidez com que tratou a filha. Virou-se, respirou fundo, baixou a cabeça, decepcionado, e cruzou a porta na direção da rua sem se despedir, no exato momento em que uma chuva ligeira começou a cair. Constanza não imprimiu qualquer esforço para evitar que o marido saísse daquela forma intempestiva. Irritada, deixou cair um pote de geleia de framboesa. O vidro espatifou-se no chão a seus pés, manchando seus sapatos como sangue.

Do lado de fora, ele hesitou. Pensou que talvez devesse procurar por Victória e conversar, ouvi-la adequadamente, ainda que não concordasse com suas teorias, mas decidiu que ligaria assim que chegasse na base.

Sozinha, com expressão soturna, Constanza limpou a geleia e os estilhaços de vidro do chão. Depois, permaneceu sentada na cozinha escutando o barulho da chuva e pensando na discussão que tivera com a filha mais velha. Apesar da dureza das palavras, não estava arrependida, muito pelo contrário, sabia que faria a mesma coisa se tivesse como voltar no tempo. Ela se mantinha convicta de que não seria saudável para Clara ficar alimentando histórias de mundos de faz de conta, muito embora fizesse sentido a observação de Victória quanto à importância que Clara dava à questão, mas era orgulhosa demais para admitir isso. Boa parte de sua irritação se dava pelo fato de que Victória a obrigava a enfrentar um dilema: ouvir o que a caçula tinha a dizer sobre o tal mundo de fantasia e, ao mesmo tempo, dissuadi-la dessa ideia.

Victória voltou para o quarto, subiu na cama, encolheu-se sobre o edredom. Há algum tempo ele assumira a tarefa de absorver suas lágrimas, mas estas eram diferentes, havia raiva e tristeza.

Minutos depois ouviu passos na sombra, leves como penas se arrastando na poeira. Era tarde demais para disfarçar. Clara surpreendeu-a. Foi impossível esconder o choro.

– Clara? – falou enquanto secava as lágrimas do rosto com a ponta dos dedos.

– Desculpe entrar assim no seu quarto.

– Tudo bem – fungou Victória.

– Eu ouvi tudo o que mamãe falou – disse Clara, sentando--se na cama, ao lado da irmã.

– Sinto muito que tenha ouvido. Não precisava ter sido assim.

– Gostaria de pedir um favor a você, Vicky.

– Quantos quiser – Victória limpou os olhos com as mãos.

– A partir de agora, *Cottonland* será nosso segredo e não falaremos com mais ninguém sobre o assunto. Tudo bem?

A irmã a encarou, receosa.

– E quanto a eles?

– Direi ao papai e à mamãe aquilo que querem ouvir, que tudo não passou de um sonho e não voltou mais a acontecer.

– Por que você quer agir dessa maneira? Clara, eu acho que não...

– Apenas prometa, Vicky – sua voz era doce e as mãos pousaram sobre as da irmã mais velha.

– Você está falando sério?

– Muito.

– Sei guardar segredos, apenas os meus.

– Viiiicky?

– Estou brincando. Compreendo o que você está tentando fazer. Não concordo, mas tem a minha palavra – Victória fez uma cruz com os dedos e beijou-a, formalizando sua promessa.

Em seu íntimo temia a estratégia da irmã. Caso a mãe descobrisse, entenderia aquilo como uma afronta pessoal, quase uma traição, e haveria boas chances de perder a sua confiança. Por outro lado, sabia da importância do assunto para Clara e o quanto seria prejudicial para ela se simplesmente desse ouvidos às ameaças da mãe e passasse tratar o tema como meros sonhos ou delírios infantis. Concordaria com seu plano, mas, pelo bem de Clara, estaria disposta inclusive a enfrentar a ira de dona Constanza.

– Sabia que poderia contar com você – a menina enlaçou os dedos da mão da irmã, como fazia quando bebê nas noites em que Victória a colocava para dormir.

Clara murmurou algumas palavras de agradecimento, aproximou-se e abraçou a irmã, selando o pacto.

– Amo você, Vicky.

Victória não respondeu e mesmo se quisesse não conseguiria fazê-lo, pois a voz sairia embargada de emoção. Então, retribuiu com outro abraço, um gesto que expressava todos os sentimentos que as palavras não tinham força para alcançar. Ambas foram envolvidas por um profundo contentamento, como o crepúsculo ao fim de uma tarde de verão.

CAPÍTULO 11

IRREVERSÍVEL

Os meses se passaram, o verão ficou para trás e a primeira neve já havia caído. Nada pesado, ainda não, só uma promessa das coisas que viriam, pois frio fora de época dizia que o inverno já estava à espreita e forçava caminho, furando a fila das estações antes mesmo de o outono acabar, apagando todos os rastros dos dias de temperaturas agradáveis do verão.

Sem sono, Victória levantou-se e olhou através do vidro da janela do quarto. A luz do poste de iluminação pública, em frente da casa, fornecia-lhe o contraste necessário para visualizar a neve que caía intensamente e se acumulava rapidamente no solo. Inspirou profundamente e viu, ao soltar o ar pela boca, rosas de hálito florescer no vidro. Atraída pelo apelo silencioso da noite, num impulso, fez correr uma das folhas da janela e inalou o ar frio e perfumado da rua, depois fechou-a rapidamente e lançou um olhar vazio na direção da baía, pensando nos acontecimentos do dia.

Clara cursava as primeiras etapas do ensino básico. Era o começo simbólico e cheio de esperança de uma longa jornada acadêmica que desembocaria em uma – aqui entra a esperança

– carreira profissional de sucesso. Ao menos esse é o pensamento da maioria dos pais quando seus filhos adentram os portões escolares, uniformizados, lindos, com os cabelos bem penteados, arrastando suas mochilas de rodinhas com seus personagens favoritos estampados.

Victória estava no trabalho quando recebeu a ligação da mãe. A ferida já havia sarado e a raiva esfriara há algum tempo, muito embora os diálogos entre ambas se tornaram tensos e formais, sempre pisando em ovos. O relacionamento entre as duas jamais voltaria a ser o mesmo. No texto, pedia para Victória ir urgente até a escola pois recebera uma ligação dizendo que Clara passara mal. Ela mesma iria se não estivesse acompanhando um grupo de turistas a uma caminhada ao *Glaciar Ojo del Albino,* um ponto bem distante do centro da cidade, e levaria muito tempo para chegar ao local.

Como a escola era próxima de seu trabalho, em pouco mais de dez minutos a filha mais velha já deixava o carro no estacionamento e seguia a passos largos e rápidos – quase correndo – pelo labirinto de concreto da escola, na direção da sala de Clara. Algumas crianças sorriam e davam tchau quando passava e ela, mesmo com pressa, tentava retribuir; outras a ignoravam. Essa é uma das belezas da natureza das crianças: são autênticas quanto aos sentimentos. Não fossem as circunstâncias, até pensaria em parar para dar um "oi" para as pequeninas. Victória tinha um dom raro de atrair as crianças, a ponto de ficarem grudadas em suas pernas e chorarem quando saía. Antes de prestar concurso na área jurídica, até cogitou trabalhar no ensino infantil, mas desistiu. Até hoje não tinha convicção de ter tomado a decisão certa. Mas estava feito, não de forma irremediável, pois sempre poderia voltar atrás, mas estava feliz com a atual carreira e a atração mútua com as crianças tornou-se um traço de sua personalidade, não uma questão profissional. "Existe mais de uma maneira de ser feliz", era a resposta que dava quando lhe perguntavam sobre a questão.

Victória avançou corredor a dentro com passadas largas – o lugar estava estranhamente quieto, –, mas tão logo aproximou--se do setor da escola, onde ficavam as salas do ensino primário – com o coração disparado, – avistou a irmã sentada de pernas cruzadas em um banco do lado de fora. Vestia uniforme da escola nas cores azul celeste e branco, uma reprodução, não por coincidência, das cores da bandeira argentina, pois os proprietários da escola orgulhavam-se do sentimento nacionalista, a ponto de espalharem placas com a inscrição "As Malvinas são Argentinas", uma frase repetida com orgulho pelo povo local, principalmente para os moradores da região da Patagônia em razão da proximidade com o arquipélago que foi o centro da discórdia que gerou a batalha contra os britânicos na década de 1980.

Clara estava pálida, a cor havia abandonado seu rosto completamente, e uma das professoras fez um relato da situação da menina, informando que uma colega de classe, alertou-as de que Clara estava passando mal no banheiro e sangrava pelo nariz. A alusão ao sangramento deixou a todos alarmados. Correram até o local e encontraram-na tentando estancar o sangue que corria em profusão. Na lixeira notaram a existência de muitos papéis toalhas ensanguentadas que Clara havia descartado.

– Como você está se sentindo, Clara?

– Estou bem agora. Apenas com dor de cabeça.

Victória agradeceu às professoras pela presteza e rapidez com que lidaram com a situação e deixou a escola. Depois, mesmo contra a vontade da irmã, foi até o hospital, local onde o pediatra plantonista avaliou-a, mas apresentou uma resposta irritantemente óbvia, a de marcar o quanto antes uma consulta com o oncologista responsável pelo tratamento da irmã. A boa notícia é que não haveria necessidade de nova internação. Há menos de duas semanas, Clara precisou ficar internada devido a uma pneumonia. O oncologista já havia alertado que as internações, infelizmente, passariam a fazer parte da vida da menina.

A situação era preocupante. Os exames apontavam que o tratamento não estava surtindo o efeito desejado. Todos estavam desesperados. A família buscara uma segunda opinião com médicos na distante Buenos Aires, mas a conclusão não fora diferente. As esperanças estavam diminuindo. O médico indicara a realização do transplante de medula. O material coletado, infelizmente, revelara que ninguém da família era compatível e o nome de Clara entrou para uma imensa fila, aguardando um doador. As probabilidades, e o tempo, estavam contra ela.

Clara tornou-se fonte das maiores alegrias, assim como das mais desgastantes preocupações da família, pois o oncologista começou a falar com mais frequência sobre a gravidade e os riscos do câncer. Isso com certeza não era um bom sinal. O médico solicitou nova bateria de exames para poder determinar o próximo passo do tratamento.

Quando voltavam para casa, após Victória ter passado um relatório completo aos pais, Clara observava o vento que uivava do Nordeste, insistente e sonoro, enquanto a neve caía novamente, acrescentando uma camada de gelo branco à velha neve marrom, amontoada sobre o meio-fio. A cena trouxe à tona o conhecido tema das duas: *Cottonland*. Desde que Victória prometera que não tocaria mais no assunto com os pais, o reino virou enredo de conversas secretas entre as irmãs. A cumplicidade cresceu de forma exponencial, despertando o ciúme de Constanza, que via a filha mais nova afastar-se dela e aproximar-se cada vez mais de Victória.

A caçula relatou à irmã suas novas visitas ao reino da princesa Mayla, os passeios que fez em companhia da amiga, os lugares diferentes que conheceu. Narrou sua experiência com impressionante riqueza de detalhes, circunstância que cristalizava ainda mais o pensamento de Victória acerca da natureza daquelas visitas. Quando falava sobre o lugar, Clara descrevia com contagiante satisfação a sensação de liberdade proporcionada pela ausência da doença. Podia correr, brincar, subir colinas, comer o que bem entendesse sem suas habituais dores, hemorragias, náuseas, vômitos e cansaço.

O ânimo, a disposição de Clara eram outros após suas visitas ao mundo da "neve de algodão". Ela acordava com o espírito animado, como uma explosão de luz em um dia cinzento. Os pais, impulsionados pela visão cartesiana e vendados pelo ceticismo, não percebiam a extensão e a profundidade da mudança comportamental da filha, por isso, limitavam-se a atribuir os altos e baixos de seu comportamento aos medicamentos. *Cottonland* para eles era assunto do passado e não fazia mais parte das suas conjecturas habituais.

*

Não demorou muito para que a claridade começasse a surgir sobre as águas da baía, agitadas pelo vento, anunciando a chegada de um novo dia. Um sol tímido, aos poucos, ergueu-se no céu onde também podiam ser vistas nuvens negras, espaçadas, com manchas azuis aparecendo aqui e ali. Victória via no céu uma metáfora à vida. Assim como aquele alvorecer mesclado que seus olhos presenciavam, a vida não era perfeita. O caminho era permeado por momentos de escuridão produzidos por nuvens carregadas em contraste com a paz e a felicidade dos instantes de céu claro.

A filha mais velha manteve os olhos voltados para cima e

fez uma oração pedindo auxílio para a irmã na sua batalha contra a doença. Apesar de todas as intempéries da vida, não permitia que sua fé em Deus esmorecesse, apenas gostaria de compreender quais seriam os planos Dele, não somente para Clara, mas de todos os membros de família, naqueles dias de tempestade existencial. A ausência de respostas fazia crescer as inquietações.

A meteorologia previa para aquele ano um inverno agradável, isso na linguagem dos "moradores do fim do mundo" significava frio, porém, com nevascas que causassem menos transtornos à vida dos locais. Entretanto, a previsão não estava se confirmando e, para alegria dos milhares de turistas, os bancos de neves não paravam de aumentar.

Quando a família saiu de casa – Victória inclusive – rumo ao consultório médico para avaliação do resultado dos exames previamente realizados, o sol já havia desaparecido e o céu cinza havia assumido seu posto. E quando todos pensavam que o tempo não poderia ficar pior, a neve começou a cair grossa, dificultando, inclusive, o trabalho dos limpadores de para-brisa. A paisagem tornou-se esbranquiçada e o vento gélido alvoroçava os flocos que despencavam do céu. Depois que o carro parou no estacionamento descoberto da clínica, foram necessários poucos instantes para que o para-brisa ficasse coberto pela neve, transformando o interior numa caverna escura.

Do lado de fora, o céu continuou a escurecer e o vento aumentou, soprando algumas folhas das árvores na direção da família que desceu apressadamente do carro, tendo como trilha sonora o rangido característico produzido pelos calçados em contato com a neve, principalmente aquela mais velha incrustada, e que ninguém tinha retirado da calçada, enquanto no céu algumas aves invernais lutavam contra as rajadas de vento, como pequenas pipas.

No consultório médico, acomodaram-se de forma aleatória nos espaços vagos e aguardaram, apreensivos, o horário da consulta. Clara queixava-se de dor no corpo e ficou todo o tempo de espera prostrada no colo da mãe.

Pouco depois, foram levados a um consultório amplo. Doutor Esteban, um homem alto, cabelos claros curtos, já avançado na meia-idade, com o rosto mostrando os sinais dos anos de vida, sentado atrás de uma grande e antiga mesa, com decoração franciscana, levantou-se e recebeu-os com cordialidade exagerada, não que tivesse faltado gentileza nas inúmeras consultas anteriores, mas conheciam-no suficiente para notar a diferença do comportamento, e isso fez com que Constanza e Juan ligassem imediatamente o sinal de alerta.

– Por que não nos sentamos? – apontou para as poltronas diante da sua mesa.

O médico respirou fundo diversas vezes enquanto olhava para os papéis à sua frente, como se realizasse um ritual de preparação para decidir o que dizer e como fazê-lo. Victória pensou em preencher o silêncio com perguntas – todos pensaram o mesmo, – mas esperaram, pressentindo que em breve o médico falaria e que suas palavras seriam reveladoras. E foi exatamente assim que aconteceu.

– Não é novidade que os exames anteriores mostraram a ausência da eficácia que esperávamos para o tratamento – iniciou o médico. – Diante desse contexto, em algum momento, caso não houvesse nenhuma evolução, poderia ficar claro que a cura da leucemia não seria mais possível. E infelizmente essa hipótese se confirmou.

– E o que exatamente isso significa, objetivamente, doutor? – perguntou Juan.

– Significa que, a partir de agora, o foco do tratamento

não será mais a cura da doença, mas a tentativa de controle dos sintomas provocados por ela. É o que chamamos de tratamento paliativo ou de suporte.

– As sessões de quimioterapia serão interrompidas?

– Não, senhor Juan. Mas prescreverei medicamentos menos intensos com o objetivo de retardar o desenvolvimento da doença em vez de curá-la.

Precisaremos avaliar ainda uma série de fatores e a evolução após esse novo tratamento, pois, à medida que a leucemia invade e se desenvolve na medula, pode provocar muita dor. É importante, então, que a paciente se sinta o mais confortável possível. Com o passar dos dias, estudaremos a inclusão de radioterapia, bem como outros elementos mais eficazes para abrandar a dor. Inicialmente, seguiremos com analgésicos mais conservadores, como temos feito, e têm sido eficazes, porém, caso em algum momento se tornem insuficientes, precisaremos de medicamentos mais potentes, como a morfina.

Apesar de não compreender as explicações do médico, Clara percebeu que a notícia não era boa, a conclusão estava estampada na fisionomia da mãe e da irmã, ambas com os olhos marejados, esforçando-se para reprimir o choro. Ela olhou para o pai, mas não conseguiu interpretar sua reação. Não sabia ela que Juan lutava internamente para manter-se calmo. Respirou profundamente pela boca e soltou o ar lentamente na tentativa de aliviar a tensão.

– Há algo que possamos fazer? Novas alternativas? – Juan tentava manter vivas as esperanças de cura.

– Há tratamentos experimentais, sem eficácia comprovada, mas não os recomendo por conta da idade e da agressividade dos efeitos colaterais.

O apreensivo pai inspirou profundamente mais uma vez e ficou pensativo. O ar parecia ter fugido do recinto. Constanza via a sua frustração próxima de se transformar em revolta, talvez contra o médico, muito embora seria injusta e egoísta, pois o oncologista havia lançado mão de todos os recursos disponíveis, conclusão que a família chegou quando buscou a opinião de renomado médico, na capital argentina.

– Nesse estágio, dadas as circunstâncias, a equipe especializada em tratamento paliativo começará a trabalhar também.

– Mesmo não ficando no hospital?

– Será que a jovem – o médico apontou para Victória – poderia levar Clara até a sala de espera? Gostaria de tratar de um assunto chato – agora o olhar voltou-se para Clara – com seus pais.

Victória compreendeu o subterfúgio, o oncologista não queria que a irmã ouvisse aquela parte da conversa. Não era difícil imaginar qual seria o tema, por isso atendeu prontamente à sugestão e convidou a irmã para sair.

Esteban esperou que as duas saíssem e complementou:

– É preciso que vocês estejam preparados para internações mais frequentes da menina, por isso indicamos o início do acompanhamento e tratamento paliativo.

– Uma equipe, você falou? – perguntou Juan.

– Sim, uma equipe. São outros médicos, enfermeiros, psicólogos, assistentes sociais e capelães. Trabalhamos juntos, todos focados não só na doença, mas no paciente como um todo, para auxiliar com os sintomas, dar as informações necessárias para que sejam tomadas decisões sobre os cuidados, apoiando o paciente e a família, emocional, psicológica e espiritualmente.

– Não sei se estamos prontos para isso.

– Ninguém está, mas é necessário, pelo bem de vocês e principalmente pelo bem da menina. Ela tem esse direito.

– Estamos em suas mãos, doutor. Se esse é o melhor

caminho, teremos de confiar em você, sobre o que é o melhor para Clara – falou Juan.

– Agradeço a confiança, mas se quiserem, sugiro que procurem uma segunda opinião para serenar o coração de vocês. É saudável que o façam.

– Qual a sua real expectativa quanto ao tratamento paliativo?

– Para ser franco e objetivo, melhorar sua qualidade de vida, ajudando-a a viver da melhor maneira possível, pelo tempo que for possível.

– Por quanto tempo?

– Não saberia responder, pois há muitas variáveis, mas tentaremos aumentar ao máximo a sobrevida.

– Uma estimativa? E não se preocupe com a precisão – insistiu o pai.

– Numa primeira fase, em razão dos medicamentos, cerca de um, dois anos. A partir daí precisaremos avaliar o comportamento da doença e ter um prognóstico quanto ao alargamento desse tempo. Mas advirto, pois essa é minha obrigação...

O médico então respirou fundo uma vez, como se cada palavra que diria em seguida fosse um caco de vidro dentro do seu peito, e completou:

– A leucemia, no caso da jovem Clara, é irreversível.

Aquela palavra foi como um soco na boca do estômago de Juan e Constanza. Ambos sentiram um peso no peito e desviaram os olhos para um lugar mais seguro, fugindo do olhar do médico que os encarava enquanto aquela palavra reverberava, macabra, pelo consultório, revelando a assustadora realidade da vida. O fim! Irreversível... é difícil sequer imaginar algo assim, o fim, quanto mais transformá-lo em uma palavra: irreversível.

Quando se trata de uma criança, sempre imaginamos que a morte demorará décadas para chegar e que, portanto, não faz sentido se preocupar com ela tão cedo. O "depois" cria a terrível e confortável ilusão de uma distância segura que nos impede de enxergar que a morte está presente na nossa vida, que não fica à espreita, aguardando o término de uma longa jornada. Ledo engano! Ela está sempre presente – escondida da vista de todos, – nossa companheira desde a primeira vez que inspiramos fora do útero materno.

Juan soprou o ar com um assobio. Como não sentia há tempos, ele teve vontade de socar alguma coisa, golpear a parede mais próxima em protesto até quebrar a mão, mas controlou o ímpeto e manteve-se calado por alguns segundos.

– Não estou pronta para vê-la partir. Não podemos desistir assim, tão facilmente – falou Constanza, em meio ao pranto.

– Não desistiremos – complementou Juan.

– Tentamos tudo o que foi possível, mas não posso criar falsas expectativas. Na minha avaliação, claro que vocês podem buscar outra opinião, como já sugeri, o tratamento paliativo é o mais adequado diante das circunstâncias. À exceção de um transplante de medula ou que novas técnicas surjam, não há nenhuma outra hipótese de cura da leucemia. Sinto muito por não ter boas notícias.

Embora soubesse que o médico não tinha culpa alguma, Constanza ficou ressentida com sua tentativa de apagar o brilho cálido da esperança, mas no fundo sabia que seu pensamento era equivocado, estava apenas tentando encontrar alguém para descontar sua frustração.

Quando a família Gonzalez Fernandez deixou a clínica médica, o céu estava escuro, carrancudo. Victória lembrou-se da metáfora sobre a vida. O céu, naquele instante, era o retrato fiel de todos. O golpe abalou profundamente as fundações familiares. A jornada rumo à morte começara, restava apenas a esperança cega de um milagre, mas a esperança às vezes engana...

*

Clara fez perguntas relacionadas ao seu estado de saúde, sobre o que dissera o médico, mas a mãe apressou-se serenar seus ânimos dizendo que o tratamento sofreria algumas modificações, mas que estava correndo conforme o esperado. A menina não acreditou na resposta, mas preferiu fingir contentamento com as explicações.

"A mentira é como uma espécie de terapia – pensou Victória – assim como a eloquência do silêncio reflexivo que pairou no ar na sequência".

Juan dirigiu pela pista asfáltica de uma das principais ruas da cidade e seguiu na direção de casa. Não demorou muito para que entrasse na região arborizada do bairro. Nenhuma outra palavra foi pronunciada no restante do percurso, todos pareciam estar perdidos em seus pensamentos particulares, inclusive Clara.

Victória queria sair do carro, estava ansiosa para isso, pois a melancolia gelada que preenchia o veículo a sufocava; a tristeza era como o tempo carrancudo do lado de fora, e parecia pressionar as janelas do automóvel. Estava ávida por poder tomar um banho para obter, quem sabe, a disposição de que precisava para pensar. O banho tinha esse poder sobre ela. Sua psicóloga – passou a fazer terapia desde a descoberta da doença da irmã – explicava que o relaxamento produzido pela água quente caindo sobre o corpo liberava as amarras do seu pensamento e, o abrandamento dos demais sentidos em razão da água, faziam com que pudesse concatenar melhor as ideias sob o chuveiro.

A temperatura do lado de fora havia despencado ainda mais. Victória alisava os cabelos numa "preocupação fútil e ridícula com a aparência" diante de tudo o que a família estava vivendo – assim qualificava sua vaidade naquele momento da vida.

Cansada e com náuseas, Clara foi para o quarto. Pouco tempo depois estava dormindo.

Juan, por sua vez, apesar do tempo ruim, preferiu caminhar, também na tentativa de organizar seus pensamentos. Nunca gostou de conversar em momentos de tensão. Taxava como inconcebível a psicologia de algumas pessoas que, nas horas difíceis, buscam distrações. Ao contrário, preferia o silêncio e a paz para assenhorar-se da situação e portar-se diante dela com a maior serenidade e praticidade possível.

Constanza era o oposto. Emotiva, explosiva, ainda não tinha assimilado completamente o peso da notícia, mas seu coração encheu-se de revolta. Nos meses que se seguiriam, a revolta – uma modalidade de ódio – com a situação da filha, impulsionaria um combustível altamente tóxico. O marido chegou a tentar fazê-la compreender que o ódio seria um péssimo conselheiro. No fundo ela até sabia que aquela não era a melhor forma de agir, mas fazia assim mesmo. Constanza abraçou o sofrimento e transformou-o em algo sólido, palpável, capaz de carregá-lo dentro de si. Vivenciava o luto antecipado.

Os pilares da família começaram a ruir no dia em que receberam a terrível sentença sobre o estado de Clara, situação que seria omitida da menina, determinou a matrona, obtendo a concordância velada dos demais.

Victória, por fim, tentava imitar o comportamento do pai e manter-se serena diante da situação, principalmente porque era a pessoa com quem Clara mais conversava e certamente a questionaria sobre seu real estado de saúde. A princípio, discordava da determinação dada pela mãe para esconder da irmã a conclusão do médico e ainda não tinha certeza de que cumpriria a ordem.

Apesar de todo o esforço para manter a serenidade, sentia-se aturdida e o coração batia acelerado, seguido de grandes pérolas orvalhadas de suor frio escorrendo pela têmpora quando o tema era a situação da irmã. Traiçoeira, sua mente sempre a levava para desdobramentos inquietantes e para as piores hipóteses.

Ninguém ousava pronunciar a palavra "morte" em voz alta em casa, mas, independentemente da vontade de todos, ela pairava no ar, fazendo-se presença constante, quase palpável, com a qual teriam de aprender a conviver.

Sob o efeito dos medicamentos para aliviar as dores, Clara dormiu toda a tarde e adentrou no início da noite. Quando acordou recusou-se a sair do quarto para comer. A noite avançava quando Victória, após chegar do trabalho, abriu a porta do quarto da irmã lentamente, trazendo em uma das mãos uma sopa de legumes.

– Oi, Vicky – a voz, sonolenta, saiu mais fraca do que ela gostaria.

Victória notou que a irmã parecia cansada, mesmo depois das longas horas de sono. Seu olhar continuava o mesmo: carinhoso e atento.

– Olá, Clara. Trouxe algo para você comer. Dona Constanza fez a sopa que você adora.

– Estou sem fome. Gostaria de conversar com você.

– Vamos combinar uma coisa: conversamos enquanto você come. – Victória tinha ideia de qual seria o assunto.

Clara concordou com a proposta, mesmo a contragosto. Sentou-se na cama enquanto a irmã ajustou os apoios da mesa na cama e colocou o prato à sua frente, entregando-lhe uma colher. Ela olhou para a comida sem muita vontade, mas forçou-se a comer ao menos para cumprir com sua parte no trato. A menina fez uma careta logo após ter engolido a primeira porção. Victória sorriu.

– Foi um bom começo.

– Não fique muito animada, Vicky.

– Você prometeu.

– Sim, prometi.

O silêncio tomou conta do quarto por breves segundos. Victória olhava consternada para a tentativa da irmã de comer mais um pouco da sopa, do quanto um ato simples, realizado de maneira automática, sem pensar, transformava-se numa verdadeira epopeia devido às dores, enjoos e toda sorte de desconfortos – um eufemismo para suavizar a expressão sofrimento. – A cena provocou-lhe um súbito aperto no peito. Foi apenas uma visão momentânea que desvaneceu no instante em que as irmãs cruzaram olhares e Clara, sem rodeios, como que tivesse lendo seus pensamentos, perguntou:

– Estou morrendo, não é? – a pergunta, apesar de esperada, deixou a irmã desconcertada.

Victória engoliu em seco, depois pigarreou, tentava ganhar preciosos segundos para dar tempo ao cérebro de formular a melhor resposta. Mas a pergunta era direta demais e a fez perceber o quanto havia subestimado toda a situação e tudo que a envolvia: medo, angústia, mágoa, dor, desejo de parar o tempo e evitar que o pior acontecesse. O amontoado de sentimentos desestabilizava-a, sufocava-a, mas Clara estava ali, bem à sua frente, esperando uma resposta convincente e sincera. Teria o direito de continuar mentindo para a irmã? Até que ponto isso seria certo? Tudo isso passou pela sua mente num átimo e Victória suspirou, pensando nas consequências da decisão que precisaria tomar.

– Apesar de eu não ser adulta, vocês não precisam me tratar como se eu fosse um bebê. Consigo perceber o que está acontecendo. Na verdade, é meu corpo que está dizendo que as coisas não estão boas. Eu sinto os enjoos, sou eu quem tem que aguentar os sangramentos e meu corpo dói em tantos lugares que, às vezes, as dores parecem se anular. Vocês podem esconder a gravidade da doença, mas não conseguem impedir que eu sinta o que estou sentindo.

Victória ficou impressionada com os argumentos e com a maturidade de Clara. Uma criança que deveria estar preocupada com o novo vídeo da cantora preferida, em encontrar um novo e divertido brinquedo para a gaiola do hamster de estimação, talvez uma nova boneca para sua antiga coleção ou com as amizades na escola, mas, em vez disso, precisava lidar com palavras pesadas e agressivas como quimioterapia, remissão, paliativo, transplante de medula, irreversível, morte... peças incompatíveis com o jogo de tabuleiro da infância.

– Para falar a verdade nem eu sei exatamente o que está acontecendo, Clara. Tudo o que sabemos é que mais uma vez o tratamento não funcionou e o médico decidiu mudar a medicação novamente e a forma de melhorar seu estado.

– Gostaria de acreditar em você, Vicky, mas percebi como todos ficaram no consultório. Eu sei que as coisas não estão boas.

Victória adoraria dizer à irmã que tudo ficaria bem, que ela sararia logo, mas a sua linguagem corporal contava uma história totalmente diferente. Havia um misto de tristeza, dor e impotência em seu rosto, algo que não era possível esconder do olhar, apesar de infantil, sempre atento e perspicaz de Clara.

– Você está mentindo, Vicky.

Victória baixou olhos, derrotada. Balançou a cabeça negativamente, mas sem convicção. A voz desapareceu, pois não havia uma forma simples de dizer a verdade. Então optou por não a dizer, mas o silêncio foi mais eloquente e falou por ela.

– Estou com medo.

Victória nunca havia chorado na frente da irmã em razão

do seu estado, mas o medo do desconhecido, estampado no rosto de Clara, minou suas últimas defesas. Ela olhou para o teto numa última tentativa de conter o choro, mas as lágrimas, teimosas, ignoraram o ato de desespero e desceram pela face, abrindo a última comporta do manancial reprimido. As lágrimas afloraram também nos olhos de Clara.

Victória retirou a mesa do colo da irmã, sentou-se ao seu lado, recostou-se na cabeceira da cama e manteve a cabeça de Clara apoiada em seu peito. O silêncio imperou por longos minutos.

– Posso imaginar o quanto isso pode ser tão confuso e assustador para você, assim como está sendo para todos nós. Não sei muito bem como agir, o que dizer, mas nesse momento a única coisa que posso prometer é que não a deixarei sozinha. Passaremos por isso juntas, Clara.

– A rainha Philippa me disse que as pessoas não morrem, vão para outro mundo.

– Acredito nisso também.

– Para onde será que eu irei quando morrer?

Victória notou que a irmã falava sem a condicional "se", mas com a certeza de que deixaria este mundo.

Antes de responder fez uma pausa mental. A resposta era difícil.

– Não fale assim, Clara. Todo mundo morre, mas não será agora que você irá. Não vamos pensar nisso – no desespero, a irmã mais velha utilizou-se de um clichê batido e vazio.

– O médico não pensa assim. Nem você, Vicky – rebateu Clara com impensável maturidade emocional.

– Mas sempre há esperanças. O tratamento, embora não tenha por objetivo a cura da doença, visa retardar seus efeitos. Nesse meio tempo muita coisa pode acontecer.

– Como o quê?

– Como um transplante de medula, você está na fila para um. Ou, quem sabe, surja um novo método de tratamento. A Medicina evolui muito rapidamente. Eu me recuso a entregar os pontos assim tão facilmente, embora reconheça, para ser sincera, que é uma situação muito complicada, cheia de perigos e obstáculos, mas isso não impede um desfecho feliz.

Clara sorriu diante da determinação do discurso da irmã. Apesar da descrença, intimamente sentiu uma lufada de paz e segurança.

– Pode diminuir a luz do quarto, Vicky, por favor? Está incomodando meus olhos. – Clara lacrimejava.

Victória tentou reduzir a intensidade movimentando o dispositivo acoplado ao interruptor, mas não conseguiu, deveria estar com defeito.

– Espere um minuto.

A irmã mais velha saiu apressada e poucos segundos depois retornou com algumas velas na mão. Acendeu uma delas no criado-mudo, na cabeceira, e apagou as luzes.

– Pronto! – disse ela, enquanto estudava o rosto da irmã à luz bruxuleante da chama da vela.

– Assim está bem melhor. A iluminação muito forte faz minha dor de cabeça aumentar.

– Então, vamos manter as velas aqui para tornar o quarto mais confortável sempre que precisar.

– Obrigada.

– Quer continuar comendo? Está fria agora, mas posso requentá-la.

– Não.

– Você está trapaceando. Prometeu comer.

– Mas eu comi.

– Muito pouco.

– Nosso trato não falava em quantidade. Xeque-mate!

– Em me rendo! – Victória levantou os braços de forma teatral. – Clara achou engraçado o jeito da irmã.

– Meu corpo está muito diferente, Vicky.

– Compreendo. Além da doença, os medicamentos são muito fortes.

– Não consigo mais fazer as coisas que fazia antes. Tenho dificuldade com coisas simples, como levantar, caminhar, correr. Minha vida mudou totalmente.

– Sei que é difícil, mas tenho fé que tudo ficará bem e vamos nos lembrar desse episódio apenas como um período ruim, um pesadelo distante.

– Faz algum tempo que deixei de comparar meu corpo novo com o antigo. Quando entendi que as coisas seriam assim daqui para a frente, passei a aceitar melhor as dificuldades e parei de sofrer por não conseguir mais fazer as coisas que eu fazia.

Victória ficou mais uma vez espantada com a maturidade da irmã. As duas conversaram por mais algum tempo. Mesmo tendo dormido muito durante o dia, Clara ficou sonolenta.

Victória ficou ao lado da irmã até o momento em que ela pegou no sono. Depois ajeitou uma mecha de cabelo solta atrás da orelha, cobriu-a e ficou observando-a com olhar terno. Por trás da beleza infantil, escondia-se um sofrimento sério, que a fez sentir ainda mais amor por Clara. Depois de alguns segundos, foi até a sala, onde ficou sentada com as luzes apagadas. O cômodo só não estava completamente escuro porque um fiapo de luz esgueirava-se através da fresta da persiana de uma das janelas.

Martelava no pensamento a pergunta de Clara sobre o lugar para onde iria após a morte. A mente girava em busca de respostas e pensou nos livros sobre o assunto que lera em todos os anos de estudo da Doutrina Espírita, mas não chegou a uma conclusão.

Apesar da crença sedimentada de que a morte não é o fim, apenas um marco na infinita jornada do Espírito imortal, e mesmo crendo na possibilidade de comunicação com as pessoas falecidas e na certeza do reencontro futuro, doía-lhe o peito a simples cogitação de se despedir da irmã. Além disso, a expressão de medo de Clara quanto ao desconhecido fez despertar um pensamento que não havia cogitado na longa lista mental sobre a sua doença, ao menos não com a profundidade que o tema mereceria, a perda, a despedida, a partir da perspectiva da irmã. O quanto poderia ser difícil para ela lidar com o medo de não ter mais sua família. Talvez esse tenha sido o motivador para o questionamento feito por Clara.

Victória não sabia o que pensar, seus pensamentos andavam em círculos, como se estivesse negando o óbvio. A sensação era contraditória. Sabia disso, mas negava assim mesmo, ainda que a verdade inescapável, nua e crua, permanecesse: Clara estava morrendo e obviamente não havia nada que pudesse fazer a respeito – isso pesava-lhe a consciência –, exceto pensar de forma objetiva nos próximos passos, em como lidar com a inevitabilidade das circunstâncias.

Assim terminou aquele dia cruel e desagradável para os Gonzalez Fernandez. Do lado de fora, o tempo estava frio e triste, como toda a família. Então, a chuva começou a cair, como lágrimas aprisionadas.

CAPÍTULO 12

ENFIM...

ERA UM TÍPICO AMANHECER DE INVERNO EM QUE O frio deixou as plantas ao redor da baía Golondrina cobertas com uma fina camada de neve. Parada, de pé, próxima da margem, Victória lançava um olhar perdido para o horizonte. As mãos enluvadas permaneciam ocultas no bolso do grosso casaco, o rosto espremido entre um chapéu de lã, bem enfiado na testa, e um cachecol macio, enrolado até o queixo. Contemplar aquelas águas era algo que a acalmava, o lugar era uma espécie de santuário ao ar livre.

O sussurro das águas em movimento acariciava o silêncio, enquanto sua mente vagava distante, pensando na surreal viagem da noite anterior. Há muito tempo, Clara comentara sobre a autorização recebida para visitar o reino de *Cottonland*. A verdade é que até a noite anterior havia esquecido completamente da revelação feita pela irmã, cujo estado de saúde piorara consideravelmente, modificando completamente a rotina da família, circunstância que contribuiu para o esquecimento. Na verdade, quase sem notar, os dias desfilaram rapidamente pelo calendário e, sem perceber, agosto ficou para trás e setembro entrou porta a dentro.

Victória elevou o olhar quando os primeiros raios solares

acarinharam seu rosto e desenharam compridas manchas de luz sobre as águas. Observava a paisagem enquanto seus pensamentos voltavam-se para a vida, no quanto definitivamente não a compreendemos e, quando parece que não há mais espaço para novidades, ela – a vida – sorri, travessa, e nos mostra que as surpresas estão ainda por começar.

*

O dia anterior, como todos os outros, iniciou regido pela batuta da rotina ou algo muito próximo dela. No caminho de volta do trabalho Victória parou o carro nas proximidades do píer, atravessou a rua e chegou à pequena praça onde fica a tradicional placa da cidade (uma foto panorâmica da área central com os dizeres "Ushuaia – *Fin del* Mundo), talvez um dos lugares mais fotografados da região, e sentou-se em um dos bancos para contemplar o pôr do sol atrás do cinturão de montanhas cobertas de neve, naquele momento tingidas de azul, sob um céu de um alaranjado intenso. Abstraiu da sua mente o falatório de alguns turistas que se revezavam nas fotografias junto à placa, a fim de aproveitar o espetáculo do sol; era um momento sereno demais, o único que tivera durante o dia, para não ser aproveitado com perturbações.

Quando chegou em casa, a noite já havia caído e a lua, que de alguma maneira parecia mais brilhante, como um imenso furo no cartão negro do céu, sorria com complacência, habituada a testemunhar a angústia dos seres humanos, lançando sua claridade que pintava de azul a bruma que tomava conta da cidade. Mesmo assim, resolveu caminhar pelo pequeno bosque nevado existente na parte não habitada do bairro, relativamente bem iluminado pela luz dos postes. Amava aquele ponto solitário de vida encrustado no pacato bairro residencial. As visitas constantes permitiam observar as árvores passando pelas estações, suas metamorfoses: a suavidade dos botões florais da primavera, o frenesi das folhagens no verão, o esplendor dourado no outono e a geometria dos galhos despidos no inverno. Brotos, folhas, flores, galhos que se quebram, morte, germinação. Uma metáfora viva da vida, da nossa vida.

O vento oriundo da costa sibilava inquietamente entre as árvores, agitando-as com um sussurro invisível, enquanto a jovem andava sob o arvoredo praticamente desnudo de folhas que sustentava os flocos brancos acumulados em seus galhos negros. A moça ajustou o cabelo que escapava do gorro e prosseguiu com a caminhada.

Pousando num galho seco, coberto de neve, avistou um sabiá-zorzal-patagônico. Quem sabe o pássaro de plumagem cinza e peito alaranjado também tivesse irmãos e, assim como ela, buscasse, na solidão do bosque, a tranquilidade para pensar na sua crise familiar. Não tinha medo de lugares isolados. Espaços abertos não eram problema, na verdade sentia necessidade deles para respirar, era imprescindível estar em contato com a vastidão das paisagens, sejam bosques, planícies ou montanhas.

– Não é justo eu não poder fazer nada – disse Victória à ave.

O sabiá-zorzal-patagônico, alheio aos problemas da filha mais velha dos Gonzalez Fernandez, simplesmente voou. Victória sorriu da sua própria ingenuidade e acompanhou a ave desaparecer por entre os galhos, talvez procurando um lugar onde pudesse voltar às suas reflexões sem interrupções. Depois de um tempo, sorvendo a solidão e o silêncio do bosque, decidiu voltar.

Chegando em casa, foi direto para o quarto de Clara. A irmã recuperava-se de mais uma infecção – recorrentes em razão da redução dos glóbulos brancos –, desta vez na garganta. Havia três dias que não ia para a escola, ausências que se tornavam cada vez mais constantes.

Encontrou-a sonolenta por conta da medicação e da febre, pronunciou algumas palavras, mas a voz entrecortada dificultou a compreensão. Victória aproximou-se e ela falou algo sobre a princesa Mayla e a visita a *Cottonland*. Por certo – pensou – em seu delírio febril, a irmã falava sobre mais uma visita ao reino.

– Descanse agora, querida. Depois conversamos sobre *Cottonland* – foram as palavras ditas. – Clara até tentou protestar, mas não teve forças. Então, fechou os olhos e minutos depois caiu no sono.

Depois que deixou o quarto da irmã, Victória tomou um longo banho e decidiu recolher-se. Estava sem fome. Pegou um livro – um romance Espírita – deitou-se e tentou concentrar-se na leitura. Apesar de cedo, a casa estava silenciosa, o único som audível era o murmúrio do vento acariciando as árvores do jardim. Não demorou muito para adormecer com o livro aberto sobre o peito. Foi então que aconteceu...

∞

Victória olhou para o alto e percebeu que era possível, através pequenas brechas no denso e verde teto da floresta, ver o céu, limpo, de um azul de conto de fadas. Percebia que o sol não estava alto o suficiente para que seus raios penetrassem com mais profusão por entre os galhos entrelaçados do arvoredo, formando uma parede quase sólida. A floresta cerrada adquiria um ar sombrio e sinistro; triste, na melhor das hipóteses.

O lento veneno do medo começou a percorrer suas veias. Paradoxalmente – seria a adrenalina? – sentia uma estranha serenidade dominar seu corpo, proporcionando-lhe lucidez de raciocínio, a ponto de ter consciência de que estava sonhando, mas, assim mesmo, seus sentidos pareciam captar e absorver cada minúsculo detalhe do lugar que a cercava.

Sabia, do jeito que se sabem as coisas nos sonhos, que precisava caminhar pela floresta, atenta a qualquer som ou movimento anormal. Seus passos cuidadosos pisavam sobre um tapete de folhas secas, produzindo uma sequência de estalidos simultâneos. Não tinha como passar despercebida caso tivesse algo ou alguém nas imediações, mas seus olhos enxergavam apenas as árvores que, como fiéis sentinelas, vigiavam, atentas, cada um de seus passos.

Às vezes interrompia sua marcha na tentativa de ouvir no silêncio, mas percebia que o silêncio simplesmente não existia. A folhagem do arvoredo farfalhava ao embalo cadenciado do vento.

Os minutos passaram e a paisagem mantinha-se igual e ela seguiu caminhando com a determinação de um estivador na execução de sua lida. Foram necessários mais uma dezena de minutos para que uma clareira oculta surgisse em meio à floresta. Seus olhos abriram-se como dois pires quando avistou à sua frente a relva macia que surgia à beira da floresta, espalhando-se por um imenso campo verde, cortado por um córrego que brotava da floresta até formar um lago de águas mansas e caladas, como quem guarda segredos profundos, cercado por faias e incontáveis espécies de flores. As paisagens eram antônimas: a tristeza da floresta densa opunha-se à alegria da grande clareira de beleza celestial.

O céu brilhante era o cartão de visita da paisagem que poderia muito bem ser descrita como as imagens religiosas estereotipadas de paraíso, dos jardins do Éden ou jardim dos justos, muito embora não tivesse vislumbrado nenhum anjo de manto branco, com sorriso bondoso, entoando cânticos melodiosos sobre nuvens...

O raciocínio ficou inacabado e o pensamento inicial bateu em retirada, pois por entre as árvores, do lado oposto ao lago, emergiu uma figura imponente, trajando uma túnica branca com capuz. Não era um ser alado, como anjos do imaginário popular, pois caminhava em sua direção com passos cadenciados, deixando-a momentaneamente paralisada diante daquele ser que se aproximava. Não fosse a convicção acerca de suas crenças, retificaria o pensamento anterior e diria que seus olhos vislumbravam uma figura sugestivamente angelical, uma espécie de arcanjo, de beleza pacata, que errara o caminho e vagava pela Terra por engano.

Victória riu novamente da sua tendência a transformar situações comuns em quimeras. Enquanto isso, o "anjo" aproximava-se vagarosamente. Por algum motivo, a presença cada vez mais próxima daquele ser causava-lhe estranho nervosismo. Paralisada, respirou profundamente com os olhos fechados tentando fazer com que seu coração recuperasse o pulsar normal. Mas foi inútil. Lentamente, presenciou a figura masculina imponente crescer no seu campo de visão, até parar diante de si, exibindo um sorriso brando.

– Boa tarde, *milady* – saudou o homem, de maneira formal.

– Boa tarde.

– Permita apresentar-me. Chamo-me Arvid – o "anjo" exibia modos corteses, controlados e sua expressão era iluminada por um largo sorriso.

– Victória. Muito prazer.

– O prazer é meu, Victória – seus olhos fixaram-se nos olhos dela enquanto a cumprimentava.

A jovem corou. Seu rosto fez-se da cor de maçã de estação ao ouvir seu nome ser pronunciado num tom suave e reconfortante como uma brisa em dias quentes.

Os segundos flutuaram. Embasbacada, Victória permaneceu em estado de absoluto encantamento. Ele percebeu seu embaraço e segurou o sorriso no rosto, aguardando que ela se recompusesse.

No período de silêncio que se seguiu, Victória avaliou o homem à sua frente. Era jovem, em torno de trinta anos, seus olhos acinzentados – desenhados para esconder segredos, pensou – brilhavam sob um espesso arbusto de cabelos pretos, levemente prateados nas laterais. A cativante figura emanava uma aura fraternal, como a de um amigo, um bom amigo.

– Arvid, você disse?

– A seu dispor, senhorita Victória.

– Pode me chamar só de Victória, por favor.

– Como quiser – sorriu.

– Arvid... eu me recordo do seu nome nas histórias que minha irmã Clara contou sobre... espere, estou em *Cottonland*?

– Certamente que sim, Victória – Arvid respondeu como se fosse algo óbvio.

A jovem visitante sorriu, um sorriso não dirigido a ninguém mais, além de si mesma. Sua mente encheu-se imediatamente com distantes ecos das histórias contadas por Clara sobre o lugar dos seus sonhos.

– Então, era mesmo verdade – Victória pensou alto, ao mesmo tempo em que deixava escapar uma lágrima, ao lembrar do esforço da irmã para fazer com que a família acreditasse nas suas viagens ao reino de *Cottonland*.

– Você está bem? – perguntou Arvid, o tom da sua voz saiu ainda mais suave, dotado de poder tranquilizador e estranha serenidade.

– Sim, tudo bem. Lembranças, apenas, desculpe – disse ela enxugando, com o dorso da mão, a lágrima que escorria pelo rosto.

– Não peça desculpas. Não há razão para isso.

– Minha irmã Clara é amiga da princesa Mayla. Ela me falou sobre este lugar e também sobre você.

– A jovem Clara? Sim, como não lembrar. Então você é a Victória – Arvid aumentou ligeiramente o tom quando pronunciou a vogal "a", enfatizando-a.

– Sim, porque você diz isso?

– Porque sua chegada era esperada, embora eu não soubesse que seria hoje.

– Nem eu – Victória sorriu.

– Surpresas, eu às saúdo!

Victória estava maravilhada com a maneira com que Arvid falava e se portava.

– Assim como aconteceu com minha irmã, também não sei como ou as razões para que tenha acontecido justamente hoje.

– Essa é uma pergunta para a qual não tenho resposta. Você deverá chegar a ela sozinha. Por outro lado, tem coisas que estão ao meu alcance, como levá-la até Mayla. Como eu disse, sua presença era aguardada.

– Adoraria conhecê-la, assim como este lugar. Aliás, a julgar pelo pouco que vi, posso imaginar que seja maravilhoso, como Clara descreveu.

– Nosso reino é mesmo cheio de encantos. Posso mostrar-lhe algumas coisas durante o percurso. Mayla não está muito longe daqui.

Arvid voltou-se na direção de onde havia saído e pediu que Victória o seguisse. Depois que contornaram toda a extensão do lago e saíram da grande clareira, penetraram novamente em área arborizada, desta vez com fileiras de imensos e esguios ciprestes em formato de pirâmide, que formavam uma paisagem homogênea, dada a semelhança de tamanho, cor e formato das espécies, padrão quebrado apenas por uma romãzeira solitária, carregada com seus frutos avermelhados, que se destacavam em meio ao verde dominante da paisagem.

– Todo esse lugar emana uma sensação de paz incrível – comentou Victória.

– Estamos tão habituados a essa sensação que muitas vezes perdemos a noção do quão benéfica é a atmosfera de *Cottonland*. Esta parece ótima – Arvid apontou para uma romã de um vermelho intenso. – Deseja? – perguntou, segurando a fruta.

– Não, obrigada. Sou muito desastrada, não sei comer romãs, sempre faço a maior bagunça e tinjo de vermelho tudo ao meu redor – Arvid sorriu. – Em tão pouco tempo consigo compreender porque Clara gosta tanto de visitar este lugar. Essa energia revigorante é um verdadeiro sopro de vida. Talvez por isso ela não sinta os efeitos da doença quando está aqui. Eu mesma estou me sentindo mais leve. A angústia e o medo desapareceram.

– De que tipo de medo você está falando?

Victória calou-se por alguns segundos.

– Desculpe-me pela pergunta. Não foi minha intenção invadir sua privacidade.

– Não se preocupe com isso, Arvid. Você não está sendo invasivo, pois eu toquei no assunto. Além disso, tenho certeza de que você já sabe sobre a situação de Clara.

– Para falar a verdade tive pouco contato com a jovem Clara, mas Mayla colocou-me a par do estado da menina, pois, como sou o responsável pelo hospital de *Cottonland*, preciso estar ciente de assuntos dessa natureza, por precaução quanto a qualquer imprevisto.

– Clara está irreversivelmente doente. Não há muitas esperanças, mas, incrivelmente, ela diz que aqui a doença desaparece. Gostaria de poder fazer algo por ela, mas não posso. Não suporto vê-la sofrendo, sem poder fazer nada – quando terminou de falar, sua expressão de angústia e tristeza era comovente.

Arvid ouvia com atenção e respeitoso silêncio o desabafo de Victória, e, tocado pela sinceridade e pela pureza das palavras, tentou acalmar a jovem.

– Talvez você esteja fazendo mais pela jovem Clara do que imagina.

– Não compreendo como.

– Ouvindo-a, dando-lhe atenção às suas experiências. Talvez isso seja muito importante para ela. Aliás, o principal argumento utilizado pela menina Clara para justificar sua entrada em nossos domínios foi por ser a única pessoa a ter acreditado nela.

– Parece tão pouco isso. No início duvidei da história dela. Achei que fosse alucinação provocada pelos remédios ou pela febre.

– Talvez seu gesto, aparentemente pequeno, tenha sido enorme para a jovem Clara. E mesmo tendo duvidado, soube abrir o coração e aceitar a verdade. *Cottonland* é uma realidade, como você pode constatar com seus próprios olhos. Considere a hipótese de o pedido da jovem Clara ter sido aceito não só por ela, mas por você também. Determinados tipos de situações são poderosas fontes de mudança, fazem com que modifiquemos para sempre nossa maneira de pensar e de agir. Circunstâncias que alteram a cor dos nossos pensamentos da mesma maneira que o vinho modifica a tonalidade da água.

– Não tinha pensado na situação por esse ângulo, da importância para Clara de que alguém acreditasse no seu relato. Mas numa coisa você está correto: minha forma de pensar já não tem mais a mesma cor.

Arvid sorriu e seu rosto iluminou-se. Victória estava encantada com ele, havia algo familiar naquele homem que ela não conseguia desvendar.

– Não gostaria de perdê-la.

Agora foi a vez de Arvid deixar os segundos passarem sem nada dizer, enquanto sua acompanhante tentava imaginar seus pensamentos, ler a luz e as sombras da sua linguagem corporal.

– Compreendo sua angústia. Despedir-se de alguém que amamos é uma dura e complexa tarefa. Apenas lembre-se de que não perdemos ninguém, apenas nos despedimos temporariamente. É um clichê, eu sei, mas é verdadeiro – disse ele, olhando-a nos olhos.

– Sim, eu creio nisso, mas, na prática, a teoria é bem mais complicada. E confesso muitas vezes ficar revoltada com a situação e me pego questionando Deus. É mais forte do que eu.

– Um sentimento natural, somos imperfeitos, afinal. Além disso, resignação e revolta são tonalidades da mesma cor.

Durante um trecho do percurso, os dois andaram calados e sós, nada e ninguém à vista além de campos e fileiras e mais fileiras de colinas sinuosas, sobrepostas, difusas. Depois de um tempo, descortinou-se à frente uma planície ampla, aberta, coberta da "neve de algodão" de que Clara tanto falava. Victória estranhou a presença da "neve de algodão", pois não estava frio. O ar estava imóvel. O céu azul, sem nuvens. Precisava acostumar-se com as características peculiares daquele mundo.

– Através de que estranho poder Clara não se sente doente aqui em *Cottonland*? – perguntou Victória, quebrando o silêncio.

Arvid permaneceu calado, refletindo sobre a melhor maneira de responder àquela indagação e, então, falou, enigmático.

– Com o tempo e a experiência, você compreenderá que na vida real nem tudo é o que parece.

Arvid sabia mais do que dizia – pensou a jovem, – mas decidiu não insistir com perguntas para que seu acompanhante não ligasse o "modo de defesa". Apesar do pouco tempo de conversa, percebeu que seu guia tinha a paciência de um missionário e sabia muito bem, de maneira gentil e delicada, desviar o rumo de uma conversa ou estender-se em outros assuntos quando lhe era conveniente. Talvez estivesse apenas cumprindo ordens.

– Mistérios... – respondeu a jovem.

– A vida é um indecifrável mistério.

Victória soltou uma risada tímida.

A caminhada prosseguiu tranquila. A planície deu lugar a pequenas elevações, com campos descendo por todos os lados e aos poucos começaram a surgir, ao longo do percurso, algumas casas, distantes umas das outras, como em uma paisagem interiorana. Victória estava maravilhada, cultivava um amor quase profano por paisagens de beleza simples e poéticas. Sentia uma onda de energia e otimismo que evocava um tipo estranho de nostalgia. Nostalgia pelo quê? Não tinha ideia.

– Estamos chegando – disse Arvid, no instante em que um grande lago, cortado por um deque de madeira, surgiu na paisagem.

Victória lembrou das histórias de Clara. Sempre encontrava a princesa Mayla num lugar como aquele.

– Lá está ela – apontou Arvid na direção de uma jovem sentada no fim do deque. Seus pés balançavam no ar, rente à água.

Os passos do conselheiro tornaram-se mais vigorosos e chamaram – aparentemente de forma intencional – a atenção da princesa. Ela levantou-se, virou-se na direção dos dois e lançou um sorriso de contentamento.

Mayla usava um vestido de um vermelho intenso – Victória lembrou-se das romãs. – A princesa de *Cottonland* era mais bonita do que idealizara em sua mente quando ouviu o relato da irmã. Seu rosto tinha uma luminosidade diferente. Sua pele, banhada pelo sol, parecia luzir de vitalidade.

– Você deve ser Victória – sua voz era elegante e clara.

– Sim, muito prazer... princesa, digo, alteza – a visitante titubeou com as palavras.

– Pode me chamar de Mayla, apenas.

– Não sei o que é mais estranho para mim, conversar com uma princesa ou não usar o título – Victória sorriu.

– Esqueça o que você leu nos livros ou viu nos filmes.

– Tudo bem. Como sabe quem eu sou? – perguntou a visitante, intrigada.

– Sabia quem você era desde o instante em que trocamos os primeiros olhares. É possível conhecer o mundo apenas pela janela da mente, os olhos. Quando a mente está agitada, o mundo da pessoa também estará. Quando a mente está em paz, seu mundo também estará. Com muito estudo e treinamento é possível captar o que a mente não transforma em palavras.

– Isso é incrível, quase sobrenatural.

– Não há nada de sobrenatural, além dessa percepção sensorial, pois você e Clara são muito parecidas e sua chegada era aguardada no reino, afinal recebeu permissão para estar aqui. Não bastasse isso, *Cottonland* é pequeno e as notícias correm rápidas – complementou Mayla, sorrindo.

– Minha missão está cumprida – falou Arvid, voltando-se para Mayla –, preciso voltar ao hospital.

– Obrigado por tudo, Arvid – Victória agradeceu.

– Foi um prazer para mim.

Arvid despediu-se das duas moças e deixou o local ao seu estilo, com passadas firmes e determinadas.

– Arvid é uma pessoa de confiança, além de um bom amigo – observou Mayla. – Por que não nos sentamos aqui? – apontou para a beira do deque.

Victória sentou-se e observou tudo ao redor. Sem vento, a água cristalina do lago mantinha-se imóvel e transformava-se em um espelho que refletia o arvoredo da margem oposta. O espelhamento criava a ilusão de que as árvores cresciam de cabeça para baixo.

– A paisagem é reconfortante – observou Victória.

– Por isso venho sempre aqui, principalmente quando estou triste ou preciso refletir sobre a vida, sobre as suas dificuldades.

– A primeira impressão, talvez a segunda, considerando tudo o que Clara falou sobre o lugar, é que *Cottonland* e dificuldades seriam palavras incompatíveis, quase impossíveis de serem usadas numa mesma frase.

– O que a faz pensar que os habitantes do nosso mundo estão livres das dificuldades que a vida reserva às pessoas?

– Tudo aqui parece um grande conto de fadas, um lugar mágico, de livro.

Mayla sorriu com a observação da visitante.

– Tudo é uma questão de perspectiva, Victória. Certamente muitas pessoas seriam capazes de rotular a sua vida e a da sua família como um lindo conto de fadas.

– É possível – concordou a visitante, – principalmente aquelas que não fazem ideia das nossas angústias e do nosso sofrimento.

– Da mesma forma que você desconhece os nossos, por

conhecer apenas uma das faces da moeda. Perspectiva! – Mayla sorriu.

– Você tem razão.

– O que a aflige verdadeiramente, Victória?

– "Não se ofenda com a minha objetividade, Mayla, mas, sem rodeios, que lugar é este, afinal? *Cottonland* é real, disso não duvido, mas está claro que estamos em outra dimensão, em um mundo onde as coisas funcionam de forma diferente, a começar pela maneira de chegar até aqui. Sem rodeios, quem é você? Onde estamos realmente?"

Essas foram as palavras que brotaram aos borbotões em sua mente, as palavras que teve vontade de pronunciar, mas por algum motivo – talvez por temer a resposta, por não querer ouvi-la – reprimiu o intempestivo pensamento e elas morreram em sua garganta antes mesmo de ganharem vida. Victória, então, limitou-se a pronunciar um questionamento genérico, sem ênfase:

– Gostaria de entender o que está acontecendo – mordeu levemente os lábios diante da própria covardia.

Mayla sorriu, enigmática. Os pensamentos da visitante não lhe passaram despercebidos.

– É um desejo ou uma pergunta?

– As duas coisas.

– Talvez não haja uma resposta satisfatória para a sua dúvida. Somos todos tão pequenos e limitados, como poderíamos ter a ousadia de compreender o Senhor e Seus caminhos?

– Apesar de não termos capacidade de compreender os planos Dele, há aqueles que ao menos sabem para que lado caminham, enquanto outros tateiam no escuro, perdidos.

– E você se enquadraria em qual grupo?

– No segundo, certamente.

– Deixe-me adivinhar: e acredita que eu, nós – Mayla apontou na direção da paisagem, – faríamos parte do primeiro grupo. Que temos entendimento parcial do que se passa na sua vida, ou na vida da sua família?

– Não sei exatamente o que pensar, Mayla. Todos os tratamentos de Clara falharam, não há mais recursos. Observamos, impotentes, ela morrer aos poucos. E em meio a esse turbilhão de sentimentos surge *Cottonland*, um lugar onde Clara não está doente ou não sente os efeitos da doença; um lugar que só se chega durante o sono.

– Sinto muito pelo estado de saúde de Clara – o tom da voz de Mayla banhou-se de leveza e emoção. – Compreendo sua angústia e reconheço que nossos mundos são muito diferentes. Mas peço que reflita melhor sobre a situação. O caminho ou a forma utilizada para chegar até aqui é uma característica relativa ao seu mundo, não ao nosso. A resposta não está em *Cottonland*. Você precisa compreender – continuou – que todos os acontecimentos têm um propósito. Há sempre um aprendizado em curso para todos os envolvidos. Não desperdice seu tempo tentando descobrir como as ferramentas vieram parar nas suas mãos, apenas use-as da melhor maneira possível, aproveitando-as ao máximo. Cuidado para não se perder ao adotar como guia a lancinante necessidade de procurar respostas para tudo.

Victória ficou pensativa, a explicação parecia ser razoável, mas também não era satisfatória. Em seu íntimo tentava compreender a real extensão das palavras de Mayla, do que estava oculto por trás delas. Apesar da miríade de interpretações possíveis, pairava no ar a sensação, um sentimento vago de que algo fundamental estava sendo omitido.

– *Cottonland* chegou na vida de Clara, nas nossas vidas, junto com a doença. Há um ponto de intersecção entre esses dois eventos – disse a visitante, finalmente.

– Talvez haja. E talvez ponto de intersecção, como você chama, seja a razão para que tudo isto esteja ocorrendo. Resta saber se o sistema de crenças, valores e pensamentos que considera fundamentais são suficientemente sólidos para absorver o aprendizado que está em curso.

– Clara vê *Cottonland* como uma espécie de refúgio. Um lugar onde a leucemia não está presente, onde pode voltar a ser uma menina normal: risonha, feliz e despreocupada com a morte. Por isso ela quer estar aqui mais e mais vezes. Não fosse por nós, sua família, talvez ela quisesse morar aqui para sempre.

– Receio que isso não seja possível.

Victória direcionou seu olhar na direção das águas remansosas do lago, enquanto uma lágrima imperativa escorria pela face; talvez estivesse depositando toda a sua fé e esperança naquele desconhecido reino.

– Tinha esperança de que ela pudesse, de alguma forma, viver aqui.

– Se a decisão fosse sua, estaria disposta a deixá-la partir, para sempre, para morar em *Cottonland*?

Victória pensou, o silêncio parecia ter paralisado o tempo, depois respondeu:

– Pelo bem-estar e pela felicidade dela aceitaria a despedida. Sofreria, sentiria saudade, mas a certeza de que ela estaria feliz, sem a doença, seria um alento que compensaria cada um de meus sentimentos egoístas.

– É uma boa resposta – sorriu, satisfeita.

Mayla olhou ao seu redor. As cores do dia começavam a dissolver-se lentamente, assumindo tonalidades cinzas. Logo, as colinas mais altas se transformariam em silhuetas turvas na paisagem.

– Em breve escurecerá. Se não tiver outro compromisso, gostaria que conhecesse um lugar especial, mas precisará passar a noite aqui.

– Mesmo que tivesse outro compromisso, não saberia como voltar para casa.

– Providenciarei transporte para você enquanto resolvo algumas pendências que pedem minha presença. Nos encontraremos lá.

– E eu tenho escolha?

– Não!

Victória sorriu ante a imperatividade que o "não" reverberou em seus ouvidos, principalmente por terem partido dos lábios de uma princesa. Apesar do tom bem-humorado, por alguma razão, a visitante via naquele convite uma semente de esperança, uma passagem reservada para tirá-la da escuridão que se encontrava, como se aquela despretensiosa oferta tivesse provocado uma pequena epifania.

"Talvez seja apenas uma percepção exagerada da realidade, criada por minha cabeça sonhadora" – pensou, recuando quanto ao sentimento inicial, sem saber que *Cottonland* ainda lhe reservaria enigmáticas surpresas. Sua aventura no reino da "neve de algodão" estava apenas começando.

CAPÍTULO 13

A VIAGEM

A PRINCÍPIO, VICTÓRIA ESTRANHOU O MEIO DE TRANSporte disponibilizado para levá-la ao local proposto por Mayla. A viagem ocorreu em uma antiga carruagem, um modelo certamente construído há dois séculos, aproximadamente. Desde que chegou a *Cottonland* notou que o reino tinha ares medievais em seu modo de vida e o inusitado transporte confirmou sua impressão inicial.

Após alguns quilômetros, a viajante percebeu a mudança brutal na paisagem. As colinas e os bosques deram lugar a uma estrada de chão poeirenta, ofuscada ao fundo, no horizonte, por uma cadeia de montanhas de pedra com os picos brancos, cuja imensidão tornava-as pequenas.

A paisagem monótona fez Victória sentir-se ainda mais perdida, como se perambulasse por um deserto de pedras em meio à escuridão, rumo ao desconhecido. Cogitou perguntar algo ao condutor da carruagem, mas achou melhor confiar em Mayla e não incomodar o homem com quem trocou meras saudações protocolares no início do trajeto e que se mostrou pouco receptivo a qualquer tipo de interação durante o resto do caminho, ficando de lábios selados. Victória, possuidora da virtude de adaptar-se facilmente às circunstâncias, também não fez questão de tentar qualquer tipo de conversa.

Com o passar do tempo, as montanhas que corriam pelo horizonte ficaram escuras. Não demorou e a noite preencheu todas as lacunas da paisagem com seu breu, enquanto o vento frio, cortante, era portador de sinais de chuva. Foi um blefe do tempo. A chuva não veio, mas em seu lugar uma neblina espessa começou a cair sobre o grande vale de pedras.

A carruagem desceu por acentuado declive para em seguida tomar um pálido atalho por onde começaram a surgir as primeiras árvores, que se elevavam como sentinelas entre a bruma. Depois disso a trilha desceu mais uma vez para tornar a subir ao longo de suave encosta, de onde Victória pode avistar um facho de luz amarela que fluía brilhante de uma construção erguida sobre os escarpados, no vértice da montanha que se destacava ao lado de grande bosque coberto de neve.

A luz artificial vinda da construção e a pálida tez da lua cheia lutavam bravamente para atravessar as sombras que encobriam o bosque. Victória contemplava o silêncio, o mar, o som da escuridão que transformava as árvores em sinistras silhuetas, estimulando ainda mais a imaginação e o medo da já assustada passageira.

A lua cheia, com sua face amarelada, no alto, à esquerda da carruagem, foi o primeiro sinal de que o bosque fora vencido. O condutor gritou algo para os animais e imediatamente a velocidade aumentou.

Centenas de metros à frente, nova mudança de cenário, e teve início à travessia de angustiante desfiladeiro. Os contrafortes de pedras eram imensos e o vento que cruzava a apertada passagem parecia emitir vozes de alerta. Não demorou muito para uma construção de porte expressivo, situada na parte alta e plana da montanha, surgisse à sua frente. Foram necessários mais alguns minutos de subida por um caminho iluminado com pequenos postes de luz que afastavam em parte a impressão de Victória sobre a natureza medieval do reino, muito embora mantivesse a desconfortável aura de mistério que pairava sutil sobre o lugar. Vencida a trilha iluminada, surgiu a entrada principal da casa.

O condutor da carruagem, cujo nome Victória nunca soube, educadamente ajudou-a a descer e acompanhou-a até a sala principal, onde destacavam-se duas imponentes janelas com vidraça estilo sanfonado, escurecidas pela iluminação produzida por duas grandes luminárias que inundavam o ambiente com luzes quentes, transmitindo a sensação de relaxamento, aconchego e tranquilidade.

O cocheiro orientou-a a aguardar na sala, pois seria recebida por um dos criados da casa. Depois despediu-se com discreta mesura, girou os calcanhares de forma solene e saiu pela mesma porta que entrou. Victória agradeceu pela viagem, mas o homem não respondeu. A visitante voltou sua atenção para o cômodo e ficou observando-o num silêncio confortável, quebrado apenas pelos ruídos das ondas do mar, agora mais perto.

Victória tentou, em vão, compreender os motivos do convite para conhecer aquele lugar. A conclusão mais lógica foi que a motivação tivera caráter meramente turístico, mas suas tentativas de elucubrações foram interrompidas pela chegada de uma jovem.

– Você deve ser Victória, presumo?

– Sim, sou eu. Muito prazer.

– Meu nome é Mia. Mayla pediu-me para avisá-la que teve um contratempo e demorará um pouco para chegar. Minha missão é deixá-la à vontade e ajudá-la em tudo o que precisar.

Victória sorriu em agradecimento enquanto observava que os olhos de sua interlocutora tinham uma tonalidade castanha, um marrom solene, seu cabelo era liso e fino, da mesma cor dos olhos.

A jovem visitante foi conduzida para um dos quartos da casa, situado no andar superior, onde pôde tomar um longo e revigorante banho, recuperando-se da cansativa viagem. Após o banho, cansada, avistou uma bandeja sobre o criado-mudo, comeu de forma frugal e recolheu-se mais cedo. Causava-lhe estranheza a ausência da princesa. Não fazia sentido o convite se a anfitriã não se fizesse presente, a menos que a intenção de Mayla fosse, por alguma razão, deixá-la sozinha para que conhecesse melhor a casa, o lugar.

Na manhã seguinte Victória foi despertada por deliciosa brisa que entrava no quarto pela janela semiaberta – Victória não lembrava de tê-la aberto ou de não a ter fechado – e trouxe consigo um aroma floral. Atravessou o pequeno quarto, afastou a cortina que bailava suave, apoiou-se no peitoril – de espessura considerável – e projetou a cabeça para o lado de fora, sentindo o abraço quente do sol. A primeira visão foi um gramado de sonhos: verde, florido, imponente. Apesar de cedo, o astro-rei brilhava intenso e prateado na porção do oceano visível da janela. Parecia metal laminado. Tudo soava tão exótico e obscuro, intrigando-a ainda mais. Sentia que o lugar era de alguma forma familiar, muito embora não o conhecesse.

Depois do longo momento de contemplação da paisagem,

a hóspede decidiu sair do quarto. Desceu as escadarias do segundo andar, cruzou a sala principal e, como não viu sinal de pessoas pela casa, saiu para explorar pelas redondezas. A falta de movimento na casa, em tudo à sua volta, um sossego artificial, acrescentava nova nota de mistério à situação.

A visitante contornou a construção e seguiu pelos fundos, iniciando a exploração pelo cenário vislumbrado da janela minutos atrás. Rumou na direção da borda do penhasco. O terreno mais próximo da casa era plano, gramado e polvilhado de árvores, alguns ciprestes, como pôde identificar. Na medida em que se afastava da casa, a grama dava lugar ao solo pedregoso, bastante irregular, até que se viu no limite do enorme despenhadeiro. O cenário era eloquentemente silencioso, exceto pelo mar, cujas ondas valsavam sem parar até chocarem-se contra o rochedo. A maré estava alta, aproximando ainda mais a visão das águas de brilho metálico abraçando a montanha de pedra

A visitante estava intrigada com a ambiguidade de sentimentos acerca de tudo à sua volta. Mesclava, na mesma proporção, segurança e medo, familiaridade e mistério. Sentia-se bem-vinda, mas, ao mesmo tempo, inadequada, como uma invasora. O lugar a fazia sentir uma angústia vaga, de origem indefinida. Imaginava-se como um paciente que não consegue indicar ao médico o local da sua dor ou porque ela surgiu. Esforçava-se para que a mente fizesse ebulir repentinamente lembranças à superfície, irromper memórias de suas profundezas. Mas era inútil.

"Talvez eu esteja exagerando" – pensou.

O terreno acabava de forma abrupta, sem aviso prévio. À frente apenas o precipício e o mar abaixo, onde ondas iminentes despedaçavam-se em espumas alvas e reluzentes, desvanecendo-se na areia branca com um ritmo furioso e incessante.

Quando olhou da janela, a encosta parecia mais perto da casa, mas agora, a visão oposta mostrava uma distância bem maior do que supunha.

Silenciosos e reflexivos minutos passaram-se. Distraída, de pé à beira do precipício, mantinha-se alheia, com o olhar voltado para o mar, sem perceber o vulto que se aproximava às suas costas, até que a estranha sensação de ser observada tomou conta da sua mente que, instintivamente, alertou-a para o fato de não estar só naquele desconhecido ambiente, e o que é pior, à beira do abismo, sem ter para onde correr, exceto na direção da presença que chegava cada vez mais perto.

"Há alguém comigo. Como chegou aqui sem eu ouvir?" – perguntou-se em pensamento, enquanto um medo repentino foi envolvendo-a. Absurdo e ridículo medo, mas inegável.

Victória respirou fundo, um leve tremor percorreu seu corpo e ela sentiu a adrenalina espalhar-se pela corrente sanguínea. Então, virou-se lentamente à esquerda, como em câmera lenta. O silêncio era penetrante, até o mar emudeceu. É o silêncio provocado pela mente que tenta antecipar-se ao perigo iminente, um último instinto de sobrevivência.

– Estava procurando por você – falou Mayla.

– Olá – sorriu Victória, suspirando profundamente, de forma terapêutica, para desacelerar os batimentos cardíacos e torcendo para que sua fisionomia não tivesse denunciado o medo que sentira segundos antes. Que bom ver você. Estava andando por aí, explorando o lugar. Tudo é incrível.

– Você precisa ver os pores do sol maravilhosos desse lugar.

– Faço ideia.

– Preciso pedir desculpas pela indelicadeza de ontem à

noite. Infelizmente tive alguns contratempos e não consegui chegar no horário planejado e acabei por deixar você sozinha por aqui. Como foi tudo?

– Não se preocupe. Para falar a verdade não saí do quarto. Estava cansada.

– Vamos sentar lá? – Mayla apontou na direção da pequena árvore que cresceu no limite da encosta, sombreando algumas pedras que pareciam prestes a cair. Apenas uma ilusão de ótica como Victória pôde constatar depois, porque as pedras estavam a uma distância segura da borda.

– Tenho a sensação de que este cenário me é familiar, como uma lembrança distante – disse Victória, com olhar perdido no horizonte.

– Apesar de encantadora, não é uma paisagem incomum.

– Cenário familiar talvez seja um eufemismo para "eu tenho certeza de que já estive aqui antes".

Ambas viraram o olhar na direção do oceano e nada disseram.

– Sendo assim, você deve vasculhar nas suas lembranças e tentar descobrir em qual improvável circunstância isso aconteceu.

– É exatamente o que estou tentando fazer. Mas não consigo recordar, talvez meu lado racional esteja bloqueando qualquer tipo de lembrança, se é que existe alguma. Por que você me trouxe aqui, Mayla?

– Porque você queria conhecer nosso reino e porque está abalada com tudo o que vem acontecendo com Clara. Julguei que a aura dessa parte de *Cottonland* faria bem a você, fornecendo ferramentas e combustível para lidar com os desafios da vida.

– Temo pelo futuro de Clara; um futuro sem ela.

– Não se inquiete pelo futuro dela, pois não importa o desfecho da doença, ela ainda terá uma longa jornada pela frente. Quanto ao temor da separação, aproveite o presente. Sei que é um clichê, mas é adequado para as circunstâncias. Aproveite cada minuto que você tem com ela. Talvez seja isso que Clara mais precise neste momento.

Houve uma pausa significativa. Arvid já havia dito algo parecido, e agora Mayla.

– Tento me manter forte, mas algo me diz que Clara está partindo. Não tenho com quem compartilhar essa angústia, por isso tento diluí-la com a minha fé, na certeza de que a morte não é o fim. Mas não sou tão forte como gostaria.

Numa fração de segundo Victória pensou no quanto a felicidade pode ser fugaz, frágil, como uma fina lâmina de gelo, depois escondeu o rosto nas palmas das mãos e entrelaçou os dedos na tentativa de ocultar as lágrimas. Mayla pôs a mão sobre as dela e nenhuma das duas disse nada por alguns instantes.

– Talvez você tenha razão, Mayla, e Clara precise apenas de compreensão, de alguém que esteja ao seu lado, principalmente por encontrar resistência dos meus pais quanto a este lugar. Até tentei convencê-los, e fiquei ressentida por estarem subestimando a história de Clara, mas tudo o que consegui foi uma discussão com minha mãe que deixou cicatrizes até hoje, além da proibição do tema "sonhos de sua irmã" dentro de casa.

– Tentar convencer alguém a respeito de algo é obra do ego, o seu ego. As pessoas não precisam ser forçadas a acreditar em nada. As convicções devem surgir de maneira leve, naturalmente. Talvez isso nunca ocorra. Você se deixou guiar pelo ego, um péssimo guia, aliás. Além de terrível guia, é um feroz conselheiro; nunca está satisfeito. Não devemos violentar consciências na tentativa de impor nossas convicções.

Victória lançou um olhar furtivo na direção e Mayla, pois não esperava pela reprimenda, mas o silêncio envergonhado chancelava as palavras da interlocutora. Sabia que ela estava certa.

– Suas intenções foram as melhores, tenho certeza – observou Mayla, com olhar voltado para as águas do mar, e sem virar o rosto na direção de Victória, como se tivesse lido seus pensamentos.

– Minha boa intenção só piorou as coisas.

– Ou aproximou ainda mais você e Clara.

Mayla seguia impassível, rosto voltado para frente, olhar fixo no horizonte. Victória observou-a, incrédula, afinal, após a discussão com a mãe, Clara procurou-a no quarto e ambas firmaram um pacto. Como Mayla sabia disso?

Mesmo sabendo que estava sendo encarada por sua convidada, a habitante de *Cottonland* não modificou sua expressão, tampouco movimentou o rosto um milímetro sequer. Parecia uma estátua.

– Clara e eu nos reaproximamos, realmente. Quando ela nasceu eu adorava ajudar com as trocas, os banhos, as refeições desajeitadas, participar do seu crescimento, mas com o passar dos anos nossa diferença de idade falou mais alto e ela se tornou uma criança inconveniente para uma adolescente que tinha outras prioridades. Mas a doença me trouxe novamente para perto dela e *Cottonland* selou nossa ligação, mas tenho receio de que isso tenha acontecido tarde demais. Tudo passou muito rápido. Para onde foi o tempo? Queria poder recuperá-lo.

– O conceito de tempo é muito relativo, principalmente diante da eternidade do Espírito imortal.

– Separação temporária parece um conceito muito vago agora.

– Talvez porque sua crença na imortalidade da alma não seja tão sólida quanto imagina e esteja ruindo diante do primeiro grande desafio. Você precisa procurar dentro de si as certezas esmaecidas e retornar para o caminho do qual está se afastando. A doença de Clara é o remédio amargo que evidenciou a fragilidade de suas convicções, mas também pode ser o caminho para solidificá-la de uma vez por todas – disse a princesa, encarando sua interlocutora.

– E Deus permitiria que uma criança sofresse tanto apenas para que eu encontre o meu caminho?

Mayla tornou a olhar para adiante e respondeu de imediato:

– Cuidado, a raiva é um tempero muito potente. Uma pitada acorda, mas se colocada em demasia distrai os sentidos. A resposta à sua pergunta é não! A doença faz parte do processo pessoal de aprendizado de Clara. Você, seu distanciamento de Deus e a possibilidade de reaproximação, são efeitos colaterais de um evento maior. Aprender com as dificuldades, com o sofrimento, também é uma forma de evolução.

A existência assemelha-se a um trem em constante movimento; a estação na qual embarcamos é irrelevante. Cedo ou tarde nos encontraremos. Somos destinados a desembarcar e iniciar novas jornadas e nessas subidas e descidas, inevitavelmente encontramos aqueles que desembarcaram antes de nós. A morte, porventura, pode ser considerada a mais intrigante criação da vida. Ela age como agente transformador para aqueles que estão dispostos a extrair aprendizado. Ao encerrar um ciclo, ela proporciona o espaço necessário para o início de um novo.

Os seres humanos, por terem consciência da sua própria existência e, consequentemente, da sua mortalidade, são programados para fugir da morte, mas não compreendem que o "morrer" – ela fez sinal entre aspas – faz parte da vida. Conseguir encarar a ideia do desconhecido, do mistério, é um grande desafio. Seja qual for o abismo que nos encontremos, quando se compreende que há um aprendizado em tudo, no fim, não será tão ruim.

Victória continuou calada por um instante, depois tomou coragem para fazer a pergunta que pululava em sua mente desde a primeira vez que Clara contou a história da princesa de *Cottonland*.

– Quem é você afinal, Mayla?

Mayla dirigiu-lhe um olhar longo e sério, como se estivesse analisando se revelava ou não algum segredo, ao menos foi isso que Victória pensou no átimo entre a pergunta e a resposta.

– A princesa de *Cottonland*, quem mais poderia ser? – mais uma vez ela voltou o olhar na direção do horizonte, desta vez para esconder o sorriso que, de repente, suavizava a expressão dura e comprimida que adotara durante a conversa.

– Não foi isso que perguntei. Quem é você de verdade? Perdoe-me pela insistência.

Mayla fixou o olhar na direção de Victória, enquanto pensava rapidamente, considerando as possibilidades e alternativas das respostas.

– Sou apenas uma trabalhadora com responsabilidades relacionadas a este lugar. Nada mais que isso.

Victória não ficou satisfeita com a resposta, então modificou a pergunta.

– Por que estou aqui?

Mayla desviou os olhos, sua expressão ficou distante, como se estivesse escondendo algo.

– Digamos que o "destino" – novamente ela fez sinal com os dedos indicando "entre aspas". – Em sua infinita inconsciência, quis lhe oferecer essa oportunidade – seu tom era calmo e foi seguido de sorriso irônico e firme de quem encerrava o assunto porque não diria mais nada além do óbvio.

A visitante assentiu por educação, mas não sentiu nenhuma convicção na resposta obtida. Imediatamente surgiu-lhe à mente uma frase ouvida em algum... talvez em um filme: "*Quanto mais brilho tem a foto, mais escuro é o negativo*". Seu sexto sentido dizia que havia algo mais atrás da beleza, do brilho de *Cottonland*. Torcia apenas para que o "negativo" não revelasse algo muito obscuro.

– Victória – Mayla recolheu o sorriso e colocou uma expressão séria na face, certamente lendo os pensamentos de sua interlocutora – eu sei que você acredita que detenho respostas para todas as perguntas do mundo, principalmente as suas. Engano seu, pois não tenho! Sugiro, entretanto, que antes de mais nada procure dentro de si e descubra exatamente o que está procurando. Quando isso acontecer, tenha em mente que estará diante de uma busca que deverá realizar sozinha. Essa empreitada é sua, de mais ninguém.

A visitante emudeceu diante da advertência. A brisa vinda do mar cumprimentou-a, acariciando o rosto, mas ela não a percebeu, pois estava perdida em seus pensamentos, tentando justamente descobrir qual a relação entre *Cottonland* e a doença da irmã ou com o futuro dela. E por que ela própria fora conduzida para esse estranho, porém maravilhoso mundo.

Mayla estava certa. Sua busca era pessoal. As respostas não cairiam do céu. Nada viria fácil, como em tudo na sua vida. Isto não era uma queixa, era a mera constatação da verdade.

– Não tema o escuro, Victória. Aliás, não há nada a temer. Em lugar nenhum. A pessoa mais forte é aquela que não tem medo de ficar só. Cuidado com outras pessoas. Outras pessoas lhe dirão o tempo todo o que fazer, como se sentir. Caso dê ouvidos a isso, desperdiçará a sua vida em busca de algo que te disseram para procurar, e não aquilo que você realmente desejava encontrar.

Victória não compreendeu totalmente a fala da nova amiga. Mesmo assim, não tentou dirimir suas dúvidas.

– Deixemos esse assunto de lado e vamos permitir que a vida siga seu curso. Que tal caminhar um pouco, se não se importa?

Victória aquiesceu. O dia estava bonito e calmo. O céu espelhado no mar tranquilo, enquanto a brisa, agora um pouco mais gelada, mordia seu o rosto e balançava os cabelos.

Durante a caminhada, contornando a encosta, as palavras foram deixadas de lado. Victória não conseguia disfarçar a preocupação, o futuro incerto da irmã, o medo.

Então, inesperadamente, tudo mudou. O dia já não era mais dia e o breu tomou conta do lugar. Ela procurou por Mayla, mas a anfitriã não estava mais ao seu lado, havia desaparecido. Abriu-se ao seu redor um tipo diferente de escuridão, era densa, pesada. Perdida, angustiada, com as mãos esticadas a tatear no vazio, a jovem buscou uma nesga de luz, qualquer coisa para tirá-la daquele negrume profundo. Na escuridão silenciosa, teve dificuldade para respirar. Tropeçou em algo, não estava mais na rua, mas no interior de algum lugar. O medo aumentou. O coração agora batia acelerado. Lá fora, o vento açoitava impiedosamente o lugar, enquanto janelas abertas – ou seriam portas? – martelavam as paredes numa sinfonia de terror. O vento batia em tudo. Dava para ouvir o mar chocando-se contra o rochedo. Batia nos ramos das árvores, transformando-os em chicotes. Ela olhou na direção do som com o coração comprimido por súbito presar.

– Olá? – chamou, querendo e não querendo uma resposta.

O eco de sua voz viajou através do lugar, mas tudo o que havia era silêncio. Seus pés queriam correr, porém a cabeça dizia para não cometer tal tolice. Victória avançou alguns passos apertando os olhos enquanto tentava enxergar algo à sua volta, sem nada ver além da escuridão impenetrável. Tateando pela parede, encontrou uma porta. Abriu-a e para seu alívio avistou no fundo do longo corredor uma pequena chama. Era uma vela, uma fração preciosa de claridade. Ela seguiu na direção da luz, pegou o castiçal que sustentava a vela – estava gelado – voltando-se para a direção oposta de onde viera. A escuridão recuou, desconsolada, diante da tímida chama. Seu joelho bateu em algo sólido. Ela apontou sua preciosa luz na direção do impacto. Uma pequena bancada, sobre ela um livro. "Sim, é um livro!" – confirmou a moça, falando para si mesma, enquanto estudava o exemplar com auxílio da chama bruxuleante da vela que dançava e ameaçava apagar-se toda vez que uma corrente de ar invadia furtivamente o ambiente. Tratava-se de um exemplar antigo, capa dura, empoeirada, páginas amareladas, encarceradas pelo esquecimento por longo tempo. Ela folheou-o, mas não havia nada escrito nas primeiras páginas. Victória não desistiu e seguiu vasculhando, das folhas emanava um cheiro de passado. No meio do livro encontrou uma página dobrada. A visitante desdobrou-a. No centro da folha havia uma única frase, escrita à mão, em letra cursiva. A moça leu-a. Intrigada, releu-a. Não conseguiu compreender o alcance da mensagem. Fez nova leitura, dessa vez em voz alta:

"Então, o futuro, natural e inescapável, entendeu que chegou a hora de se apresentar".

"O futuro... – A voz tinha um som lúgubre e desolado e ecoou pelo cômodo vazio.

A vela se apagou e a escuridão retomou seus domínios.

Victória acordou assustada, ofegante, tinha dificuldade para recuperar o fôlego, como se alguém tivesse apertado seus pulmões com toda a força. Não sabia se fora o estranho sonho ou os pingos da chuva arranhando os vidros que a despertou. Apesar da pouca iluminação, sabia que estava em sua cama. O quarto estava envolto numa treva azulada. Lá fora o vento uivava forte, poderoso, indicativo da aproximação de uma tempestade.

No escuro, levantou e cruzou o quarto até claridade da janela, fechada apenas com o vidro, gelado devido à sua luta para manter o frio longe do interior do quarto. Empurrou as folhas da janela para fechar a veneziana. Imediatamente uma lufada de ar glacial penetrou no ambiente, acompanhado de pingos de chuva que se chocaram contra o seu rosto, um turbilhão enregelante na pele, provocando um choque térmico. Pela janela, pôde ver que as luzes dos postes formavam halos enevoados na chuva gelada, além de lançarem uma rede de cintilações sobre as águas da baía. Puxou a veneziana sanfonada e fechou o vidro, no mesmo instante em que raios cruzaram o céu e quebraram a escuridão do quarto, riscando a linha da noite como agulhas de luz. Instintivamente ela fechou os olhos. Sentindo frio, decidiu voltar para a cama, mas o restante da noite seria ditado pela insônia, tentando compreender o significado de sua experiência em *Cottonland*, onde imagens felizes brilhavam entre as ruins. Isso a assustava.

"Então, o futuro, natural e inescapável, entendeu que chegou a hora de se apresentar". Repetiu mentalmente aquela frase na tentativa de instigar o cérebro a desvendá-la. Por dedução, acreditava que, na linguagem do sonho, ou da experiência vivida durante o repouso, o futuro seria o de Clara, mas não tinha certeza sobre isso. As semanas vindouras trariam a interpretação ao enigma. O futuro estava prestes a se apresentar.

CAPÍTULO 14

PIORA

Os dias chegavam, partiam e os meses foram gastando-se em momentos tristes diante da acentuada piora do estado de saúde de Clara. Ele chegou: o início do fim! O declínio físico. Era inevitável não comparar o estado atual da menina com aquilo que um dia ela fora.

O mundo de Clara limitava-se, na maioria do tempo, às paredes de um quarto, o dela ou o do hospital.

Os momentos de alegria e descontração tornavam-se cada vez mais escassos, o maior deles ocorreu há alguns meses, quando Victória contou-lhe sobre a primeira experiência em *Cottonland*. Clara ficou exultante, mal cabia em si. Aliás, durante a conversa, a irmã mais velha ficou sabendo que a menina também visitara o reino no mesmo dia que ela, e que passou algum tempo com Mayla. Concluíram que esse tenha sido o motivo para o atraso da princesa quando Victória a aguardava na "casa do penhasco", como passou a chamar o lugar visitado.

Naquele dia, a conversa das irmãs atravessou a madrugada. Trocaram impressões sobre o reino, sobre as pessoas e tentaram, juntas, compreender tudo o que estava acontecendo. A felicidade maior de Clara devia-se à constatação de que tivera experiências reais e que suas viagens não eram um sonho bobo como dizia a mãe. Essa, aliás, era a única mancha triste sobre o assunto, a descrença dos pais. De forma silenciosa e sutil pelo pai; enfática e ríspida pela mãe.

Ao longo dos meses em que a doença se apoderava cada vez mais do corpo da menina, Victória foi levada mais duas vezes a *Cottonland*. Clara, por sua vez, visitava o reino com mais frequência. Em todas as ocasiões, despertava animada, um pouco mais disposta.

Nas duas outras visitas, a irmã mais velha esteve sempre acompanhada de Arvid. Conheceu lugares, conversou com pessoas, mas em nenhuma das oportunidades foi levada ao castelo ou à presença da rainha Philippa.

Apesar de não ter controle sobre a chegada e a partida de *Cottonland*, percebeu – e estranhou – que o tom de Arvid e Mayla era de despedida, como se soubessem que aquela seria a última visita. E foi. Coincidentemente – ou não –, após a última experiência de Victória em *Cottonland*, a piora de Clara acentuou-se.

Na primeira internação, após cessarem as visitas ao reino, Clara amanheceu com muita febre. Sem aviso, as gengivas ficaram inchadas e avermelhadas, a ponto de mal se enxergar os dentes, além de sangrar em profusão ao menor toque.

A menina, que já sofria em demasia com as constantes inflamações na boca, agregou mais essa dificuldade ao ato de se alimentar, já abalado pela perda natural de apetite. Seu peso caiu de forma vertiginosa, perdera ao todo onze quilos. Houve também o declínio do tônus muscular, braços e pernas estavam finos como delicados como hastes de jasmim, passando a sensação que se quebrariam ao mínimo toque. Tudo isso afetou consideravelmente o seu ânimo, pois não conseguia mais fazer as atividades que gostava: rever os amigos, brincar, passear.

Clara seguia na fila para transplante de medula, mas sua vez parecia que nunca chegaria. A espera era angustiante e desanimadora, como um sonho inatingível.

Esperanças? A família tinha de sobra. Fé? Não lhes faltava. Esperança e fé impediam o desmoronamento de toda a estrutura familiar. Eram, cada uma à sua forma e intensidade, a tábua de salvação na qual os Gonzalez Fernandez agarravam-se.

Dezembro chegou e com ele o aviso de que seria tentado em Clara um último protocolo, e que isso devastaria a sua medula. Naquele momento, numa pequena sala de hospital, Juan, Constanza e Victória entreolharam-se e perceberam que, do ponto e vista médico, não havia uma luz sequer a brilhar no horizonte, nada mais poderia ser feito. Mesmo assim, também naquela fria sala, decidiram que não perderiam a fé. Suas esperanças estavam todas depositadas na fé, à espera de um milagre, na certeza de que uma força maior, Deus, seria capaz de contrariar todos os protocolos e toda a literatura médica.

Era um fim de tarde frio e úmido, o crepúsculo cinzento e vazio, atípicos para o mês de dezembro, mesmo para aquele ponto do planeta, quando o estado já precário da caçula da família piorou ainda mais. Faltavam três dias para o Natal.

Desolada, mas tentando esconder os sentimentos da menina, a família inteira tomou consciência de que iniciara ali a fase terminal, literalmente. Um dia que todos sabiam que chegaria, mas faziam de conta – e não queriam – que chegasse. Mas ele chegou!

Excepcionalmente, considerando as circunstâncias, doutor

Esteban visitou a paciente em casa. Após alguns exames clínicos, ele saiu do quarto e foi conversar com Juan e Constanza, enquanto Victória permaneceu com Clara no quarto.

A irmã mais velha percebeu que as notícias eram as piores, o fim estava próximo, principalmente depois que o médico se despediu de Clara pedindo um abraço.

"Não é um bom sinal quando o oncologista responsável pelo tratamento abraça a paciente em discreta despedida" – pensou.

Depois que o médico foi embora, Juan e Constanza voltaram para o quarto. A fisionomia de ambos mostrava que haviam chorado e tentaram se recompor às pressas para ocultar as emoções de Clara. A família fizera um pacto para poupar a menina dos momentos de tristeza, demostrando fé e confiança diante da pequena paciente.

Sem deixar o quarto, ficaram horas reunidos em volta da pequena doente. Sabiam que a despedida estava próxima, por isso queriam aproveitar cada segundo ao lado de Clara.

Como a menina não tinha forças para sair da cama, trouxeram-lhe algo para comer, uma sopa rala de legumes, mas ela recusou. A ideia era que a família jantasse no quarto mesmo, a seu lado, mas a realidade é que ninguém tinha apetite para comer.

A noite avançou. A exaustão venceu o caos e Clara adormeceu. Constanza e Juan decidiram tomar banho, enquanto Victória permaneceu ao lado da irmã.

Com os olhos marejados, observava a caçula da família que dormia serena, respiração profunda, encolhida no colchão como uma vírgula, o rosto levemente afundado no travesseiro, enquanto a claridade das luzes da rua penetrava pelo vidro da janela, realçando as linhas do seu rosto infantil emagrecido.

Sentia-se perdida, impotente, como se a vida fosse grande demais para ela. Então lembrou-se de uma antiga brincadeira que fazia quando Clara tinha pouco mais de três anos. Decoravam uma caixa de sapatos e brincavam de fazer mágica.

No início, ursinhos de pelúcia e bonecas eram os "voluntários" para participar do truque de mágica. Após colocados no interior da caixa e fechada a tampa, as palavras mágicas eram recitadas de forma teatral, piscando os olhos repetidas vezes: "abracadabra um, dois, três", depois Victória girava a caixa e dava um jeito de retirar o "voluntário" durante o movimento, fazendo-o desaparecer. Era um truque tosco, bobo e mal executado, mas suficiente para entreter a pequena expectadora por longos períodos.

Com o tempo, a brincadeira tornou-se mais complexa, novas experiências foram adicionadas e a "caixa mágica" passou também a ser utilizada para fazer desaparecer os medos, as frustrações, as tristezas da pequena Clara – uma lágrima de nostalgia percorreu a extensão da face de Victória, precipitando-se no chão.

Naquela noite, caso pudesse, resgataria a antiga caixa e jogaria em seu interior as dores, o sofrimento, a leucemia, piscaria os olhos e faria com que desaparecessem da vida da irmã.

Pensando bem, *Cottonland* resgatava um pouco do "poder" da antiga caixa mágica. Através daquele lugar, todos os seus medos, dores, angústias e tristezas desapareciam assim que seus pés tocavam o solo do reino da princesa Mayla, como se tivesse pronunciado as palavras mágicas "abracadabra um, dois, três".

Mas a vida não funciona assim. O mundo real – pensou Victória –, não é um lugar aberto a caixas e palavras mágicas. Ele é pragmático, cruel e implacável. Nele, talvez por distração – ou por descuido – de Deus, sua irmã estava morrendo.

Havia ares de revolta contra o Criador naquele pensamento. Ela até tentava lutar contra o desejo de gritar, de quebrar algo, de brigar com alguém – com o médico, talvez, – de chorar até perder as forças. As pessoas haveriam de compreender sua dor, mas, no fundo, bem lá no fundo, sabia que não era bem assim, os últimos vislumbres de sensatez lhe diziam que a desventura não dá a ninguém o direito de transgredir as regras, de desconsiderar as pessoas.

Com os pensamentos um pouco mais serenados, Victória voltou-os para *Cottonland*. O maravilhoso reino era para Clara – e para si própria – um alento, um refúgio, quem sabe a única experiência realmente boa que viveu após a descoberta da leucemia.

Apesar da agressividade da doença e do tratamento, de ser furada até não sobrar mais espaços no pequeno braço, de sentir dor a ponto de começar a usar morfina periodicamente, *Cottonland* a acalmava, a tornava uma menina feliz. O reino e tudo que o envolvia, para ela, representavam quase todos seus momentos de alegria e tranquilidade" – reconheceu Victória.

– Vicky? – murmurou Clara.

– Oi, querida – Victória envolveu as mãos da irmã com as suas.

– Estou com sede.

Victória levantou-se e foi até a cômoda, colocou água até a metade do copo, ajustou um canudo de plástico e levou-o até a boca da irmã que sorveu o líquido em goles lentos.

– Obrigada – Clara soltou o canudo da boca e fez sinal com a mão demonstrando que estava satisfeita.

– Quando quiser mais é só pedir.

– Mayla me disse que ficará tudo bem

– Você esteve lá novamente?

– Sim, foi rapidinho desta vez. Mayla disse que tem muita gente que me ama e que está cuidando de mim, por isso nada de mal me acontecerá.

– Mayla é uma princesa, ela sabe das coisas. Então devemos acreditar nela – Clara sorriu.

– Acho que não me resta muito riso.

– Não diga isso.

– Estou cansada, Vicky.

– Então durma mais um pouquinho, Clara.

– Não, você não entendeu. Estou cansada de lutar.

Victória respirou fundo para tentar conter o choro, mas sentiu o ar estilhaçar-se. O sofrimento físico da irmã chegara ao ápice.

Nesse momento, entraram os pais.

– Você está acordada, filha?

– Mãe, estou cansada de... – repetiu, deixando a frase incompleta.

Victória olhou para os pais com os olhos marejados, a cena era dilacerante. Sentia os dedos dormentes, os pés pareciam estar soltos. Juan compreendeu imediatamente o que a filha estava tentando dizer. Ele pegou na mão da esposa e ambos se acercaram da menina.

– Filha – a voz do pai estava embargada, – papai e mamãe sabem que você está cansada, mas...

– Estou cansada de lutar – repetiu Clara, interrompendo a fala do pai.

– Papai compreende. Então... – Juan respirou fundo – então... Clara, queremos muito que você tenha força para continuar lutando, mas se achar que não consegue mais, tudo bem, entenderemos se você parar... papai, mamãe e Vicky, nós todos ficaremos bem. Você pode descansar quando sentir que não consegue mais, tem a nossa bênção. Vamos sentir muita saudade, mas continuaremos juntos de você.

– Está bem. Acho que consigo lutar mais um pouquinho.

– Você está se saindo muito bem, meu amor – ele disse, com as lágrimas enchendo seus olhos enquanto beijava sua testa.

– Mamãe?

– Sim, meu anjo – Constanza acariciou o rosto da filha e sentou-se ao seu lado.

– Lembra daquela canção de ninar que você cantava para mim quando eu era pequena? Pode cantar para mim de novo?

Constanza lutava ferozmente para conter as lágrimas e pensou que não teria condições de fazer aquilo. Juan tocou em seus ombros, incentivando-a.

Depois de alguns segundos, impulsionada por uma força que desconhecia possuir, lembrou-se do tempo em que aninhava a pequenina Clara em seu colo antes de dormir. Então, começou a cantar uma singela cantiga de ninar, como fazia naquelas noites, hoje distantes:

"Arrorró, mi niño
Arrorró, mi Sol
Arrorró pedazo
De mi corazón

Este niño lindo
Se quiere dormir
Y el pícaro sueño
No quiere venir

"Arrorró, mi niño
Arrorró, mi Sol
Arrorró pedazo
De mi corazón

Este niño lindo
Ya se va dormir
Cierra los ojitos
Y los vuelve abrir

"Arrorró, mi niño
Arrorró, mi Sol
Arrorró pedazo
De mi corazón.[5]"

Ao som da antiga canção de ninar, Clara adormeceu novamente. A emoção havia tomado conta da família. Nenhum dos três queria deixar o quarto, por isso estenderam colchões e roupas de cama pelo chão, espalharam travesseiros e ficaram próximos da menina, sem saber que aquela seria a última noite que passariam todos juntos.

---

[5] Posicione câmera do celular ou leitor sobre o QR Code ao lado e ouça a música.

Canção de ninar árabe, intitulada "Arrorró, Mi Niño", originária dos bereberes. Há séculos chegou nas Ilhas Canárias, depois passou para a Espanha, de onde migrou para a Argentina, transformando-se em uma das mais tradicionais cantigas de ninar. Não há tradução em português para a expressão "arrorró". Na Argentina, ela é utilizada como uma interjeição.

CAPÍTULO 15

DESPEDIDA

No dia seguinte, antevéspera de Natal, o café da manhã foi breve. Um ritual de silêncio e olhares perdidos no vazio tomou conta do ambiente. Do lado de fora, a temperatura estava bem mais baixa do que o esperado para a época do ano, mas o dia surgiu claro e bonito, o ar estava limpo e o céu azul sem nuvens.

Clara ainda dormia. A noite foi serena e isso passou uma falsa sensação de tranquilidade para a família. Foi Victória, a primeira a voltar para o quarto da irmã, quem deu o alarme para o restante da família, informando que Clara estava ardendo em febre, pelos movimentos do peito, os pequenos pulmões pareciam mover-se lentamente.

Pânico. Todos correram para o quarto, Juan foi o primeiro a chegar ao lado da filha. Com a palma da mão sobre a testa, maçã do rosto, confirmou a febre, ratificada pelo termômetro digital que emitiu um aviso sonoro enquanto o visor piscava em vermelho apontando a temperatura de 39,9 ºC. Preocupado, mas mantendo a calma – imprescindível em momentos assim – checou os sinais vitais da menina e constatou que estavam extremamente fracos.

– Vamos levá-la ao hospital imediatamente.

Victória e Constanza arrumaram rapidamente a pequena mala, previamente preparada devido às constantes idas e vindas da menina ao hospital local, enquanto Juan comunicava o ocorrido ao oncologista. Tempo era uma questão crucial em se tratando de vida ou morte.

Apesar de a cidade não possuir grandes congestionamentos, o trânsito estava mais lento em razão do horário. Mesmo assim, com o alerta do carro ligado, e tocando a buzina vez ou outra, Juan dirigia rapidamente, fazendo ultrapassagens que normalmente não faria. A situação, porém, não pedia demasiada educação no trânsito.

Chegando no hospital, acostumados com a rotina e os procedimentos, todos já sabiam como agir. Juan pegou Clara no colo e andou rapidamente na direção de uma pequena porta que dava para o atendimento de emergência. O vigilante, conhecedor da doença da paciente, bem como a família em razão das muitas vezes que ali estiveram, franqueou a entrada sem perguntas, apenas com um olhar preocupado, pois desta vez a situação da menina parecia mais grave. Enquanto isso, na portaria, Victória e Constanza resolviam questões burocráticas.

Por sorte, doutor Esteban estava de plantão naquele dia e, previamente alertado, chegou rapidamente ao local. Vencidas as questões relativas à internação, Constanza e Victória juntaram-se a Juan em uma sala de espera, aguardando enquanto o médico examinava a pequena paciente. Diferentemente das outras vezes, o médico advertiu os familiares de que os procedimentos demorariam bem mais do que estavam acostumados.

Sem opções, os três sentaram-se e colocaram-se em posição de espera. Não havia mais ninguém aguardando, o que proporcionava certa privacidade à família. O lugar era frio, as paredes da sala só não eram totalmente nuas de decoração porque havia um relógio bem no centro, fora isso, viam-se apenas cadeiras dispostas ao redor da sala e uma mesa de centro contendo algumas revistas e *folders*. Nada mais.

Nos primeiros momentos a espera foi marcada por um silêncio carregado pelo medo de que as suposições individuais estivessem corretas, embora nenhum deles quisesse externar sua exata preocupação, talvez por receio ou superstição.

Victória, então, decidiu que precisava voltar a tocar num assunto delicado, *Cottonland*. Era uma questão incômoda. O simples peso dessa conversa não parecia viável. A filha mais velha sabia dos riscos, mas não podia mais adiá-la, talvez não tivesse outra chance.

– Mãe, pai, precisamos falar sobre um assunto muito sério. Mas antes de começar, peço que não me interrompam, não importa o que eu diga – falou enquanto pressionava com um "tapinha" o adesivo de visitante mal colado na roupa.

– Agora não é hora, Victória – falou Constanza, prevendo que o tema não seria do seu agrado.

– Agora é a hora sim, mãe. E a senhora sabe disso. Não podemos mais protelar essa conversa.

– Deixe-a falar, Constanza – atalhou Juan.

– Quero conversar novamente sobre os sonhos de Clara, sobre *Cottonland*.

Constanza revirou os olhos, mas decidiu ouvir o que a filha mais velha tinha a dizer.

– Sei exatamente o que vocês pensam sobre o assunto, mas saibam que a situação agora é outra.

– E por que seria diferente? – foi o pai quem perguntou. Não havia rispidez em sua voz, apenas dúvida.

– Porque Clara não é a única que foi levada a *Cottonland* durante o sono. Eu também estive lá e conheci os mesmos lugares e as mesmas pessoas de quem ela fala.

– Como assim, você?

– Também não sei como, pai, mas por três vezes fui levada a *Cottonland* durante o sono, e posso garantir que não foi um sonho comum, muito pelo contrário, foi muito real.

– Vicky, você...

– Desculpe interrompê-lo, pai, sei que você dirá que isso não prova nada. Respeito sua forma de pensar, a forma de vocês pensarem, mas, até para não me estender muito e aproveitar enquanto esperamos, peço apenas que pensem em Clara.

– Como assim? – Indagou Juan.

– Vocês podem até achar que se trata de coincidências, coisas do nosso cérebro, delírio coletivo, enfim, como eu disse, respeitarei cada um dos pontos de vista, mas entendam que esse assunto para Clara é muito importante, eu diria especial e ela se ressente por vocês não acreditarem na sua história.

Clara está partindo, sabemos disso. Então, pelo menos enquanto ela estiver conosco, deem uma chance a essa história, ao que ela diz. Verdadeira ou não, acreditando ou não, pensem no quanto seria importante para Clara partir sabendo que vocês acreditam nela; ou o inverso, no quanto seria doloroso levar consigo a falta de apoio de vocês. Não estou pedindo para deixarem de lado suas convicções, apenas deixarem de lado o orgulho, a necessidade de terem razão e deem uma chance a ela. Pensem sobre isso agora ou se arrependam para sempre.

Victória sustentou o olhar, enquanto Constanza escondeu o rosto nas mãos e respirou fundo para recuperar o fôlego – ou a calma – antes de voltar a encarar a filha. A expressão era de tristeza, não havia censura em seu rosto, ao contrário do que Victória poderia imaginar.

– Você tem razão. Eu estava errada.

Apesar das circunstâncias, os olhos da filha brilharam pelo fato de a mãe aceitar a realidade, ainda que não concordasse com ela.

– Sim, tem toda razão – concordou Juan. – É justo que Clara receba pelo menos nosso apoio, nossa compreensão. Quando ela era menor sempre fazíamos de conta que acreditávamos em suas histórias de fadas, princesas, castelos. Talvez a tensão da doença nos fez perder a capacidade de pensar como crianças.

Victória ficou aliviada com a reação dos pais. Intimamente, albergava a esperança de que as circunstâncias fariam com que aceitassem o tema. E estava certa em suas suposições.

Longos minutos de silêncio imperaram no ambiente depois da fala da filha mais velha. A família seguia aguardando. Cada minuto, na verdade, era uma espera terrível e interminável.

– Fale-nos sobre *Cottonland*, Victória – disse Juan, quebrando o silêncio, além de surpreender a filha. Uma coisa era aceitar a narrativa apenas para contentar Clara, outra era interessar-se por ela.

Instigada pelo pai, Victória passou a relatar todos os detalhes de suas conversas com Clara, e, consequentemente, tudo o que ela contara sobre o fantástico lugar que vinha visitando desde a descoberta da doença. Depois, passou a narrar, também com a mesma riqueza de detalhes, a sua própria experiência para o casal que ouvia atentamente, com a boa vontade com a qual comprometeram-se minutos antes.

– E foi isso! – exclamou a filha mais velha, terminando o relato.

Os pais não tiveram tempo de fazer qualquer observação pois foram interrompidos pela chegada do doutor Esteban. O semblante cansado, pesaroso, indicava que as notícias não seriam boas.

– E então? – perguntou Juan, muito embora todos tenham se levantado ao mesmo tempo após a chegada do médico.

Ele levou alguns segundos para falar. Um curto tempo. Uma espera interminável. Às vezes as palavras são a parte mais difícil, mas a expressão facial delatava o que a boca hesitava em dizer.

– Infelizmente não trago boas notícias.

– Ela... – com lágrimas nos olhos, Constanza colocou a mão na boca, sem conseguir terminar.

Experiente, o médico compreendeu a frase não pronunciada.

– Não, senhora Constanza, não é o que a senhora está pensando. Clara está sendo colocada no quarto, em isolamento. Via de regra, no isolamento, como o próprio nome sugere, não é permitido mais do que um acompanhante, mas, considerando as circunstâncias especiais, já autorizei que vocês todos permaneçam com ela. É meu dever, por mais doloroso que seja, dizer-lhes que a morte é inevitável. Só questão de tempo.

– Quanto tempo? – perguntou Juan.

– É difícil precisar. Clara tem pouquíssimo tempo de vida. Horas, talvez um ou dois dias, no máximo. Sinto muito!

Apesar de o momento exigir sinceridade, a verdade às vezes pode ser bem difícil e complicada. A ampulheta da vida de

Clara estava quase sem areia. Essa era a única verdade. O silêncio abateu-se sobre todos. Uma tristeza com força total invadiu a sala de espera.

Chegara o momento do adeus. Na cabeça de cada um dos Gonzalez Fernandez, na fração de segundo, em que o cérebro absorveu as palavras do médico, passou um filme trazendo lembranças dos momentos vividos com Clara em sua curta existência. Os três choraram, até mesmo Juan que nunca chorava. A sensação era de que o mundo chegava ao fim.

– Precisamos ir até ela o quanto antes, estar ao seu lado em seus últimos momentos – falou Victória, exibindo um resquício de serenidade e força. A proposta obteve a concordância dos demais

O médico, que se mantinha em respeitoso silêncio, aquiesceu. Falaria aos familiares que precisariam apenas aguardar os preparativos no quarto, mas não foi necessário, pois a porta abriu-se e um dos enfermeiros fez sinal de positivo com a cabeça para o oncologista.

– Está tudo pronto. Vou levá-los até o quarto. Lá darei mais algumas explicações técnicas, mas quero que saibam que está sendo feito tudo o que é possível para que ela não sofra.

Toda a ala estava silenciosa, com exceção do som distante de equipamentos apitando. Quando chegaram no quarto, encontraram Clara desperta. Um novo acesso havia sido feito em seu braço, através do qual estava sendo ministrada toda a medicação necessária para manter o mínimo de conforto, principalmente morfina, conforme explicou o oncologista, que se despediu em seguida.

Constanza postou-se próximo da cabeceira da cama hospitalar e começou a acariciar o rosto da filha.

Depois de alguns instantes de intensa demonstração de

carinho pela menina, a mãe adiantou-se e seguiu o conselho da filha mais velha.

– Vicky nos contou sobre *Cottonland* e também sobre a princesa Mayla. Falou-nos sobre os lugares que vocês visitaram e disse que é tudo muito bonito lá.

Clara sorriu sem abrir a boca. Seus olhos verdes acinzentados emitiram um brilho de contentamento.

– Eu visitei o castelo... conheci a rainha – a voz saiu fraca e as palavras arrastadas.

– Quem sabe um dia eu conheça um castelo também. Nunca visitei um castelo na minha vida, muito menos falei com uma rainha – disse a mãe, lançando um sorriso encorajador.

– A senhora vai adorar.

– Desculpe por não termos acreditado em você antes, filha. É que somos adultos, e adultos demoram mais tempo para compreender as coisas.

– Tudo bem, mãe – Clara lançou um sorriso cálido daqueles que a tudo perdoa, a tudo compreende.

– Eu também acredito em você Clara. – falou Juan.

Clara sorriu, seus olhos brilharam.

– Vicky?

– Sim, Clara.

A menina fez uma pausa, parecia esforçar-se para falar.

– Eu disse que eles acreditariam quando você fosse.

– E você tinha razão, Clarita – há muito tempo Victória não chamava a irmã daquela forma.

– Por isso pedi para a rainha.

– Sim, você foi inteligente.

– Papai, não sei se consigo continuar lutando mais.

– Nós entendemos, filha. Se você quiser ir embora, pode ir, viu? Nós ficaremos tristes, mas...

– Mas um dia vamos nos reencontrar – complementou Victória.

– Eu acho que vou dormir e não sei se vou acordar de novo. Estou cansada. Muito cansada...

– Mamãe e papai compreendem, filha – falou Constanza com o coração espicaçado por dizer aquelas palavras. Apesar da dor, deixá-la partir em paz, sem culpa, seria a maior prova de amor que poderiam dar à filha. É o ciclo do amor.

Dizer adeus talvez seja o impossível mais possível existente, pois nunca se quer dar adeus a quem se ama, mas seria estupidez não o fazer quando se tem a oportunidade. Então, um a um, Victória, Juan e por último Constanza, deram um último abraço, um último beijo. Clara olhou para todos com um sorriso no rosto, um sorriso de despedida. Em seguida, fixou o olhar na direção da parede vazia, em algo que somente ela enxergava. Sem soltar a mão da mãe, agarrando-a e apertando-a forte o bastante para a sua situação.

Depois de alguns segundos, ainda com o sorriso nos lábios, falou com voz baixa, entrecortada:

– Meus amigos... Mayla...

Instintivamente todos olharam na direção da parede vazia, o local onde Clara lançara o olhar.

A caçula permaneceu fitando o vazio por alguns instantes sem desfazer o sorriso no rosto. Na sequência, voltou novamente o olhar para a família, reunida à sua volta, sorriu mais uma vez e fechou os olhos. Tudo aconteceu lentamente.

Constanza aproximou-se da filha e, com lágrimas nos olhos, cantou baixinho:

"Arrorró, mi niño
Arrorró, mi Sol
Arrorró pedazo
De mi corazón..."

Clara nunca mais acordou para este mundo.

A caçula da família Gonzalez Fernandez faleceu minutos depois. O nome da princesa de *Cottonland* foi a última palavra que seus lábios terrenos pronunciaram.

Clara foi sepultada no dia vinte e quatro de dezembro. O céu estava encoberto de luto. Uma tristeza infinita toldava os olhos de todos que acompanharam a singela cerimônia de despedida. Era uma véspera de um Natal sem luz, sem ceia, sem presentes, sem alegria. As canções natalinas calaram-se e o tempo pareceu parar por um instante.

Quando o pequeno esquife baixou à terra, um tempo curto para os relógios, mas que pareceu longo como a eternidade para os corações entristecidos, apenas a dor da despedida ecoaram na serenidade do cemitério. O clima mudou. O céu cinza e inchado chorou com eles.

CAPÍTULO 16

CONSTANZA

Os primeiros meses depois da partida de Clara foram terrivelmente tristes para a família Gonzalez Fernandez. A parte mais desafiadora da vida ocorre quando a pessoa que lhe deu as melhores memórias vira memória.

Os silêncios tornaram-se frequentes na casa, silêncios frios e vazios que cresciam entre as poucas palavras trocadas durante os dias.

O luto abraçou a todos impiedosamente. Cada um vivenciava a ausência física de Clara à sua maneira, com maior ou menor intensidade.

Constanza era quem mais sofria. Chorou durante toda a celebração de corpo presente. A dor era superlativa. Juan amparou-a desde a saudação inicial do pároco até o *"ide em paz, e que o Senhor esteja convosco"*.

No período inicial do luto a mãe decidiu afastar-se do trabalho, delegando suas funções a antiga funcionária, em quem tinha total confiança. Alimentava-se pouco, levantava-se ao amanhecer, deixava o dia passar sem nenhuma disposição, muitas vezes sentada no sofá da sala ou em uma poltrona na rua, com o olhar perdido, focando o vazio. Assim as horas iam se gastando, até que tornava a deitar quando escurecia.

Na casa, pouco se ouvia da sua voz. Sempre dava respostas vagas a praticamente todas as situações, comunicando-se através de gestos e monossílabos, como se não falasse a mesma língua do restante dos membros da família, também envoltos no luto pessoal.

Algumas amigas visitavam-na, mas os ensaios de conversa, visando retirá-la do buraco cavado pela tristeza, não foram muito produtivos. Após tentativas frustradas de puxar assunto, não conseguiam mais pensar no que dizer para tirá-la do comportamento depressivo. Constanza rechaçava qualquer tipo de conselho, principalmente aqueles de natureza religiosa, afinal, Deus, ou quem quer que exercesse o cargo na sua ausência – dizia ela – era o principal alvo de suas lamentações.

No fundo, Constanza até compreendia a intenção das amigas, mas via aquelas tentativas como inconveniências recheadas de clichês que violentavam sua dor. Não suportava murmúrios contendo combinações das mesmas palavras inúteis – "sinto muito", "o sofrimento acabou", "lugar melhor".

Aceitava as visitas porque tinha consciência de que não podia controlar o comportamento das pessoas, aliás, mal podia controlar o seu próprio comportamento, por isso preferia isolar-se.

Houve quem sugerisse a procura de tratamento psicológico, mas Constanza rechaçava a sugestão com sarcasmo.

– Porque não quero ninguém, usando um terninho alinhado, vomitando mentiras:

"O tempo cura todas as feridas".

"Não há nada de errado com o que você sente"

"Tudo vai ficar melhor".

"Permita-se sofrer."

Tolices em cima de tolices – sentenciava.

Então, vencidas pelas circunstâncias, as amigas desistiam e pouco a pouco deixaram de retornar. Concluíram que não seria fácil retirá-la do exílio autoimposto, um exílio regado a silêncios e lágrimas.

Outro problema relacionava-se às datas. Não obstante o calendário do coração de quem está sofrendo não ter data para a dor, o calendário da parede transformou-se em instrumento de tortura, principalmente quando apontava algumas situações comemorativas, a começar pelas festas natalinas e as de passagem de ano. Constanza basicamente abandonou a decoração e as comemorações depois da morte de Clara. Luzes, árvores, enfeites, reuniões em família, presentes deram lugar ao luto e à nostalgia. Ainda teriam de enfrentar o dia das mães e o aniversário filha, dias que costumavam ser especiais, mas agora saltavam do calendário como pregos enferrujados, verdadeiros instrumentos de tortura. As lembranças simplesmente doíam demais.

Seu luto era profundo, com mais camadas e mais complexo, permeado por intermináveis variações de um jogo cruel e totalmente sem sentindo, o jogo do "mas, e se...", revivendo, arrependendo-se e perguntando-se, "mas, e se tivéssemos agido de forma diferente?"; "mas, e se tivéssemos buscado tratamentos alternativos?"; "mas, e se não houvéssemos duvidado das histórias de Clara, teria dado novo ânimo durante o tratamento?" Era um jogo interminável, dominado pela culpa, pelo remorso e pelo arrependimento. Um jogo difícil de vencer. Acreditava piamente que poderia ter feito mais pela filha.

O quarto de Clara, agora um lugar vazio, triste e desolador, transformou-se numa espécie de santuário. Tudo deveria ser mantido imaculado, da forma como a filha deixou. Um lugar congelado no tempo. A cada vez que subia as escadas e seguia pelo corredor até a porta fechada, seu coração acelerava. Girava a maçaneta lentamente e espiava pela escuridão provocada pelas persianas fechadas, e, por um triste segundo, pegava-se fazendo uma oração para que, ao abrir a porta, encontrasse Clara dormindo na cama e tudo não tivesse passado de um sonho ruim, mas a visão da cama arrumada trazia-lhe de volta à realidade, confirmando o pesadelo.

Constanza passava horas sentada no tapete do quarto folheando os muitos álbuns de fotografias da filha. Conversava em voz alta, num sotaque melodioso onde cada sílaba soava como um poema lírico, como se explicasse para a filha as circunstâncias em que cada retrato foi feito.

"Esta, Clara, foi tirada no dia em que você chegou da maternidade. Mamãe está chorando de felicidade por trazê-la para casa".

"Aqui – apontava para a fotografia – foi depois de você dizer mamãe pela primeira vez".

"Micaela foi sua primeira amiga. Aqui você está na festa de aniversário dela. Brincaram muito de pular na cama elástica".

Parecia impossível que a sofrida mãe conseguisse recomeçar a vida sem a presença de Clara, pois não tinha forças para sair da espiral de dor e sofrimento em que havia penetrado. Afastava-se lentamente das pessoas, da vida.

Constanza não compreendia que uma das principais causas do seu sofrimento, além da morte da filha, obviamente ocorria porque não permitia que a vida prosseguisse seu curso. Não conseguia delinear através das tramas das lembranças e da tristeza, mantendo seus olhares voltados apenas para a sua perda e para as consequências dela, aumentando o estado depressivo. E o círculo vicioso completava-se.

Com o passar do tempo, diante das constantes manifestações de preocupação da família e dos amigos, ela tentava vender a narrativa de que estava melhor, mas bastavam alguns minutos de conversa para perceber que seu estado era exatamente oposto, a antítese de "estou bem".

CAPÍTULO 17

JUAN

Juan era naturalmente uma pessoa reservada. Essa característica, porém, potencializou-se após a morte de Clara.

Forçado, inicialmente, a mergulhar de cabeça na cruel e humana burocracia legal que permeia a morte, o sepultamento da filha, somente depois foi que começou a vivenciar seu luto e ruminar suas dores.

Nos primeiros dias, diferentemente da esposa, encontrou no trabalho um refúgio contra a perda, algo impossível de conseguir em casa, pois o lugar era cercado pelas lembranças impregnadas nos cômodos. Por isso deixava-se ser sugado pelas horas de isolamento em seu escritório de trabalho.

"*A gente nunca sabe o quanto ama uma pessoa até perdê-la. A gente nunca tem a dimensão exata, até não poder mais conversar com ela*" – desabafou a Gabriel, o médico e amigo da base que acompanhou a doença de Clara.

Além do comportamento esquivo com Constanza e Victória, manifestado através do silêncio, tudo para mascarar um mal irreal que o assolava: a dor aguda produzida pelo aguilhão da culpa, uma inimiga existente apenas na sua cabeça, pois cismou que fora para Clara um pai ruim, um pai ausente, mais do que tudo, um pai mentiroso e incapaz de cumprir a promessa e a palavra empenhada à filha de que "tudo ficaria bem".

"Não fui capaz de protegê-la", repetia, ensimesmado, nas noites de vigília que aumentavam na mesma proporção que reduzia o sono diário.

Apesar de infundada a culpa que carregava, afinal, nada do que pudesse ter feito mudaria o destino de Clara, nunca a revelou a ninguém, e isso só fazia com que ela crescesse dentro de si. São justamente as situações que enterramos no silêncio que nunca deixam de nos perseguir.

Juan passou por um período sombrio nos primeiros dias após o sepultamento da filha. Sentia-se como se tivesse sido golpeado ferozmente, vítima de um grande impacto que paralisou suas ações. Não sabia o que fazer, o que pensar e como viver num mundo em que Clara não mais existia. Sentia-se sem perspectivas na vida, pois não sabia qual o próximo passo a ser dado, como voltar a caminhar.

Por algum tempo, as noites torturavam-no. Nas vezes em que o sono o abandonava, adquiriu o hábito de andar sozinho, perambulando pelos cômodos da casa ou pelos arredores, nas ruas ou nas margens da baía, vagando, perdido, por entre os labirintos da tristeza e pelos desfiladeiros da dor.

A dor nos primeiros dias era desterradora e não tinha nada que pudesse fazer para abrandá-la. Apertava-lhe o peito como uma antiga prensa de olivas que espreme os frutos da oliveira, comprime-os, esmaga-os até extrair-lhe o azeite.

No auge do sofrimento, sentia-se privado da capacidade de organizar seus pensamentos, sua vida. A dor poderia ser comparada como uma espécie de loucura momentânea. Questionava-se sobre o futuro, o próprio, e o da família, mas não encontrava respostas minimamente aceitáveis.

Muitas vezes, com o rosto anuviado, mesclando tonalidades confusas de emoção, refugiava-se longe dos olhares, numas horas roubadas, e chorava grossas lágrimas de saudade, tentando aliviar o peito e a alma das dores da perda. Depois da morte da filha sentia-se menor, como se tivesse perdido algo essencial da sua alma.

Nos longos momentos de solidão, em que tentava compreender a nova realidade e adaptar-se a ela, sentia como se a família estivesse percorrendo uma longa estrada onde, ao longe, podia vislumbrar o futuro que projetara para a vida de todos, mas havia um buraco no meio do caminho, representado pela morte de Clara. Então, a família caiu no buraco. A primeira intenção era escalar o buraco e retornar à vida anterior, mas isso era impossível, porque a vida anteriormente planejada, aquela da qual Clara fazia parte, tornou-se inacessível. Então, o desafio, a única alternativa, era tentar cavar um túnel de dentro do buraco e caminhar para a frente, às cegas, em um caminho longo, vagaroso, que não se sabia onde daria. Essa passou a ser a sua metáfora preferida.

Sonhos, expectativas, desejos... o livro da vida da filha teve sua escrita interrompida muito cedo. Juan sofria ao pensar em tudo o que Clara e ele não puderam viver e no quanto a transitoriedade da vida supera nossos melhores planos.

O Juan de antes, pai de Clara, o Juan, que ele próprio conhecia, foi sepultado junto com a filha e um outro Juan surgiu em seu lugar.

Compreendeu, então, a necessidade de deixar o Juan, pai

de Clara – a menina viva – para trás, e deixar nascer o Juan, ainda pai de Clara, mas cuja companhia não mais teria. Entendeu que esta era a maneira de seguir adiante, viver com a memória dela, conviver com a saudade, com a sua falta, mas tentando reconstruir-se vagarosamente, transformando-se numa pessoa que ainda "possui" Clara, mas de uma forma diferente. Esse pensamento já era um grande avanço.

Não era um processo fácil, pois Juan sentia falta das coisas que faziam juntos, das trocas, das experiências entre pai e filha. Lembrava de Clara durante muitas horas do dia. Uma lembrança que ia e vinha o tempo todo. Sentia ter perdido um pouco do pai que era, afinal, boa parte da sua vida fora pautada em torno da existência da filha: os planos para o dia seguinte, para o próximo fim de semana, para as férias. Clara sempre fazia parte do seu planejamento diário. Com o passar do tempo, compreendeu que precisava, de alguma forma, deixar isso para trás, mantendo a filha nas recordações, como uma presença simbólica. Esse era o laço – simbólico – que precisava reconstruir com Clara. Era um desafio hercúleo, pois seu mundo era mais interessante quando Clara estava nele, e não agora.

As coisas pessoais de Clara, o contato com elas, ainda o machucava muito. Havia um pouco dela em cada lugar. Não tinha coragem de entrar em seu quarto, mantido intacto por Constanza. A concentração de recordações naquele pedaço da casa era insuportavelmente grande.

Juan queria consertar, resolver a situação, um comportamento esperado, segundo disse-lhe o psicólogo da base militar em uma conversa informal:

"Homens tendem a lidar com a dor de forma mais silenciosa. Tratam a dor quase de forma instrumental, como alguém que tenta resolver problemas. O homem tende a se reorganizar de forma mais rápida, mais fácil, mas se angustiam quando se deparam com algo que não tem conserto" – explicou o profissional.

Juan repetia com frequência que as lembranças produziam sentimentos antagônicos, pois na mesma proporção que machucavam, também se transformavam numa rede que o amparava, não permitindo que caísse.

Aos poucos, estava logrando êxito na difícil tarefa de administrar a morte, gerir a perda, conviver com a dor. A dor profunda antes durava vinte quatro horas e o paralisava, mas, com o passar das semanas, começou a aprender a conviver com a ausência de Clara e, desde então, a dor – sempre ela, – passou a ser suportável, a ponto de não se transformar em desespero, embora ainda "brigasse com ela", muito, diariamente.

Paralelamente, Juan sofria com a depressão da esposa. Não sabia como lidar com o sofrimento de Constanza. Queria muito encontrar uma forma de amenizá-la, mas estava impotente diante dela. Isso também o angustiava.

No campo espiritual, ele nunca fora uma pessoa ligada a religiões. Sua religiosidade era tão frágil como orvalho congelado. Preferia apenas imaginar que possuía um relacionamento pessoal com Deus. Era um conforto saber que Ele sempre o ouvia, ainda que a maioria de seus pedidos não fossem atendidos, principalmente o mais importante deles, a cura da filha. Seu relacionamento com o Senhor, porém, piorou bastante depois da morte de Clara. Juan impermeabilizou-se completamente para questões dessa natureza. Vez ou outra lançava recriminações ao Criador, pois achava que ele havia sido traiçoeiro ao receber todas as orações e pedidos e mesmo assim levar Clara embora.

"O Velho e Traiçoeiro Deus – repetia ele em pensamento quando alguém mencionava-O, usando velhos clichês religiosos do tipo "Deus sabe o que faz".

– Você deveria ter vergonha de Si Mesmo. Assim iniciava seus monólogos de críticas a Deus.

Por outro lado, apesar do ceticismo quanto à existência de vida após a morte e outras questões de cunho espiritual, na sua forma de lidar com o luto, Juan conversava com a filha, comunicava-se com ela, mas não esperava uma resposta, não esperava algo em troca, fazia apenas como forma de desabafo, para extravasar a saudade.

Por fim, visitava constantemente túmulo da menina, sempre deixando flores. Talvez por orgulho, timidez, vergonha, ou tudo isso junto, suas idas ao cemitério eram secretas.

Em linhas gerais, lenta e gradativamente, Juan começava a reencontrar os trilhos do trem da sua vida, descarrilhados depois da morte de Clara. Acostumava-se, aos poucos, com o rótulo cruel e insensível imposto por algumas pessoas: "aquele é o pai-da-menina-morta!".

CAPÍTULO 18

VICTÓRIA

Após o impacto inicial pela morte da irmã, Victória apoiou-se ainda mais na Doutrina Espírita para buscar o conforto e a força necessários para lidar com o processo do luto.

Obviamente, através dos seus estudos, sabia que a morte do corpo não representaria o fim e a existência de Clara, e da mesma forma compreendia que nosso mundo físico é apenas uma das muitas moradas na casa do Pai, como disse Jesus. Por outro lado, tinha consciência da possibilidade de comunicabilidade com os ditos mortos, dentre outras premissas. Mesmo com toda essa gama de conhecimento, não estava imune ao sofrimento, à dor e à saudade, decorrentes da ausência física da irmã caçula.

Não raras vezes, principalmente nas primeiras semanas após à morte da irmã, flagrava-se em meio a pensamentos que acomodavam os próprios caprichos egoístas que repetiam *"ela não poderia ter morrido agora"*. Em contrapartida, foram justamente os pilares da sua crença que proporcionaram o mínimo de serenidade em meio ao caos imposto pelo sofrimento.

Uma de suas primeiras atitudes foi conversar com amigos mais experientes do Centro Espírita que frequentava, por isso agendou um atendimento fraterno[6].

No dia ajustado, Eugênia e José, dois dos mais antigos trabalhadores da Casa Espírita, foram os responsáveis pelo atendimento.

Por ser conhecedora dos preceitos básicos da Doutrina Espírita, os trabalhadores pularam as explicações de natureza doutrinária e partiram diretamente para o cerne do problema, ou seja, a sua vivência do luto. Explicaram-lhe que o luto se constitui num difícil processo de transformação. Processo que tem início no exato instante em que ocorre a despedida de uma pessoa muito importante, no momento exato da ruptura do vínculo físico existente com o ente que partiu. A partir desse marco – a despedida – tem início um complexo trajeto em busca da reconstrução do laço rompido com aquele que desencarnou, no caso de Victória, com Clara. E nesse aspecto surge a principal grande dificuldade, o fato de ser uma reestruturação simbólica, sem a presença física. Trata-se de um processo interno que visa reconstruir o laço afetivo rompido com a pessoa que amava, cuja existência física não mais existe.

Concluíram as explicações dizendo que o processo de luto é um trajeto existencial e pessoal que, em hipótese alguma, pode ser medido em tempo. É um caminho de autoconhecimento, de autorreconstrução, sem fórmulas preestabelecidas. E nem sempre o que funciona para uma pessoa pode ser aplicada com sucesso para outra, pois cada indivíduo traz consigo uma bagagem única, formada por crenças – algumas limitantes –, experiências

[6] O atendimento fraterno tem como objetivo esclarecer e consolar as pessoas que buscam, na Casa Espírita, uma resposta para suas dificuldades e aflições, oferecendo-lhes, através do diálogo fraterno, a orientação possível, embasada nos princípios do Evangelho de Jesus e da Doutrina Espírita.

de vida, grau de autoconhecimento, dentre outros elementos, fazendo com que cada pessoa reaja à perda à sua maneira.

Victória absorvia as explicações com sofreguidão. As palavras dos amigos penetravam em sua mente como um veio de água da chuva esgueirando-se por uma rachadura no telhado.

Eugênia tranquilizou-a para que não se preocupasse com o tempo do luto, pois o trajeto de vivência dele é longo, lento e complexo, mas no momento em que conseguisse restabelecer o vínculo rompido com Clara, através do amor que tinha por ela, sairia renovada do processo, uma pessoa mais forte, pois não seria apenas a Victória, sozinha, mas a Victória trazendo Clara dentro de si. E esse laço, agora reconstruído, será inquebrável, perene, transformando-a numa pessoa mais segura e completa.

Prosseguindo na conversa com os companheiros de credo, Victória contou-lhes sobre *Cottonland*, acrescentando a sua conclusão pessoal acerca do maravilhoso lugar, ao que recebeu a seguinte resposta de Eugênia:

– Seria leviandade da nossa parte apresentar de forma definitiva qualquer espécie de conclusão sobre a situação, pois as experiências durante o sono são pessoais e cada caso é um caso. É um clichê? Sim, é! Mas um clichê que reflete a mais pura realidade dessa situação. Pela sua narrativa, Victória, é plausível acreditar que ambas tenham tido experiências de caráter espiritual. Vocês Espíritos, libertos parcialmente das amarras fluídicas que os prendem ao corpo físico através do perispírito, transportaram-se até algum lugar que você e Clara têm em comum. Que lugar é esse? Por que isso ocorreu só agora? Essas são questões difíceis de responder. De qualquer forma, repito, esta é apenas uma hipótese plausível, sem certezas inquestionáveis.

Victória saiu do atendimento fraterno ainda mais convicta

de que ela e Clara foram levadas para o plano espiritual durante o sono e as visitas à *Cottonland* não foram aleatórias, mas tiveram fins didáticos para ambas, possivelmente relacionadas com o retorno da caçula ao plano espiritual.

Os dias passaram, as lágrimas de saudade ainda insistiam em cair, mas já não tinham o mesmo sabor de agonia. Foi nesse período que Victória teve nova e intrigante experiência durante o sono, tão nítida quanto às visitas que fez à *Cottonland.*

Caminhava por uma grande planície sem vida, com o solo sulcado pela seca. O sol avermelhado, intenso, era um impiedoso instrumento de tortura. Podia ouvir as batidas do próprio coração em razão do profundo silêncio.

Com o passar do tempo, e o avanço no percurso, os pés ficaram mais pesados e os passos cada vez mais difíceis, mas ela não desistiu e seguiu em frente, mesmo sem saber porque se submetia a uma provação tão extenuante. Estava sendo guiada pela intuição que dizia para seguir em frente e vencer a vasta planície, e as montanhas emolduravam o horizonte ao longe.

O sol escaldante queimava suas pupilas enquanto seguia caminhando com muita dificuldade, até que surgiu à frente, após vencer a região montanhosa, uma espécie de oásis, um imenso jardim repleto de flores diversas, pontilhado por fileiras de belíssimas *sakuras*, com seus galhos nus de folhas, e lotados de cachos e mais cachos de lindas flores rosa (reza uma secular lenda japonesa que uma princesa caiu do céu próximo ao Monte Fuji e transformou-se numa belíssima flor). Mais adiante na paisagem, via-se um riacho que corria sob a sombra de romãzeiras carregadas de frutos, espécies muito similares àquela encontrada em uma das visitas à *Cottonland.*

A visão era contrastante: desolação, tristeza de um lado; beleza indescritível, vida em abundância do outro.

Victória nunca imaginara a existência de um lugar tão lindo, de uma beleza que emocionava, mas foi outra visão que a fez entregar-se ao pranto carregado de saudade e felicidade: após o primeiro conjunto de árvores, descortinou-se à sua frente uma imagem lúdica, serena. Em meio ao dourado de um campo de trigo fronteiriço e a um verdejante e imenso gramado que cobria o chão de um grande bosque, meninas corriam felizes. Elas brincavam de esconde-esconde por entre as árvores, pega-pega em meio ao trigal maduro.

Atraídos por estranha força, seus olhos vasculharam, ansiosos, entre as crianças e, após alguns instantes de busca, encontraram o que procuravam. Lá estava ela! Clara, correndo feliz, mais viva do que nunca. Vestia uma roupa totalmente branca, os cabelos haviam crescido e estavam presos por uma tiara de flores igualmente alvas. Não havia em seu rosto as marcas deixadas pela doença. Clara corria atrás das outras meninas. Ela ria com a brincadeira. Definitivamente estava bem, e feliz.

Victória tentou chamá-la, mas sua voz não tinha força e permaneceu em suspensão, as palavras ocas não se propagaram no espaço e ficaram perdidas no ar. Pensou em se aproximar, até tentou, mas algo invisível a impedia, uma espécie de campo eletromagnético.

– Clara! Clara! – gritou, mas os ecos do seu chamado perderam-se no ar e extinguiram-se.

A irmã mais velha acenou feito um passageiro que entra em um navio para uma longa viagem e despede-se da família no caís. Depois pulou, gritou, mas nenhuma das crianças que estavam do outro lado podiam vê-la ou ouvi-la.

Vencida pelas circunstâncias, permaneceu parada, fitando a irmã com gesto de súplica e o rosto banhado em lágrimas. Clara parou de correr e ficou olhando na sua direção como se tivesse sentido os olhos da irmã pousando sobre si e depois voltou para a brincadeira. Victória concluiu que aquela era a nova vida de Clara e estava impedida de penetrar ou interferir em seu novo mundo.

A visitante recuou lentamente. Andava de costas, seus olhos acariciavam a irmã, até que mergulhou na porta invisível que separava ambos os mundos. Em seguida, viu seu corpo desaparecer no ar e tudo à sua volta foi tomado por uma escuridão absoluta, durante um tempo que lhe pareceu uma eternidade. Fechou os olhos e perdeu a noção de tempo, e quando os abriu percebeu que se encontrava novamente no quarto, envolto na penumbra, enroscada no cobertor, suando, apesar do frio.

O relógio dava as últimas voltas do ponteiro antes de iniciar um novo dia quando, vencida pelo ataque promovido pela insônia, que a atropelou como um bonde descontrolado, sentou-se na cama; a única fonte de luz que arranhava as trevas era uma minúscula luminária e começou a refletir sobre o sonho – ao menos pareceu tratar-se de um. Latentes em sua memória, as cenas corriam freneticamente em longos *frames,* até encerrar num aceno final não visto pela irmã que desapareceu em meio ao trigal, misturando-se com as outras meninas.

E assim, sob o amparo da madrugada e do encantamento das memórias que ameaçavam se desvanecer na névoa da mente, Victória tentava alinhavar os fios das histórias vividas em outro plano.

Naquela réstia de noite, teve dificuldade para encontrar-se com o sono novamente, o que aconteceu somente quando as primeiras luzes do amanhecer se insinuavam, débeis, pelas frestas da cortina, e com o vento hostil a agitar as árvores ao redor.

CAPÍTULO 19

CLARA

No último ato de sua curta jornada terrena, deitada no leito hospitalar, junto da família, Clara olhou para seu lado direito, na direção da parede, e teve uma visão espectral. Eram Mayla e Arvid. A princesa de *Cottonland* nada disse, apenas sorriu e estendeu os braços como alguém que recebe uma pessoa querida que retorna de longa viagem.

Clara acordou de um sono profundo, desorientada. Sentou-se rapidamente – rápido demais; a tontura fez o ambiente estranho girar por um instante. Deitou-se, aguardou, voltou a investigar ao seu redor. A família agora era uma imagem esmaecida e descolorida, enquanto a figura de Mayla tornava-se cada vez mais vívida. Depois de algum tempo, levantou-se, virou-se para trás e viu seu corpo físico – energia vital praticamente esgotada – deitado na cama hospitalar.

– Chegou a hora – a voz de Mayla ecoou de forma nítida em seus ouvidos, e foi nesse momento que percebeu mais três pessoas que acompanhavam a amiga.

Apesar de não conhecer os acompanhantes da princesa de

Cottonland, Clara aquiesceu sem dizer nada. Algo dentro de si dizia que a amiga tinha razão, era preciso segui-la. Sabia que a curta frase "chegou a hora" era apenas eufemismo para algo muito maior. Então, subitamente, sentiu-se fraca novamente e tudo ao seu redor começou a girar. Ficou sonolenta, ao mesmo tempo em que a escuridão envolveu lentamente o lugar com seu abraço cálido. Ao fundo, ouvia-se a voz suave e doce da mãe cantando sua canção de ninar preferida. Clara levaria para sempre na lembrança aquela cantiga e o tom suave da voz da mãe, o derradeiro acalento em seus últimos momentos.

*

– Olá, minha querida – a voz amigável reverberou sutilmente pelo ambiente. A voz macia que pairava no ar não lhe era estranha e fez com que Clara despertasse.

A menina abriu os olhos lentamente, mas a claridade, apesar de pálida, a fez fechá-los involuntariamente. Em nova tentativa piscou durante breve momento para ajustar a visão à luminosidade do ambiente. Foram necessários alguns segundos e nova repetição do exercício para que pudesse captar e distinguir adequadamente as formas ao seu redor, embora não houvesse muito para se ver.

Ligeiramente confusa e desorientada, sem movimentar bruscamente a cabeça, avaliou somente o cenário que estava no raio da sua visão. As paredes nuas e brancas a fez concluir que despertara de um sonho e acordara no quarto do hospital, acompanhada da família, embora não visse nenhum deles.

Depois de breves instantes, com algum esforço, movimentou a cabeça para a esquerda e percebeu que parecia ser mesmo um quarto de hospital, mas não o hospital de sua cidade, pois o lugar estava silencioso, sem o *bip* dos aparelhos, o burburinho do lado de fora e todos aqueles móveis e apetrechos integrantes da fria decoração hospitalar. Até mesmo o acesso realizado em seu braço – fonte de incontáveis sofrimentos – e os medicamentos pendurados no suporte do soro desapareceram. O quarto era quadrado, simples, branco e a luminosidade que escapava pelas frestas da persiana, emoldurando o retângulo da janela, era um sinal claro de que o sol brilhava forte do lado de fora. Tudo era familiar, mas ao mesmo tempo diferente, mais brilhante e luminoso e extremamente acolhedor.

O semblante da jovem paciente era de dúvida e preocupação, e a primeira reação foi perguntar-se mentalmente se estava em algum tipo de sonho. Por algum tempo, tentou trazer à realidade suas últimas recordações. Franziu o cenho para puxar pela memória, mas tudo o que seu cérebro forneceu foi a melodia da música de ninar cantada pela mãe. Fora isso, não se recordava de mais nada.

Clara permaneceu imóvel, uma fina gota de suor reluzia no rosto enquanto observava calada os fachos de luz que contornavam a janela do quarto, trazendo um pouco de alegria e brilho à confusão momentânea, além de um fio de lucidez.

– Olá!

A repetição da saudação fez com que a menina lembrasse que não estava sozinha no ambiente. Virou o rosto para a sua direita e vislumbrou uma figura conhecida que exibia um sorriso largo.

– Arvid? – percebeu imediatamente que o amigo se vestia de forma comum, com uma calça jeans azul e um jaleco de médico que deixava exposto parte do que parecia ser uma camiseta branca. Bem diferente das outras vezes em que o vira.

– Como se sente, Clara?

– Sinto dores pelo corpo, as mesmas de sempre, além de sonolência, como se tivesse dormido demais...

– Esses sintomas são esperados, dada a sua condição. Mas, fique tranquila, pois estamos tratando disso.

– Onde estou?

– No hospital de *Cottonland.*

– *Cottonland?* Essa é a primeira vez que passo mal por aqui. Das outras vezes, a minha doença simplesmente não existia. Nunca precisei ser hospitalizada.

– Mas desta vez foi necessário que permanecesse algum tempo conosco – sorriu Arvid.

– Você está diferente, Arvid.

– Você acha?

– Até na forma de falar.

– Não gostou do meu estilo?

– Para falar a verdade gostava mais do outro jeito, pois fazia com que me sentisse em uma história de conto de fadas.

– Entendi, *milady* – Arvid riu da própria brincadeira e Clara retribuiu o sorriso.

– Há quanto tempo estou aqui? Não me lembro de como ou quando cheguei.

– Bom, isso não é nenhuma novidade, não é, Clara? Das outras vezes, você também não se recordava como veio parar em *Cottonland.*

– Quero dizer, como vim parar no hospital?

– Ah, no hospital – disse Arvid, fazendo-se de desentendido. – Nós a trouxemos. Sua especial condição exigia, aliás, ainda exige, que fique um período conosco.

– Conosco? Tem mais pessoas?

– É um hospital. Há muitos servidores que trabalham aqui.

– Você não respondeu há quanto tempo estou aqui, Arvid.

– Clara – ele dobrou os joelhos ficando da altura da cama, – não se preocupe com isso agora. Os porquês são questões secundárias neste momento. Seu foco deve ser o tratamento e o restabelecimento.

– O médico disse que minha doença é irreversível, não terá cura.

– Sim, sabemos disso, mas a situação mudou.

– O que está querendo dizer? Posso ficar curada? Os médicos de *Cottonland* são capazes de me curar?

Por uma fração de segundos Arvid emudeceu. O trabalhador do hospital buscava as palavras certas para dizer à sua pequena paciente, até que três leves batidas na porta o salvaram.

– Mayla! – exclamou Clara, eufórica.

– Que bom vê-la novamente, Clara. Como está se sentindo agora?

– Mais ou menos – a menina fez um gesto realizando movimentos com a mão espalmada. – Mas Arvid estava me dizendo que os médicos daqui podem me curar.

– Ah, ele disse? – Mayla lançou um olhar maroto na direção do amigo.

– Não exatamente assim, não é mesmo, Clara?

– Talvez não tenha sido com essas palavras.

– Mas não é mentira. De certa forma, aqui neste hospital você terá todos os cuidados necessários para seu pronto restabelecimento.

– Não estou entendendo como posso ser curada agora, e aqui.

Arvid trocou olhares com Mayla e decidiu sair do recinto.

– Preciso cuidar de algumas coisas. Por isso, se me derem licença, mais tarde voltarei para ver como você está, mocinha.

– Muito obrigada – agradeceu a menina, enquanto Mayla observou em silêncio o amigo que deixava o quarto.

– Gostava mais do antigo Arvid, suas formalidades e reverências – a acompanhante riu do comentário, mas não disse nada.

Assim que a porta foi fechada, Mayla lançou um olhar fraternal na direção da jovem paciente e deu início à explicação.

– Como eu ia dizendo, Clara, sua a situação mudou, não é mais a mesma das outras vezes em que você nos visitou.

– Não? Mas o que há de diferente, além das suas roupas e as de Arvid? – a amiga riu do comentário e mais uma vez optou por não responder.

Embalada pelo ar cálido que penetrava no quarto, através de uma fresta na janela que Arvid abrira antes de sair, Mayla respirou fundo e deu início à explicação que não poderia mais adiar.

– Das outras vezes, sua presença era na condição de visitante. Agora, tão logo se recupere e deixe o hospital, será a mais nova habitante de *Cottonland.*

A menina lançou um olhar perplexo na direção da interlocutora e seus olhos marejaram.

– Mas e a minha casa, minha família? Não quero ficar longe deles.

– Você se recorda do câncer, de como você estava se sentindo? – O tom de voz de Mayla era quase maternal.

Clara balançou a cabeça afirmativamente, mas não pronunciou nenhuma palavra.

– Você se recorda de ter sido levada para o hospital?

A menina balançou a cabeça em sinal de concordância mais uma vez.

– Você me contou que os médicos diziam que a sua doença estava avançando e que o tratamento não estava dando certo.

– Sim – a voz saiu quase inaudível.

Acontece, Clara, que o seu estado de saúde piorou demais.

– Por isso eu vim parar neste hospital, porque aqui eu poderia ser curada?

– Você não veio até este hospital porque temos recursos para curá-la da leucemia. Também nós não teríamos condições de combater a doença...

– Não? – interrompeu a menina.

– Você veio até aqui porque seu organismo, debilitado, não resistiu ao avanço da leucemia.

Houve um silêncio rápido, porém, profundo.

– Quer dizer que eu morri e aqui é o céu?

Mayla sorriu.

– Olhe para você, minha querida, parece morta?

– É... não...

– Você não pertence mais ao mundo em que sua família está, mas não morreu. Na verdade, quem morreu foi o corpo que você usava. Você continua bem viva.

Clara olhou para si mesma, sem compreender sua situação. Estava viva, apesar de morta.

– E não, aqui não é o céu. Aqui é *Cottonland*, um lugar para onde algumas pessoas, que encerraram seu ciclo na Terra, são enviadas. Aqui elas são tratadas e preparadas para recomeçar sua nova jornada.

A menina sentia-se zonza e alegre ao mesmo tempo. As palavras de Mayla eram como um lampejo brilhante que revelava algo inesperado. *Cottonland*, o lugar que tantas vezes visitou, que tantas vezes desejou estar, que diversas vezes desejou morar, era o lugar para onde foi levada depois de sua morte. Mas então lembrou-se mais uma vez da família e isso colocou uma sombra em seu rosto.

– Mamãe, papai, Victória... não verei eles novamente? Não quero ficar longe da minha família.

– Acalme-se. Clara. Esse é um momento de separação muito difícil, reconheço, mas nada é definitivo.

A vida está prosseguindo para todos, com dificuldades, é verdade, mas chegará o momento em que terá notícia deles, talvez até tenha a oportunidade de vê-los, mas não fará isso antes de estar recuperada. Por isso reafirmo: neste instante, tudo o que importa é a sua recuperação. O câncer agrediu não somente seu corpo físico, mas o corpo espiritual, por isso ainda está sentindo as mesmas dores de antes. Entendeu porque foi enviada para este hospital?

– Corpo espiritual?

– Sim, esse corpo que você tem agora, mas não se preocupe com esses conceitos. No momento certo, você compreenderá sua nova condição.

Clara não respondeu.

– Sei que está confusa com toda essa situação, mas vamos dar tempo ao tempo e focar na sua recuperação. Acreditamos que muito em breve você poderá deixar o hospital e aí poderemos conversar melhor sobre suas dúvidas e também sobre família.

O silêncio era profundo. Clara olhou para a janela. A saudade lançava uma névoa de tristeza em seus olhos, mas ela aceitou o conselho da amiga.

Os dias passaram e gastaram-se em semanas iguais. Aos poucos, a menina foi deixando de sentir as sensações decorrentes do câncer que ceifou sua vida terrena e, sempre na companhia de Arvid ou de Mayla, começou a deixar as dependências do quarto para desfrutar de momentos ao ar livre na grande área que integrava os domínios do hospital, oportunidades em que encontrou outros pacientes em situação similar à sua.

De tempos em tempos, assuntos relacionados à família terrena vinham à tona, mas eram habilmente desviados por Mayla e Arvid, até que Clara compreendeu que não obteria respostas às suas inquietações através da insistência no tema. Sabia que as explicações viriam somente por iniciativa de seus amigos, jamais o contrário. Por isso, decidiu parar de fazer perguntas e tentar aproveitar da melhor forma possível as energias revigorantes do lugar. E continuou dessa maneira até que chegou o tão esperado momento de deixar o hospital de *Cottonland* e retomar a caminhada temporariamente interrompida.

– Uau! – exclamou a mais nova habitante de *Cottonland*, incrédula, quando cruzou, ao lado de Mayla, a porta de saída do hospital e viu a imagem que se descortinou diante de seus olhos.

CAPÍTULO 20

SAUDADES E REFLEXÕES

Era uma hora da madrugada. Victória estava de pé, perambulando pela casa silenciosa. Depois de ser tirada do sono, novamente, de forma inesperada e permanecer na cama por longos minutos, tentando, sem sucesso, voltar a dormir, levantou-se sem pressa e vestiu um conjunto de moletom e um colete acolchoado por cima, enfiou o pé no tênis sem calçá-lo, achatando a parte do calcanhar do calçado e deixou o quarto. Tentava, a todo custo, organizar seus pensamentos. Inquieta, a jovem abriu a porta da rua. Era uma noite sem estrelas e a cintilação de clarões distantes podiam ser vistos no céu negro, enquanto o ar do fim de dezembro, vindo da baía, estava cálido e delicado como a pele de um pêssego, mas, até agora, nenhuma gota de chuva havia caído.

Victória fechou os olhos e buscou a irmã nas lembranças que agora pareciam distantes. Permaneceu na mesma posição até que a luz forte surgida na casa ao lado a fez deixar para trás as memórias e abrir os olhos. O brilho atingiu a noite escura, iluminando levemente seu rosto, revelando veios de lágrimas escorridas, fruto do pranto que a retirara do sono. Acordou soluçando, mas não tinha motivos para reclamar, melhor dizendo, havia um:

tudo ter durado tão pouco tempo, ao menos na sua percepção. Sonhou estar abraçando Clara – os sonhos com ela estavam cada vez mais recorrentes. – A experiência pareceu-lhe tão real que, mesmo após acordar, podia sentir a sensação aconchegante do abraço. Não lembrava de mais detalhes, apenas da presença da irmã. O restante não passava de desbotada e distante recordação, típica dos sonhos.

A iluminação da casa vizinha manteve-se, mas Victória não viu movimento de pessoas, para seu alívio, pois não queria quebrar a energia do momento com uma conversa social, ainda que fosse um mísero cumprimento protocolar no meio da madrugada. Então, por precaução, recuou alguns passos na direção do interior da casa e fechou a porta silenciosamente, ocultando-se na penumbra da sala e ali ficou até o romper da aurora.

A manhã estava lenta, talvez porque nuvens de chuva estivessem cobrindo o céu. Victória sentiu um arrepio quente na pele quando ganhou a rua, impelida por um desejo incontido de ir até o cemitério visitar o túmulo de Clara. Era a primeira vez que fazia isso desde a sua morte. Não tinha problema com cemitérios, apenas não via necessidade de ir até o local para dirigir suas orações ou conectar-se de alguma forma com a irmã.

A jovem caminhou algumas centenas de metros até chegar em frente ao hotel Costa Ushuaia, de onde solicitou um carro através do aplicativo do celular. Enquanto andava percebeu que algumas casas começavam acordar numa sinfonia familiar de cortinas se abrindo, portas fechando e carros ligando, mas eram poucas.

O cemitério municipal situava-se no centro da cidade, uma distância considerável para ser percorrida a pé, por essa razão decidiu não usar seu carro, sabia que o abrir e fechar da garagem despertaria os pais. Era domingo, dia em que normalmente o sono estendia-se um pouco mais. O hotel era um excelente ponto de referência, caminho comum de taxistas e motoristas de aplicativo. Além disso, evitava o risco de ser surpreendida pelos pais durante a espera, despertando a curiosidade e atraindo um holofote que definitivamente não gostaria de ter sobre si naquela manhã, onde tudo o que desejava era ficar só.

A corrida demorou um pouco mais do que o esperado, pois o trânsito estava estranhamente pesado para um domingo pela manhã. Talvez estivesse acontecendo algum evento na cidade e isso fosse o responsável pela lentidão anormal. Vinte minutos depois do esperado, o motorista estacionou em frente à Praça General San Martín, o cemitério localizava-se do outro lado da rua.

Victória desceu, observou tudo ao seu redor e lembrou da primeira vez em que Clara esteve ali naquela praça, foi durante o sepultamento de um militar, amigo do pai, morto tragicamente em um acidente no campo de treinamento numa descida de rapel após a corda romper-se. Como era muito pequena, a mãe lhe pediu para cuidar da irmã e não a levar ao cemitério. Alheia às circunstâncias e ao clima de consternação no cemitério em frente, a menina corria e pulava como coelho, revezando sem parar entre gangorras, escorregadores, gira-giras e fazendo bagunça pelas calçadas e pelos caminhos serpenteantes de pedriscos. Por vezes, pedia para atravessar a rua e chegar perto das águas tranquilas da baía Encerrada, um lago artificial com mais de vinte e um hectares de espelho d'água, parte da Reserva Natural Urbana criada pela cidade.

Depois de um tempo, já cansada, pediu para sentarem juntas em um dos muitos bancos de cimento espalhados pelo local e ficaram observando as aves que davam rasante sobre as águas em busca de alimento ou aquelas que apenas abriam o amplo leque de penas de suas asas e circulavam preguiçosamente sobrevoando as cálidas correntes ascendentes de ar, numa dança lenta e de gestos delicados.

Antes de entrar no cemitério, Victória voltou-se e olhou nostalgia na direção da baía, onde uma névoa baixa movia-se pela superfície da água como uma respiração. Quem poderia imaginar que voltaria àquele lugar, agora sem Clara, e justamente para visitar sua sepultura.

Ao cruzar o grande portão de ferro que dava acesso ao lugar que para muitos é considerado a última morada, Victória já podia sentir o ar mais denso, exalando o mistério de quem esconde segredos. Por todo lado, capelas ricamente decoradas dividiam espaço com sepulturas retangulares sem nenhum aparato arquitetônico, a prova de que também na morte há diferenças sociais.

Como não voltara ao lugar desde o sepultamento da irmã, tentava recordar as orientações que o pai o havia passado, há alguns dias, quando confessou o crescimento do desejo de visitar o jazigo da família.

Na tentativa de encontrar os pontos de referências ensinados por Juan, a jovem caminhava lentamente pelos estreitos corredores que separavam as fileiras de lápides e capelas, por entre anjos de cimentos, flores artificiais desbotadas e fotografias sépias encarceradas em suas molduras de vidro, sempre prestando atenção nas imagens, nomes, datas de morte e epitáfios de cada uma delas, tentando imaginar as histórias contidas por trás de cada lápide. Não havia muitas crianças.

No céu, o sol começava a elevar-se como um farol reluzente, com isso as sombras dos troncos das árvores alongavam-se como braços escurecidos esticando-se para cumprimentar, dentre elas, a grande haya com sua copa densa, sinal de que estava perto, pois a árvore era a principal referência geográfica passada pelo pai.

Mais alguns passos por entre capelas e túmulos, alguns tão desgastados, que mal dava para ler os nomes ou com cruzes tão altas que pareciam espadas fincadas nas pedras, surgiu à sua frente o jazigo dos Gonzalez Fernandez.

Victória postou-se diante da capela, uma construção muito bem cuidada pela mãe – uma das facetas do seu luto era o cuidado possessivo com o lugar – e refletiu rapidamente sobre as razões pela escolha daquele dia específico para fazer a visita que há tempo ensaiava. Aparentemente, inclinava-se a pensar que não havia nenhuma relação com a experiência da noite anterior, muito embora não tivesse convicção disso. Nenhuma convicção!

Nostálgica, olhou com ternura para a fotografia da irmã no porta-retratos. Nela, Clara exibia um sorriso radiante, tendo por cenário, ao fundo, as águas verdes da *Laguna de Los Tempanos*[7] (lagoa que recebe esse nome devido aos pequenos *icebergs* que podem ser vistos em suas águas) em um dia de sol do verão patagônico. Um lugar incrível, memorável, do tipo "coisa única na vida". Recordava-se daquele passeio, quando a família fizera uma longa caminhada, margeando a orla da lagoa e dos bosques. Uma paisagem de tirar o fôlego, bem diferente do inverno onde tudo fica congelado e chega a ter competições de patinação sobre as águas. Após a caminhada, fizeram uma agradável parada para comer sanduíches de presunto e queijo, improvisando como mesa alguns troncos de árvores cortadas. Depois da partida de Clara, precisou ressignificar muitas ações na sua vida, reconhecendo ainda que tardiamente, o real valor dos pequenos e singelos momentos. A morte tem esse poder. Força a apertar o *pause*

---

[7] Tradução: *iceberg*.

e a repensar as coisas. O perigo é esquecer de reapertar o *play* da vida em algum momento.

Victória apoiou a palma da mão na entrada da capela, como se segurasse novamente a mão da irmã, e fez uma longa prece, que culminou com uma conversa, um monólogo direto e solitário. Sua boca estava seca e trêmula e o coração batia forte, como um punho tentando atravessar as costelas.

"Prometo tentar não chorar, Clara. Faz três anos que você nos deixou. Meu Deus! Já faz tanto tempo desde a última vez que rimos juntas. O tempo parece acelerar e os anos passam como a paisagem que corre através da janela de um trem. Pensar nas coisas divertidas que fizemos juntas me dá forças para continuar. Não sei dizer o que passou mais rápido, se o tempo que pudemos conviver, ser irmãs, ou o tempo que já não se encontra mais aqui conosco. A vida é breve demais, Clara! Fagulhas, faíscas, sopros, lampejos, um piscar de olhos e partimos! Tem um ditado que diz, que o perfume de uma flor jamais sai das mãos do florista. E é assim, você plantou sorrisos, ternura, amor, para sempre em nossos corações, e sou muito grata por ter tido a oportunidade de ser sua irmã. A saudade é enorme, mas vida tinha planos diferentes para você. Tenho certeza de que está feliz e isso é um pequeno conforto.

Queria poder ouvir sua voz na vida real novamente, não só na minha cabeça. Queria rir com você, abraçar, beijar e lhe contar todas as coisas que tenho feito. Não se pode ter tudo, eu sei. Sou grata por tudo o que vivemos, principalmente por ter conhecido Cottonland, onde espero – tenho certeza – você esteja. Apesar da gratidão, eu queria mais, muito mais, sou egoísta, desculpe. Então, se não se importa, de vez em quando vou fingir que você está aqui ao meu lado, que estou falando com você. Talvez isso ajude, talvez me impeça de querer vê-la, só mais uma vez. Viu? Eu não chorei. Tenho certeza de que você achou que eu não conseguiria. Sinto sua falta, Clarita. Amo você, minha irmã".

Victória olhou fixamente para a foto, talvez esperando uma resposta. Ela não respondeu. Nenhuma voz foi trazida pelo vento.

Paradoxalmente, a saudade pela ausência e a alegria vinda da certeza de que Clara estava feliz, embolavam-se e ferviam dentro dela, ainda mais potentes por conta das memórias remexidas. Tentou acalmar a mente e o coração que passou o tempo todo disparado, revivendo momentos felizes vividos com a irmã. Isso a fez sorrir.

Os segundos se estenderam. Uma pausa longa e serena produziu-se no ambiente. O farfalhar da folhagem das árvores foi momentaneamente interrompido com o sumiço da brisa. De olhos fechados, Victória reprisava na mente as imagens gravadas das visitas a *Cottonland* e lembrava da irmã. Próximos, cerca de dois passos de distância, dois Espíritos observavam as ações da jovem.

Mayla e Arvid apenas acompanhavam Victória. Nenhuma outra ação foi praticada, mas a mera presença daqueles dois Espíritos amigos causava na jovem uma sensação reconfortante, como uma lanterna na névoa densa. As energias positivas emanadas naturalmente pelos amigos de *Cottonland* proporcionavam-lhe delicado bem-estar, a sensação física de ser abraçada.

Desde a noite anterior, apesar de ter acordado no início da madrugada e não mais dormido, Victória sentia-se mais leve, como se a treva densa que se abatera sobre a residência da família, desde a morte de Clara, estivesse desaparecendo. A sensação de paz era crescente. Sentia como se uma luz estivesse voltando a acender dentro de si.

Os amigos espirituais sorriam de contentamento, afinal, era gratificante perceber a eficácia das ações empreendidas em favor da jovem, ações essas que seriam refletidas para o restante da família. Sabiam, entretanto, que o processo era espinhoso e havia um longo percurso pela frente. O objetivo principal era que os Gonzalez Fernandez, cada um a seu modo e tempo, conseguissem, sem maiores danos, abandonar o processo de luto - não a saudade ou o sentimento pela ausência física de Clara - e recomeçassem efetivamente suas vidas do ponto em que a haviam interrompido, agora sem a presença da menina. Reencontrar o equilíbrio emocional, desfeito em razão da perda, é uma tarefa dura, mas necessária. Nem todos conseguem, sabiam, mesmo assim, não olvidariam esforços para auxiliar aqueles que estivessem realmente dispostos a retomar sua jornada evolutiva.

Num ponto, entretanto, Mayla e Arvid tinham certeza: a filha mais velha era a chave mestra para a recuperação desse doloroso processo. Sua preparação começara há muito tempo, desde a descoberta da doença de Clara. Victória era o fio condutor capaz de auxiliar os demais membros da família a abrirem a porta para uma vida completamente nova. A mão que os retiraria da cratera, aberta pelo luto.

Todas as movimentações realizadas no tabuleiro da vida da família Gonzalez Fernandez tiveram um propósito bem definido desde o princípio, afinal, não há improvisos nos planos de Deus. Tudo tem o seu porquê. Havia ainda um longo caminho a ser percorrido e um grande passo a ser dado muito em breve. Uma nova página a ser escrita. A chance de recomeçar.

Victória encarava a foto da irmã em silêncio, um silêncio enternecido, repleto de sentimentos, no qual folheava, mentalmente, o livro da sua vida, principalmente a parte em que Clara estava nele. A pausa foi interrompida. De repente, o sol alto desapareceu e o céu fechou totalmente. Àquela altura, nuvens plúmbeas, pesadas e ameaçadoras, se acumulavam no céu carregado de eletricidade. Alertada pela rápida mudança do tempo, a jovem abandonou seu momento de reflexão e rumou para a saída do cemitério.

Do lado de fora, enquanto aguardava a chegada do carro que solicitara pelo aplicativo, permaneceu andando em torno da praça. Seus passos, em sincronia perfeita, quebravam algumas folhas secas no chão, enquanto os olhos contemplavam as águas da baía, vendo os pássaros que circulavam, agora freneticamente, flutuando na brisa que aumentava lentamente de intensidade. Quando se aproximou da margem, viu sua imagem refletida no espelho d'água, escurecido pelas nuvens e aproveitou o reflexo que ondulava de acordo com a marola para refazer o nó do cachecol que voava e tremulava com o vento.

Para sorte da moça, sua condução chegou segundos após a chuva começar a cair e manchar o asfalto com uma saraivada de balas úmidas. Antes de entrar no carro, ela se virou para o cemitério, piscando repetidamente em meio a lágrimas e à água da chuva que começava a escorrer do seu cabelo.

Um manto de névoa desceu sobre a cidade, envolvendo as casas ao redor. A tempestade fizera parecer que o céu havia aumentado de volume. Rapidamente, a velocidade do vento cresceu e os galhos das árvores em folha curvavam-se, fazendo mesuras. O mau humor do tempo não foi suficiente para afastar Clara do pensamento de Victória.

Cottonland existe, disso não tinha dúvida. Será que Clara estaria mesmo no mundo que conhecemos nos sonhos? Aquela pergunta martelava insistentemente em sua mente.

Desde que abraçara a Doutrina Espírita, lera incontáveis obras que descreviam a vida no plano espiritual, mas isso não tornava comum ou menos fantástica as experiências vividas com

Clara. Na verdade, apesar da certeza de que ela estava viva, muito provavelmente no lugar onde visitaram em sonho, seus estudos provocavam o desejo quase insuportável de estar com ela novamente. Era um pensamento egoísta, é verdade, mas não era algo que poderia esconder, fingir que não sentia, ao menos não de si mesma.

– "Ou encontro meu caminho, ou crio meu caminho" – falou para si num tom mais alto do que pretendia.

– A senhorita falou comigo? – perguntou o motorista.

– Pensei alto – desculpou-se, embaraçada.

Victória chegou em casa com a mesma discrição de quando saiu. Apesar de não ser mais tão cedo, as cortinas estavam fechadas, mas havia um brilho trêmulo lá dentro, uma luz suave, convidativa como um chalé no meio da floresta. Abriu a porta principal da forma mais silenciosa possível, prendeu a respiração ao virar a chave e entrou pisando leve como um felino. A luz da sala de estar estava acesa, mas não havia ninguém no cômodo. A jovem seguiu procurando, mas não encontrou nenhum movimento no andar de baixo, então subiu.

Assim que atingiu o ponto mais alto da escada notou um risco de luz que se esgueirava por uma fresta da sempre fechada porta do quarto de Clara. Por alguns segundos, ficou parada decidindo se entraria ou não no quarto e se correria o risco de quebrar a privacidade de quem estivesse em seu interior. Sua personalidade discreta dizia para não entrar lá, mas um ímpeto surgiu de repente e a fez decidir pelo contrário.

Posicionou os nós dos dedos para bater, mas antes que completasse o movimento uma pequena corrente de vento, vinda de algum lugar do primeiro andar, aumentou a fresta da porta e foi então que ela conseguiu enxergar uma cena comovente, mas igualmente preocupante.

De costas para a entrada, Constanza, de joelhos, sentada sobre os próprios calcanhares, segurava o telefone celular. A imagem na tela era a fotografia de Clara, algo sem maior importância, não fosse o fato de que se tratava da foto que o telefone exibe quando se faz uma ligação para a outra pessoa. Perplexa, ligeiramente atrapalhada, ela tentou ocultar a tela e virou-se rapidamente quando percebeu a presença de alguém na entrada do quarto, mas era tarde demais.

– Desculpe assustá-la, mãe. Ia bater, mas a porta abriu.

– Tudo bem – respondeu da forma mais natural possível, torcendo, intimamente, para que a filha não tivesse visto o que fazia.

– A senhora estava ligando para o celular de Clara?

Constanza não respondeu imediatamente, apenas baixou a cabeça e olhou fixo para o aparelho. De repente, o quarto ficou silencioso como uma caverna.

– Sim, estava – disse ela, finalmente, rendendo-se à inevitabilidade dos fatos.

Victória sentiu vontade de indagar o motivo daquela atitude, mas seria crueldade, pois a resposta era óbvia. Além disso, estaria sendo hipócrita, pois muitas e muitas vezes sentava-se nas pedras em frente à baía e conversava mentalmente com Clara, quando não o fazia em voz alta, como foi no cemitério. Por isso, despindo-se de qualquer conduta julgadora, sem nada dizer, agachou-se e abraçou a mãe, com solidariedade. Ela chorou. Minutos depois, recomposta, começou a se explicar.

– Eu sei que parece maluquice, mas...

– A senhora não precisa falar, se não quiser – Victória interrompeu-a.

– Não, tudo bem, prefiro falar, desabafar... Isso me fará bem. Quando sinto muita saudade de Clara, venho até aqui e fico observando suas roupas, seus cadernos, suas fotos antigas, talvez para me certificar de que tudo isso acontecera mesmo. Tenho consciência de que o luto se manifesta principalmente nas mais corriqueiras e triviais horas do dia a dia. Isso é a mais pura verdade e sou a prova disso. Há traços dela em todos os cantos desta casa. Eles continuam aqui, como quando pego seus óculos de sol e passo a ponta dos dedos sobre os contornos, lembrando como eles adornavam o rosto dela tão perfeitamente. É minha maneira de produzir lembranças, relembrar momentos felizes, conviver com sua ausência.

– Você tem razão. São as coisas pequenas que nos derrubam. Gatilhos para uma avalanche de lembranças. Não importa que três anos tenham se passado.

– Sim. E como você viu hoje, também ligo para ela. Sei que é loucura, mas preciso ao menos digitar seu número e ver a foto no celular chamando, como eu fazia quando ela estava na escola ou na casa dos amigos. Não pense que não me policio ou não me esforço para evitar esse comportamento, mas não são raras as vezes em que sou vencida pelo impulso do hábito de pegar o telefone e ligar, mesmo depois de tanto tempo.

Constanza levantou-se e voltou a sentar no chão, agora numa posição mais confortável. Victória acompanhou-a e sentou-se ao seu lado.

– Imagino, ao ligar, que dessa vez ela vai atender. E eu... – ela começou a chorar. – E eu... vou perguntar onde ela esteve esse tempo todo, que estou com saudade, e ela revelará que estava na casa de uma amiga e que podemos ir buscá-la. Mas a mensagem para deixar recado na caixa postal me traz de volta à realidade. Mesmo assim, deixo o recado. Digo que sinto sua falta, que a amo e desligo. Talvez seja meu subconsciente tentando completar uma história que ficou pela metade. Ou talvez seja só dor mesmo. Clara está nos meus pensamentos o tempo todo.

– Uma colega do Centro Espírita, certa vez, me disse que o sofrimento é como uma lacuna. A lacuna entre o mundo que você quer e o mundo que você tem. De certa forma ela está certa. Seu modo de pensar resume bem as coisas. É muito difícil lidar com o desejo de ter de volta algo que não mais se tem, lidar com algo que foge totalmente ao nosso controle e reinventar-se diante da nova realidade.

Um silêncio excruciante instalou-se no ambiente. Tudo o que se refere ao luto é delicado. Não há receitas prontas para a solução. É preciso aceitar que não existe uma resposta ou, se existe, é tão efêmera quanto um sopro.

– Vamos sair daqui! Vamos lá fora? – Constanza levantou-se.

– O tempo está terrível.

– Preciso respirar ar fresco.

Mãe e filha deixaram o quarto e foram para o jardim. Do lado de fora, como que adivinhando as intenções de Constanza, a chuva havia dado uma trégua, mas o cenário indicava que a bandeira branca ficaria hasteada por pouco tempo.

Constanza inspirou profundamente e encheu os pulmões com o ar gelado. Mal teve tempo de pronunciar uma única palavra, porque, segundos depois, a chuva fria voltou a cair e as duas tiveram que se abrigar dentro de casa novamente.

– Você já tomou café? – perguntou Victória, enquanto batia as gotas d'água da chuva que ainda tremiam como pontos delicados de orvalho no colete.

– Ainda não.

– Você me acompanha até a cafeteria?

– Não sei, Vicky. Não estou com disposição para sair de casa.

– Eu não gostaria de tomar café sozinha e rapidinho estaremos de volta. Pode convidar papai para ir conosco.

– Seu pai já saiu.

– Já?

– Foi chamado até a base. Coisas de militar.

– E então?

– Tudo bem, Maria Victória – Constanza sorriu e levantou a mãos, dando-se por vencida.

Victória achou o sorriso diferente, talvez porque fazia algum tempo que não a via sorrir. Poderia se dizer que ela estava um tanto fora de forma nesse aspecto.

Situada na Avenida San Martín, a principal e mais movimentada via da região central de Ushuaia, a cafeteria escolhida por Victória não era muito grande, mas o ambiente, aconchegante e acolhedor, compensava qualquer problema de espaço. As duas escolheram um pequeno recanto existente no andar superior, uma mesa para quatro pessoas, cercada com sofás estilo cabine, encosto alto que servia como parede divisória para a mesa seguinte, com vista para a avenida.

Não demorou muito para que o atendente, após cumprimentos protocolares, com sorriso estampado no rosto, deixasse o cardápio, que Victória nem abriu, pois já tinha em mente o pedido. A mãe, por outro lado, passou o dedo lentamente sobre as fotos dos diversos tipos de salgados, bolos, tortas, cafés, chás, chocolates quentes servidos no lugar. Depois de algum tempo, Constanza optou por um chá de maçã, canela e cardamomo, e uma fatia de bolo de ruibarbo, feito com produtos cultivados localmente, conforme destacava o cardápio. Victória, por sua vez, preferiu uma bebida identificada no menu como "Café *Cerdeña*", feita de café, creme, tudo decorado com raspas e pedaços de amêndoas, além de *croissant* de presunto, queijo e manjericão.

Enquanto aguardavam o pedido, as duas falaram sobre trivialidades e observavam movimento na rua. Constanza fixou o olhar em uma senhora sentada numa mesa próxima. A mulher brincava com a filha enquanto fazia malabarismos para limpar sua boca, rebocada de chocolate. A menina se recusava a parar de comer o enorme – para o seu tamanho – *donut,* enquanto a mãe contorcia-se para limpá-la. Apesar da dificuldade, a mulher, que exalava bom humor, mantinha a calma e o contentamento de uma pessoa que ouve um concerto de harpa.

Victória percebeu que a mãe não estava interessada na mulher, mas na menina, cujos traços, genericamente, remetiam à imagem da irmã quando tinha aquela idade. Temia que o olhar perdido e nem um pouco discreto da mãe chamasse a atenção da mulher, mas seus receios foram dissipados quando o atendente chegou com o pedido, atraindo a atenção de Constanza para a mesa, agora coloridamente decorada com os itens do café da manhã escolhido pelas duas.

Constanza calou-se por um instante. Mexia o chá fazendo círculos ininterruptos com a colherinha, a ponto de criar um pequeno redemoinho no interior da xícara.

– Ela me faz lembrar Clara. Mesmo formato de rosto, mesma cor de cabelo. Até o perfil, quando vira o rosto, faz lembrar sua irmã naquela idade. A semelhança é tão impressionante que não consigo deixar de encará-la.

– Realmente há uma semelhança, mãe. Mas Clara tem um

biótipo bastante comum na nossa região. Talvez você esteja vendo aquilo que quer ver. Isso não é uma crítica. Não me entenda mal, por favor.

– Não se preocupe, Vicky, estou acostumada com isso. Muita gente me julga por não ter superado o luto depois de tanto tempo.

– Não estou julgando.

– Sei que não.

– A senhora não deveria dar importância ao que os outros falam ou pensam. As pessoas são cruéis, principalmente com o luto alheio.

Constanza sorveu um pequeno gole de chá, fez uma expressão de quem gostou da bebida, tudo sem desviar o olhar da filha.

– Talvez eu esteja errada no modo como venho tentando lidar com isso tudo.

– A verdade é que não há resposta certa ou errada quando o assunto é o luto. Cada um tem seu modo de vivenciar e lidar com a perda. Da mesma forma, não existe um calendário, um prazo de validade para o sofrimento, uma linha do tempo que indica até quando alguém pode ou não sofrer. Entretanto, mãe, penso que a senhora deveria abrir-se mais para a vida. Fazer novas amizades, procurar antigos amigos, viajar ou fazer qualquer outra atividade que goste.

– Uma coisa que você vai aprender com os anos, Vicky, é que as pessoas se importam muito menos com você do que imagina. A grande maioria está muito ocupada com a difícil tarefa de viver a sua própria vida. E eu não as julgo, afinal era uma delas, ou melhor, sou uma delas. A experiência lhe mostrará isso. Infelizmente, só aprendemos tarde demais. A experiência de vida nos ensina muito, mas seu preço é caro, pois nos cobra em anos.

– A senhora já tentou? Permita-se tentar. Abra-se para novas experiências. Não estou pedindo para deixar de sentir falta de Clara ou não chorar, mas que dê o primeiro passo na direção da saída desse buraco de sofrimento que está presa. Tenha fé!

– Todo o processo que envolveram a doença de Clara, os tratamentos frustrados, as inúmeras derrotas, a morte, fizeram-me esquecer como é ter esperança, tampouco fé. Apenas tento sobreviver. A cada manhã, quando acordo, penso que hoje é o dia em que serei capaz de sair do luto e ser eu mesma novamente. Mas o luto é sorrateiro, indo e vindo como um convidado inconveniente que não se pode mandar embora.

Victória aproveitou os breves segundos em que bebericou seu café para pensar no que dizer.

– Apesar de compreender seu sofrimento, acredito que a senhora esteja permitindo que o luto controle sua vida. Reflita se já não é a hora de tentar dar um passo adiante. Criar novos hábitos. Todos somos escravos dos hábitos, sendo assim, que sejamos de bons hábitos, de preferência.

– É possível que eu tenha aceitado a dor e me tornado uma marionete, permitindo ser controlada por ela, mas as coisas são como são. A vida deu as cartas para nós, queria que fossem diferentes, ou que o jogo fosse outro, mas a situação está posta e não há como trocar as cartas.

Havia um brilho fraco de decepção em seu olhar e a escuridão dos olhos pareceu se aprofundar. Victória percebeu que a situação era pior do que imaginara.

– Certa vez Clara me disse, quando a doença começou a cobrar um preço alto de seu corpo, com uma maturidade invejável, que havia deixado de comparar seu corpo novo com o antigo e quando compreendeu a importância disso, passou a aceitar melhor as dificuldades e parou de sofrer pelas limitações. Essa filosofia talvez se aplique a todos nós. Precisamos aprender a deixar de comparar a vida anterior, quando ela estava aqui, com a vida sem ela e focarmos apenas no presente e suas dificuldades. Talvez assim soframos menos.

– Onde exatamente você quer chegar, Vicky?

– Considere a possibilidade de buscar ajuda profissional.

– Seu pai me diz isso o tempo todo.

– E por que você não aceita a sugestão?

– Depois de tudo o que vocês me falaram sobre *Cottonland,* fico me perguntando se existe mesmo algum lugar para o qual as pessoas vão depois que morrem. E se ele existe, como será a vida de Clara? – tergiversou Constanza.

– Também me faço essa pergunta, mãe. Mas é difícil responder. Tem muita literatura espírita sobre a vida após a morte. É possível se ter uma ideia da situação de Clara, nunca a certeza.

– Será mesmo que um dia nos veremos novamente?

– Disso não tenho dúvida.

– É muito mais fácil acreditar em vida após a morte, mundo espiritual, enfim, nessas coisas, quando não se tem que enfrentá-las tão de perto.

– Compreendo, e até concordo, de certa forma, mas a senhora está fugindo da minha pergunta sobre buscar ajuda profissional.

Constanza cortou com o garfo um pequeno pedaço da torta de ruibarbo e saboreou-a com os olhos fechados. Limpou a boca com o guardanapo e respondeu:

– Não sei se quero sentar em um sofá e ficar repetindo meus medos, minhas dores a um desconhecido, só porque ele tem um diploma.

– É possível que esse desconhecido consiga melhorar sua saúde física e psicológica, além de trazer de volta parte da paz de espírito que a senhora perdeu.

– Você e Clara conversaram muito, depois que a doença chegou.

– *Cottonland* nos aproximou.

– A mim afastou, por minha culpa.

Do lado de fora, a brisa aumentou e Constanza ficou observando uma folha de bordo alçar voo em direção ao céu e depois descer lentamente, guiada pelos invisíveis braços da gravidade.

– Não sei se a vida de cada um é guiada pelo destino ou se flutuamos ao acaso, levados pelo vento. Seja qual for a resposta, não somos capitães da nossa vida.

– Creio que a resposta seja a união desses dois fatores: há um planejamento previamente traçado para nossas vidas, e a brisa, que nos leva para lá e para cá, na verdade é nosso livre-arbítrio. No fundo, e aí discordo da senhora, somos sim capitães do nosso "destino" – Victória fez sinal com os dedos indicando "entre aspas".

– Tudo o que sei é que a vida está me dando uma lição que estou sendo obrigada a aprender na prática.

– Estamos todos tentando aprender, cada um a seu modo.

– A vida de Clara foi uma história contada pela metade – suspirou Constanza – e muitos pedem para que me adapte a algo que não consigo me adaptar.

– Pelo tempo em que esteve conosco, Clara foi amada

da maneira mais verdadeira que outro ser humano pode amar. Porém, não posso concordar com a sua afirmação quanto à vida inacabada. A questão não é tão simples assim, principalmente se acreditarmos que nossa existência é o estágio de uma longa jornada, uma jornada imortal, mas talvez essa não seja uma questão para ser discutida em uma cafeteria, durante o café. É possível que a senhora não esteja disposta a ouvir explicações de cunho religioso.

– Nisso você está certa, Vicky. Aqui não é o lugar.

– Quem sabe um dia tenhamos respostas para nossas dúvidas.

– É, quem sabe...

Depois disso, mãe e filha seguiram tomando o café sem tocar mais no assunto.

Do lado de fora, a folha de bordo repousava tranquila e solitária na calçada. A brisa havia cessado.

CAPÍTULO 21

RECOMEÇO

BOQUIABERTA, CLARA OLHOU DEVAGAR A PAISAGEM do lado de fora do hospital. A imensidão, as cores, as formas daquela colônia espiritual – esse foi o termo que aprendera durante o período de recuperação – a espantava. Estivera naquele lugar com Mayla durante a visita a *Cottonland*, mas havia algo diferente, por isso, não conseguiu conter o sorriso suave que precedeu a exclamação de fascínio: "uau!".

Com a tranquilidade de quem esperava por aquela reação, Mayla observava em silêncio o desenrolar da cena.

A temperatura, além das paredes da construção, era agradável, o ar estava fresco e a luz matinal do sol, apropriadamente delicada e carinhosa, como se soubesse o que estava por vir.

A primeira imagem que Clara vislumbrou foi o jardim que circundava o hospital. O céu, na sua visão, aparentava ser mais azul, mais luminoso. Ao seu redor, árvores, flores, passeios, tudo parecia uma grande aquarela pintada em cores vívidas, principalmente as inúmeras borboletas dançando em torno da paisagem. Entretanto, o que mais a impressionou foi a arquitetura. A construção tinha linhas mais modernas, muito diferente da primeira vez que ali estivera, onde a aparência medieval deixava-o muito parecido com uma secular igreja. A primeira impressão foi de que fora levada para um hospital diferente daquele que conheceu, mas a paisagem ao seu entorno era idêntica – apesar de mais vívida – àquela vista no sonho (não sabia mais como se referir às experiências vivenciadas enquanto estava encarnada), principalmente a magnífica árvore que guardava a entrada do lugar, como um grande monumento.

Clara virou-se, ergueu os olhos arregalados na direção de sua acompanhante, mas não precisou falar nada, pois ela antecipou-se.

– Sim, é a resposta à sua dúvida. Este é o mesmo hospital que você visitou.

– Mas por que está tão diferente?

– Como você obteve alta, preciso acompanhá-la até o lugar onde será sua casa. Tenho certeza de que muitas outras dúvidas surgirão durante o caminho, por isso, sugiro seguirmos até o destino e lá, quando estiver devidamente instalada, poderemos conversar com calma.

– Tudo bem – respondeu, ligeiramente contrariada. – Você disse casa? Não passou pela minha cabeça que eu teria uma nova casa.

– E por que não? Achou que moraria na rua? – Mayla sorriu.

– Sei lá. É que parece tão... tão... estranho a gente ter uma casa depois de morta.

– Seria se você estivesse morta, não é mesmo?

Clara sorriu após olhar para si, para o seu corpo que, ao menos aos seus olhos, nem poderia chamar de novo, já que era igual ao anterior.

A caminhada até seu novo lar foi curta, agradável, mas silenciosa. Mayla preferiu deixar que a menina absorvesse as novas informações que colhia pelo caminho.

Não demorou muito até que avistaram ao longe, no alto de uma colina, sob um céu azulado sem nuvens, uma espécie de mansão em tons vermelho queimado, branco, e alguns detalhes decorativos em turquesa, uma combinação atípica. A construção imponente, construída com tijolos aparentes, continha uma pequena torre, varanda com grade decorativa, frisos e telhados em mansarda com três águas, inspiração tipicamente vitoriana. E foi naquela direção que Mayla apontou para Clara, revelando o local que lhe serviria de lar.

Logo na entrada foram recepcionadas por um imenso portão de ferro que, escancarado, convidava-os a trilhar pela larga passagem, totalmente gramada, que apontava na direção da porta de acesso à casa. Algumas dezenas de metros depois, somava-se ao caminho uma cascata de madressilvas com folhas de um verde-vivo e flores brancas como a neve de algodão que se viu por todo o trajeto do hospital até a mansão. As flores precipitavam-se sobre as cabeças das passantes através de uma comprida pérgula.

Mais alguns passos e já se podia ver uma senhora, de aparência idosa, observando-as da porta. Ao se aproximarem ainda mais, Clara notou que a mulher a observava com um sorriso estampado no rosto e, por vezes, também lançava um olhar feliz na direção de Mayla, fazendo gestos para que se aproximassem. Assim, à distância, Clara não conseguiu distinguir a fisionomia da mulher, porém, ao se aproximar, logo a reconheceu.

– Rainha Philippa? – exclamou Clara a poucos passos da entrada.

A senhora, de aparência bondosa, aumentou o sorriso e reforçou os gestos para a menina aproximar-se.

Instantaneamente, a jovem lançou um olhar confuso e inquisitivo para Mayla, afinal, à sua frente, estava a rainha de *Cottonland*, muito embora não estivesse vestida como tal, tampouco, na sua infantil avaliação, parecia alguém da realeza, ou, pelo menos, com a rainha que conhecera.

Lentamente, as dúvidas acumulavam-se na mente de Clara, mas Mayla preferiu adiar as explicações.

– Mais tarde... – disse ela de maneira quase maternal, antecipando-se aos pensamentos de sua acompanhante.

– Olá, Clara. Que felicidade ter você em nosso, e agora também seu, lar – a anfitriã, com voz bondosa, curvou-se levemente, ficando quase da altura da recém-chegada.

Acanhada e intrigada com a situação, Clara titubeou para responder e, antes que pudesse dizer qualquer palavra, sua interlocutora tratou logo de lançar uma migalha de esclarecimento.

– Sabemos que você está um pouco confusa, mas fique tranquila que tudo será esclarecido tão logo esteja devidamente acomodada – seu tom de voz era suave e sereno. – Ah! Que indelicadeza a minha, já ia esquecendo de me apresentar: meu nome é Cecília.

– Cecília? – Clara franziu o cenho, sem conseguir esconder seu aturdimento. – Mas você não é a Rainha Philippa?

Cecília sorriu ternamente com a justificável dúvida da menina e explicou, vagamente:

– Esse com certeza será um dos tópicos da nossa conversa mais tarde, fique tranquila.

Clara virou o rosto da direção de Mayla, mas ela antecipou-se novamente:

– Confie em nós, Clara. Você não quer conhecer o lugar?

Resignada e sem saber o que pensar ou dizer, balançou a cabeça afirmativamente.

Logo nos primeiros passos no interior da grande mansão, a nova moradora percebeu que por dentro a casa parecia ainda maior do que por fora. O lugar exalava uma energia de tranquilidade, fruto, certamente, da quietude e do isolamento proporcionado pela relativa distância do vilarejo, passando a sensação de que não existiam vizinhos.

A incursão teve início pelo andar superior da casa, onde ficavam os quartos e era seguida de explicações vindas de Cecília, no intuito de ambientar a nova moradora. Existiam ao todo dezessete quartos individuais, decorados com bom gosto e simplicidade. Detalhes seletivamente preservados para criar um senso familiar, de ambiente acolhedor.

– No momento –, explicou a anfitriã –, onze deles estavam ocupados.

Clara achou a informação intrigante, já que não viu mais ninguém desde o instante em que chegaram.

No andar de baixo, Cecília mostrou rapidamente a cozinha. O piso quadriculado em branco e marrom, como um tabuleiro de xadrez, contrastava com a "parede lisa", pintada em tons de verde, onde podiam ser vistos utensílios e armários. No centro, uma mesa retangular, construída com madeira em estado bruto, suficientemente grande para acomodar quinze pessoas.

Próxima à cozinha, uma ampla sala de estar, bem iluminada em razão das grandes janelas, fazia divisa com o lugar que, para muitos, era o principal ponto do ambiente interno, uma espaçosa biblioteca, que incorporava o exterior original de tijolos vermelhos, com o piso de pedra basáltica e um teto de vidro que oferecia a visão das copas das árvores. Um ambiente magnificamente acolhedor.

– Então, o que achou da casa? – perguntou Cecília, percebendo o silêncio da jovem.

Mais preocupada em compreender o que se passava, Clara demorou alguns segundos para responder.

– É tudo muito... grande.

– É preciso. Acolhemos muita gente aqui.

– E onde estão as outras pessoas?

– Que bom que você perguntou. Vamos até lá fora?

A grandiosidade do lugar não se resumia ao interior da mansão. Clara percebeu isso quando atravessou a porta por onde acessava-se a parte dos fundos da propriedade.

A vista da área externa revelou um vasto gramado, meticulosamente aparado, circundado por um verdadeiro cinturão verde, composto por um misto de árvores jovens, adultas e centenárias de várias espécies.

– Lindo, não? A diversidade das árvores garante o colorido e a beleza em todas as épocas do ano – comentou Cecília ao notar o olhar de admiração da menina.

Clara achou o lugar encantador, mas havia uma sombra em seu olhar, fruto da incompreensão acerca das circunstâncias, as diferenças entre o que seus olhos presenciavam e as estadas anteriores em *Cottonland*.

– Vamos até o pátio dos ciprestes que fica logo após o lago – falou Cecília.

A pequena comitiva alcançou rapidamente o local onde podia se ver um grande grupo de árvores de colunas altas em forma de pirâmide, em meio a extenso gramado que seguia até a linha do horizonte, onde era interrompido pelo que parecia ser uma espécie de penhasco. De onde estava era possível ouvir o barulho do mar. Adiantaram-se mais alguns passos até que um grupo de pessoas sentadas em círculo sobre o gramado, aproveitando a energia revigorante do sol matinal, podia ser notado após um conjunto de árvores mais baixas à direita do caminho. Aparentemente, as pessoas conversavam animadamente, pois, mesmo àquela distância era possível ouvir vozes seguidas de risos. À esquerda do caminho principal, um pouco mais distante, na direção da linha do horizonte, contrastando com o verde do bosque, via-se um campo dourado, semelhante a trigais maduros. Nos dias vindouros, Clara passaria horas passeando pelos incríveis bosques existentes nos arredores da mansão, usufruindo da estabilidade da nova vida na companhia dos moradores daquele educandário, como a mansão era chamada, segundo explicou Mayla.

Quando se aproximaram do grupo, Clara observou tratar-se de crianças, mais ou menos da mesma faixa etária que a sua, então, o primeiro elo da corrente de dúvidas começou a desfazer-se: a casa onde moraria era, na verdade, um ambiente destinado ao cuidado de crianças que, assim como ela, deixaram cedo a vida na Terra.

As vozes e os risos foram interrompidos repentinamente quando o grupo percebeu a aproximação de Cecília, Mayla e a nova moradora, que já era esperada. Todas as crianças se levantaram e fixaram os olhares em Clara que se alegrou internamente ao perceber que eram todas meninas.

– Crianças, essa é Clara, a nova moradora da nossa casa.

– Olá, Clara – ouviu-se uma saudação coletiva.

Em seguida, todos acercaram-se da recém-chegada e trocaram abraços entre sorrisos e expressões, desejando boas-vindas.

Apesar da natural timidez inicial, Clara aos poucos foi se soltando e deixando-se levar pelas conversas – muitas ao mesmo tempo em determinados momentos – explicando como era o lugar e a quantidade de coisas que poderiam fazer para se divertir. Cecília e Mayla não intervieram, limitaram-se a observar, com satisfação e sorriso no rosto, o desenrolar da cena.

Minutos depois, as crianças começaram a se dispersar e a formar novamente o círculo de conversa em que estavam antes da chegada da nova moradora. Exceto uma, que permanecera calada até então.

– Meu nome é Agustina e aquele é um dos meus lugares preferidos. Vamos até lá? – perguntou uma menina, franzina, cabelos negros, compridos, olhar triste, adiantando-se e apontando na direção do mar.

– Sim – aquiesceu Clara, relutante, no mesmo instante em que voltou o olhar na direção de Mayla e Cecília, que sorriram em concordância.

Agustina caminhava rapidamente, enquanto Clara esforçava-se para acompanhá-la.

– Você vai gostar daqui – disse a anfitriã.

– Espero que sim. Meio que não tenho escolha.

– Do que você morreu?

– Mayla explicou que não morremos.

– Você me entendeu, Clara.

– Leucemia.

Agustina interrompeu a caminhada e olhou nos olhos da nova amiga.

– O que foi? – perguntou Clara.

– Eu também tive leucemia.

– Não quero falar disso. Faz-me lembrar de mamãe, papai, Vicky.

– Quem é Vicky?

– Victória, minha irmã.

– Também sinto saudade da minha família, principalmente do meu pai, pois minha mãe já morreu também.

– Você já encontrou sua mãe por aqui?

– Ainda não. Mayla disse para eu ter paciência que isso vai acontecer.

– Você não fica ansiosa para rever sua mãe?

– Fico, mas o que posso fazer? – Agustina deu de ombros.

As duas sentaram-se próximo da encosta, de onde se podia ver as ondas chocando-se contra o rochedo e ficaram conversando por longo tempo. Na verdade, Agustina era quem mais falava para a atenta expectadora. Clara, então, pôde conhecer o funcionamento do educandário.

– Talvez você deva se juntar às demais, Agustina, pois precisamos conversar com Clara – sugeriu Mayla, cuja aproximação não havia sido percebida.

– Tudo bem – falou a menina, resignada.

– Nos vemos mais tarde?

– Com certeza! – foi Mayla quem respondeu.

As três aguardaram até a menina juntar-se às demais e então sentaram-se sob a sombra de uma árvore que cresceu na borda da encosta. O cabelo loiro de Clara reluzia sob a luz de alguns raios solares que se infiltravam por entre as folhas da árvore.

– Como prometido, é chegada a hora das explicações – falou Cecília calmamente.

CAPÍTULO 22

A BUSCA

Constanza caminhou lentamente até o outro lado do quarto. Olhou para fora através da janela, no vidro via-se seu próprio reflexo e a noite escura, para onde a mãe enterrou seu olhar, talvez também seu Espírito, abstraindo-se completamente de tudo ao seu redor. As recordações eram dolorosas e as lágrimas voltaram a romper as represas e fluíram volumosas.

Era a primeira vez que toda a família voltava à cabana de férias após a morte de Clara, e o sentimento ilhado retornava forte. Três anos haviam se passado, mas ela só aceitou refazer o passeio em família após muita insistência do marido e depois que se esgotaram todas as desculpas plausíveis. Paradoxalmente, nos primeiros meses após a morte da filha, Constanza foi sozinha até o chalé. Era seu refúgio da realidade, um lugar onde poderia isolar-se e, na sua mente, trancar-se e jogar a chave fora enquanto seu mundo estivesse naufragando.

Naquele lugar remoto, sem ninguém para julgá-la, avaliar seu comportamento ou dar conselhos de autoajuda, podia dar vazão às suas angústias. Passava horas do lado de fora do chalé, fitando o nada, até que, tendo as montanhas como testemunha, gritava o mais alto que podia, soltando toda a agonia aprisionada na direção do céu noturno. Depois, quase sem voz, perguntava-se se não estava enlouquecendo. Depois desse episódio, nunca mais voltara ao chalé.

O trajeto foi marcado por neve e silêncio. Victória viajou de olhos fechados e com a cabeça encostada no vidro embaçado. Sua mente, livre, vagava por um lugar distante, um mundo de sonhos, aquele que há muito tempo não voltara a visitar: *Cottonland*. Com os olhos apertadamente fechados, a jovem temia que as recordações do "Mundo de Algodão" começassem a se dissipar, até sumir nas sombras da memória. Embora em grau menor que a mãe, ela também estava reticente em retornar ao lugar, afinal, para ela, a cabana também estava repleta de lembranças.

Logo na chegada, assim que desceram do carro e olharam a paisagem ao redor, recordaram-se da fogueira, da felicidade de Clara por acampar fora de casa numa noite fria, tostando *marshmallows*. Victória olhou para o lugar onde ela e a irmã construíram Bilbo, o boneco de neve. Todos elementos que relembravam o último momento de alegria despreocupada vivido pela família, quando a doença de Clara ainda não era um fantasma a assombrá-los. Para Constanza, eram lembranças em preto e branco que pareciam vir de um mundo que não mais existia.

Impressionante como situações tão singelas tornam-se símbolos quase dogmáticos de momentos alegres, materializados em figuras tão aleatórias como o boneco de neve, um retrato "vivo" da felicidade diária e ordinária, perdida para sempre. Se as coisas não tivessem acontecido como aconteceram, aquele dia – e Bilbo – teriam desaparecido completamente, engolidos, sem deixar rastro algum das lembranças da família, mas com a morte de Clara, provavelmente continuará sendo reverenciado por toda a vida.

Uma pena que a vida não nos permita mover suas engrenagens para trás, como um relógio, quando precisamos de mais tempo com alguém, pensou Victória, enquanto afrouxava o cachecol e lançava um olhar nostálgico na direção da agora robusta faia, a árvore de Clara. A irmã não teve tempo para ver a sua árvore crescer e tornar-se a maior dentre as duas que foram plantadas naquela longínqua tarde.

No interior da cabana, as reações não foram diferentes, principalmente com relação a Constanza. Juan e Victória até olhavam de canto de olho, jogando pequenas iscas aqui e ali para ver se a envolviam em alguma conversa que tivesse o condão de quebrar o vazio que os acompanhara desde que saíram de casa, mas não tiveram êxito. O silêncio era algo com que a família passou a conviver constantemente. Havia vários tipos dele: o silêncio da dor; o silêncio da solidão espontânea; o silêncio de quem não tem nada a dizer ao outro; o silêncio nas refeições, onde a sinfonia dos talheres, batendo nos pratos, transformava-se no único som audível. Há dias que ele, o silêncio, sufocava, esmagava; em outros, acalentava, pacificava.

O processo de luto, vivenciado por todos os membros da família Gonzalez Fernandez, como naturalmente acontece com a maioria das pessoas, intercalava altos e baixos, uma verdadeira montanha russa de sentimentos. Foram muitas quedas e muitas tentativas de soerguimento.

O fantasma da depressão era presença incômoda e constante, principalmente em torno da matriarca. Os momentos onde a saudade apertava o peito ocorriam nas situações mais comezinhas da vida, como era o caso do passeio à cabana de férias da família. Por isso, Juan teve a ideia de voltar ao lugar com a esposa e a filha, pois queria talvez exorcizar, de uma vez por todas, os fantasmas que a assombravam. Mas bastaram alguns minutos para perceber que as coisas não seriam tão simples assim.

A realidade é que o luto fixado firmemente no seio familiar não deixaria seus domínios sem luta. Havia dias, poucos, em que a saudade era um sentimento sereno e as lembranças menos traiçoeiras, transformando-se em estopim de recordações de momentos felizes. Ao contrário, porém, havia períodos, muitos, principalmente para Constanza, que trazia a impressão de que a perda jamais seria superada e que não teria condições de recomeçar a vida sem Clara, pois tudo o que via era a sua própria dor.

Para Juan, as coisas aconteciam com menor intensidade. A saudade machucava menos, eram como grandes arranhões – não cortes – em sua alma.

Sentados à mesa, olhando de canto de olho para os pais, um comendo, a outra não, em meio a um silêncio desconfortável, Victória viu crescer a sua preocupação. Por óbvio que a morte da irmã impactara a vida de todos na família, mas quando olhava para a mãe, era nítido que sua vida sofrera uma interrupção e que ela caminhava a passos largos para se tornar uma gota a mais na infinita maré de pessoas que naufragam a partir da perda. Era preciso fazer algo, mas a matriarca repelia qualquer sugestionamento relacionado à busca de profissionais médicos. "Águas paradas são sempre mais profundas" - pensou.

Por isso, naquele dia, na cabana, após flagrar a mãe sentada no chão, abraçando os joelhos, mergulhada nas sombras do seu mundo, aparentemente destruído para sempre, foi que Victória decidiu buscar, por mais improvável que fosse, a comunicação com a irmã falecida e o primeiro lugar que lhe veio à mente foi a distante Uberaba, no Brasil, lugar do qual muitas vezes ouvira falar no Centro Espírita, principalmente nas histórias envolvendo o médium Chico Xavier.

Situações desesperadas pedem medidas desesperadas. Enfrentaria críticas, sabia, mas tentaria assim mesmo. Esperança e fé, tinha de sobra.

CAPÍTULO 23

PRIMEIRAS REVELAÇÕES

CLARA TINHA MUITAS DÚVIDAS SOBRE A NOVA REALIdade de *Cottonland*, por isso, para não haver qualquer risco de perder a oportunidade, tão logo Cecília lhe disse que havia chegado a hora das explicações, iniciou o "interrogatório" pela mãe de todas as dúvidas:

– Por que tudo está tão diferente de antes?

Foi Mayla quem respondeu:

– Primeiramente, Clara, você precisa compreender que o seu regresso ao plano espiritual já estava previsto. Desde então, decidiu-se que *Cottonland* seria o lugar mais adequado para recebê-la após o término da vida terrena. Assim, optou-se por trazê-la para cá, em seus sonhos, como forma de iniciar uma espécie de readaptação, com calma e paciência, dadas as circunstancias difíceis que certamente envolveriam sua partida, seja pela agressividade da doença, seja pelo sofrimento daqueles que permaneceriam no orbe, encarnados.

– Mas você era uma princesa; Cecília, a rainha Philippa e *Cottonland,* o seu reino, mas agora são pessoas normais.

Mayla sorriu e falou com delicadeza:

– Na Terra você sempre foi apaixonada por reis, rainhas, reinos encantados. Adorava histórias assim.

– E ainda adoro.

– Foi justamente essa preferência que motivou a nos apresentarmos dessa maneira, como forma de facilitar nossos objetivos. A doença era agressiva, seu estado físico delicadíssimo, o corpo padecia com a leucemia e com o tratamento, sem contar a energia proveniente de sua família que, naturalmente, orava, desejava sua permanência, o que não era possível em razão da sua programação reencarnatória. Por isso, decidimos, não antes de longa conversa, pesando prós e contras, suavizar o processo de readaptação, apresentando um mundo muito próximo daquele existente na sua imaginação.

– Mas como isso é possível? Mágica?

– Não, querida – foi Cecília quem respondeu. – Você já aprendeu que durante o sono as amarras que prendem o perispírito afrouxam, libertando-o para ser levado a outros locais, inclusive para fins de aprendizado. *Cottonland* apresentou-se da forma que, no subconsciente, você gostaria que fosse. Permitimos que visse aquilo que gostaria de ver. A nós coube a tarefa de utilizar as técnicas adequadas para projetar, na sua mente adormecida, as imagens que julgávamos convenientes, fazendo com seu cérebro físico retivesse, ao acordar, a lembrança de um reino medieval, com reis e rainhas, num misto de sonho e realidade. Saiba que a explicação é bem mais complexa que isso, mas neste momento a forma simplificada é suficiente.

– Nada do que eu vi era real?

– Foi real tudo aquilo que era necessário ser real, ou seja, as conversas, os ensinamentos, os Espíritos com quem conversou, deixando a cargo do mundo dos sonhos um cenário familiar, facilitando nosso trabalho. Como você pode ver, Clara, nem tudo em *Cottonland* é tão diferente assim, afinal, somos uma Colônia Espiritual – já conversamos sobre o tema no hospital – situada sobre a cidade de Ushuaia.

– Uma colônia no Fim do Mundo – atalhou Mayla, tirando sorrisos de Cecília e Clara.

– Passado o período de tratamento no hospital da colônia, você foi apresentada à verdadeira *Cottonland* e às verdadeiras pessoas responsáveis pelo seu resgate e readaptação a este mundo no qual você já esteve, mas apenas não recorda em razão do esquecimento necessário que a reencarnação impõe.

– Lembrei de uma coisa agora, quando você me disse que o Rei – a jovem fez sinais com os dedos indicando entre aspas – havia feito a passagem e que estava triste. Do que estava falando? Era verdade essa parte?

– Realmente estávamos um pouco saudosos naquela ocasião, pois uma pessoa muito querida, que havia sido meu pai em outra existência, precisou retornar à Terra, reencarnar. Obviamente ela não era o Rei. Do nosso ponto de vista, Clara, a reencarnação das pessoas amadas também gera um sentimento de perda que, guardadas as devidas proporções, assemelha-se muito à morte do corpo no plano terrestre. Não pense que somos perfeitos, ainda mantemos nossas deficiências, por isso seu retorno para a Terra de certa forma nos abalou.

Clara permaneceu em silêncio enquanto digeria as explicações.

– Decepcionada? – sorriu Mayla, fazendo uma afetada mesura.

– Eu diria espantada – respondeu com um sorriso tímido no rosto. – O que quer dizer com já estive aqui antes? Eu vivia aqui?

– Clara – foi Cecília quem falou, – a Terra não é a nossa verdadeira casa, mas um local de passagem, onde ficamos para desenvolver determinada tarefa. O Plano Espiritual é nosso verdadeiro lar. Há muito tempo você já viveu aqui em *Cottonland*, mas saiba que nossa colônia não é a única, existem milhares como ela e todas nós já passamos por algumas delas.

– Por que não lembro disso?

– Porque a reencarnação exige o prévio esquecimento da vida aqui neste plano. Com o passar do tempo, as lembranças voltarão, mas ainda é cedo e você permanece envolta sob o manto do esquecimento.

– Qual a finalidade deste lugar? – a menina fez um gesto com a cabeça apontando para a área do educandário.

– A resposta é um tanto quando complexa – disse Cecília –, mas posso tentar explicar de forma superficial.

Geralmente, ao deixarem o plano terreno, as crianças mantêm sua natureza infantil, apesar de seu Espírito ser bem mais velho, e requerem, por um tempo, muitos cuidados e afeto. Por essa razão, embora não seja uma regra absoluta, muitas delas são encaminhadas para educandários nas Colônias, locais encantadores, como você pode notar, onde trabalhadores, que possuem muito amor pelas crianças, dedicam-se aos seus cuidados, até que readquiram a forma original.

– Então, as crianças ficam aqui temporariamente?

– Sim – respondeu Mayla –, tudo é temporário, tem tempo para acabar. Somos uma espécie de mansão do amor, uma escola para o futuro, um local onde o tratamento, iniciado no "Hospital Conforto", é complementado.

– Hospital Conforto... – pensou Clara – agora eu entendo porque você disse que ninguém fica doente em *Cottonland*, o hospital não é para os moradores daqui, mas para quem chega.

– Exatamente – assentiu Mayla. – Educandários são realmente lugares abençoados. Neles se sente o amor reinar. Há lazer, mas também há ordem e disciplina, as crianças têm aulas de estudos gerais, e praticam muitas atividades visando sua total recuperação.

– Se minha mãe soubesse desse lugar, onde estou, talvez não sofresse tanto. Eu sinto que ela sofre muito pela minha morte... partida – corrigiu. Percebo os pensamentos angustiantes e dolorosos dela, fazendo com que sua fisionomia, seu chamado, surjam em minha mente com frequência, deixando-me triste, pois não posso fazer nada. Seria bom que ela soubesse que estou bem, melhor que antes, e talvez parasse de chorar tanto pela minha partida.

– Nada ocorre por acaso. Todos os acontecimentos em nossas vidas guardam um aprendizado. Na maioria das vezes, não percebemos, mas sempre há um aprendizado em curso – explicou Cecília. – Diante da dor da desencarnação de uma criança, sempre é bom ter em mente o ensino trazido em *O Livro dos Espíritos: "sua morte é, muitas vezes, também uma provação ou uma expiação para os pais."* Recebemos de Deus diversas oportunidades para avançarmos em direção à nossa evolução. No entanto, minha querida, ao longo desse percurso, devido às nossas escolhas, é possível que enfrentemos dificuldades e, por vezes, colhamos frutos regados por lágrimas. Contudo, é importante manter em mente que após essa tempestade, o sol da esperança certamente surgirá.

– Sinto muita saudade de mamãe, papai, Vicky.

– Natural que sinta assim. A saudade não é um sentimento ruim, desde que não venha carregada de revolta – explicou Cecília.

– Se minha irmã soubesse que *Cottonland* é real.

– Em seu íntimo ela sabe – falou Mayla.

– Será que um dia poderei revê-los?

– Tudo depende de você.

– Como assim?

– Da evolução do seu aprendizado. Talvez, e quem sabe esse dia nunca chegue, mas você poderá, inclusive, mandar uma mensagem para eles.

– É possível isso? – perguntou, demonstrando espanto e ansiedade.

– É possível sim, mas há um longo caminho a ser percorrido até que seja permitido. Falaremos desse assunto em outro momento – explicou Cecília.

– Entendi – havia decepção em sua voz.

– Você não quer se juntar às outras crianças? Além de Agustina, talvez outras meninas também queiram dar-lhe as boas-vindas. – sugeriu Mayla, interrompendo assunto.

Satisfeita com as primeiras explicações, Clara aceitou a sugestão da amiga e juntou-se às outras internas do educandário.

Cecília e Mayla observaram Agustina pegar a amiga pela mão e começar a apresentá-la às meninas, que fizeram um círculo em torno das duas.

– Quando você dirá a ela? – perguntou Mayla.

– Ouça o vento. É linda a forma como ele sopra entre as árvores, você não acha?

Mayla permaneceu calada observando as folhas de pinheiro que rodopiavam em torno dos seus pés.

– Em breve, mas não tudo – complementou Cecília, enigmática, respondendo à pergunta anterior.

CAPÍTULO 24

NOVAS REVELAÇÕES

NOS MESES QUE SE SUCEDERAM, PARA A SATISFAÇÃO de Mayla e Cecília, a jovem dedicou-se ao máximo na realização de cada atividade, de cada estudo, de cada tarefa. Em seu íntimo, havia traçado a meta de conseguir permissão para comunicar-se com a família terrena.

Certa manhã, caminhava sozinha margeando o lago próximo ao educandário, ação que a remetia à sua agora distante Ushuaia, quando passeava pela orla da baía Golondrina, momento em que se deparou com Cecília andando em sentido oposto. A bondosa trabalhadora imprimia passadas lentas, mãos sobrepostas para trás, enquanto admirava a paisagem. Quando os caminhos se cruzaram, as duas interromperam os passos e começaram a conversar animadamente sobre as atividades realizadas no dia anterior.

– Já faz algum tempo desde que chegou a este lugar. Como você se sente, Clara?

– Difícil descrever. Quando minha doença foi se agravando, apesar de meus pais e de Vicky fugirem das respostas, eu sabia que algo não corria bem com meu corpo e que eu poderia morrer. No início, tinha medo de morrer, de nunca mais ver minha família, meus amigos, deixar para trás tudo o que eu gostava. Hoje, depois de todo o aprendizado e de conhecer melhor o Mundo Espiritual, explorando jardins, conhecendo outras pessoas, aprendi que aqui não é apenas um lugar para mortos, mas um lugar para os vivos, onde é possível, através dos sonhos, do pensamento, das orações, conectar outras que ficaram na Terra, ainda que eu mesma não tenha tido contato com mamãe, papai ou Vicky. Hoje percebo que não havia razões para ter medo da morte. Posso dizer, então, que estou feliz aqui.

– Alegra-me ouvir isso, é sinal de que o nosso trabalho tem dado certo e sua condição tem evoluído para melhor.

– Só tenho a agradecer à Mayla e a você. Não sei o que seria de mim sem vocês duas, minhas amigas e protetoras.

– Não agradeça, menina, pois presenciar a evolução das crianças que passam por este lugar é um pagamento maior do que merecemos. Somos fiéis cumpridoras do trabalho que nos foi designado.

– Isso não impede que eu seja grata a tudo o que têm feito por mim.

– Muito obrigada, então.

– Por nada – sorriu Clara. – Como a senhora veio para cá?

– Faz muito tempo. Sempre mantive grande afinidade por crianças. Essa paixão fez com que eu fosse escolhida para trabalhar no educandário da colônia.

– Como era sua vida na Terra?

– A vida normal de uma pessoa normal em uma cidade normal. Casei, tive filhos, netas, sendo que uma delas nasceu depois que eu desencarnei, mas me foi permitido visitá-la depois do nascimento.

– Também não conheci minha avó, a mãe de mamãe. Ela morreu bem antes de eu nascer.

– E como era sua avó?

– Sei muito pouco sobre ela. Às vezes mamãe falava dela, mas nem sempre, talvez por sentir muito a sua falta. Disse que ficou muito triste quando ela partiu. Tem uma foto dela na estante da sala de casa, estava bem velhinha.

– Você gostaria de conhecê-la?

– Será que eu posso? – o rosto da menina iluminou-se.

– Talvez eu possa fazer algo a respeito.

– Sério?

– Espere aqui.

Cecília caminhou até a mansão sob o olhar atento de Clara. Não lhe passava pela cabeça conhecer sua avó falecida. Aliás, em nenhum momento havia pensado na avó desde que chegara a *Cottonland* – isso a deixou envergonhada.

– "Talvez vovó entenda, afinal, nunca a conheci" – pensou.

A cada minuto de espera, a ansiedade na menina fazia-se mais visível.

– "Será que Cecília havia combinado com minha avó para fazer uma surpresa? Será que foi buscá-la em algum lugar? Será que irá demorar?" – eram muitas as perguntas. Seus pensamentos fervilhavam.

Minutos depois, Cecília surgiu na porta dos fundos da mansão. Estava sozinha – Clara sentiu uma pontinha de decepção, – mas trazia algo nas mãos, um chapéu.

– Que chapéu é esse? – perguntou, assim que Cecília aproximou-se.

– É muito parecido com um que eu tinha quando vivia na Terra. Chamavam de *cloche hat*, uma inspiração da década de 1920. Eu amava chapéus, mas esse modelo era meu preferido.

– Coloque para eu ver como fica em você.

O chapéu possuía uma forma distintiva ajustada à cabeça e caía suavemente sobre a testa, emoldurando o rosto de Cecília. Era confeccionado de feltro de lã cinza, acentuado com uma flor de cetim bordô, adicionando um toque de sofisticação e exuberância.

– Esse chapéu é muito parecido com o da foto de minha avó. Aliás, com ele, a senhora lembra um pouco ela.

– Olhe novamente – Cecília abaixou-se para ficar da altura da menina.

Clara observou atentamente, abriu a boca para falar, mas interrompeu a ação antes que a primeira sílaba ganhasse vida.

– Eu sou sua avó.

– Você é minha avó?

Foi então que Clara observou um brilho especial, como se a luz viesse de dentro dela. Ela sorriu e abraçou-a.

– Eu sou sua avó, repetiu.

– Mas minha avó era mais velha e se chamava Maria.

– Essa é uma das vantagens de não se ter mais um corpo físico, podemos adotar uma forma mais jovial.

– Por isso não reconheci a senhora. A foto na estante de casa era a única imagem que eu tinha na lembrança. E seu nome, Cecília?

– Maria Cecília, assim como você, Maria Clara.

– Mais uma Maria. Mamãe nunca falou sobre isso.

– Foi sua bisavó quem começou essa tradição das "Marias", apesar dela própria se chamar apenas Ana.

– Então você estava comigo o tempo todo. A rainha Philippa dos meus sonhos era você.

– Mesmo tendo partido muito antes do seu nascimento, sempre estive ao seu lado, cuidando de você. Acompanhei sua ida para a Terra e seu retorno ao Plano Espiritual.

– Por que não me contou antes?

– Precaução. Não queria que os laços sanguíneos que nos uniram na vida terrena pudessem, de alguma forma, atrapalhar seu tratamento aqui. Nossa ligação anterior poderia despertar curiosidade e lembranças que a fariam relacionar com aqueles que permanecem encarnados, um fator complicador que não precisava ser adicionado ao seu processo de readaptação. Além disso, você sabe que um dos pilares do nosso educandário é a disciplina e não gostaria que a revelação pudesse, de alguma forma, prejudicar o bom andamento da sua rotina de aprendizado, assim como das demais meninas.

Clara não sabia o que falar. Estava surpresa e emocionada. Tudo o que conhecia da avó vinha das poucas histórias de família que a mãe contava.

Cecília sustentou o sorriso no rosto por mais alguns segundos, depois falou:

– Tenho outra surpresa para você.

– Outra? Qual?

Cecília manteve-se em silêncio, sustentando o suspense por alguns segundos.

– Vamos, diga. Por favor!

– Precisamos trabalhar essa sua curiosidade e a sua ansiedade – sorriu a jovem senhora. – Seu pedido foi aceito.

– O pedido para...

– Sim. Você tem autorização para enviar uma mensagem para Constanza, Juan e Victória.

– Viva! – exclamou a menina abraçando a avó.

– Como será a mensagem? – Clara não cabia em si de tanta felicidade.

– Você escreverá uma carta que será transmitida através da psicografia de uma médium no Brasil.

– No Brasil? Como essa carta chegará aos meus pais?

– Concentre-se na carta, Clara, eu a auxiliarei. Quanto ao resto, apenas confie na Providência Divina e na competência dos trabalhadores da Colônia.

– Desculpe, Cecília, digo, vovó, mas não foi minha intenção duvidar.

– Eu sei disso, minha querida. Fique tranquila, pois tudo foi minuciosamente planejado.

– Uma carta... mal posso acreditar que vou escrever uma carta para minha família.

– Será um grande presente para todos.

– Uma carta – repetiu Clara, empolgada.

CAPÍTULO 25

A CARTA

De volta ao tempo atual...

Victória estava cabisbaixa. Tão logo seus ouvidos captaram a advertência feita pelo trabalhador do Centro Espírita, informando ao público que o texto da próxima carta fora escrito em espanhol, ela levantou imediatamente a cabeça, fixando os olhos, arregalados, na direção do rapaz.

Seu mundo parou...

– Clara! – exclamou quando ouviu as primeiras frases da mensagem. O rosto fraquejou, os cantos da boca começaram a tremer sem parar e ela sentiu como se um líquido gelado serpenteasse por suas veias. Por um átimo, achou que perderia os sentidos.

– Minha irmã, Clara – complementou, falando em espanhol, não deixando qualquer dúvida aos presentes de que a carta lida destinava-se a ela.

Era possível perceber o rosto de espanto de muitos dos turistas e curiosos que acompanhavam a sessão. A mesma médium que psicografou a carta em língua estrangeira precisou socorrer-se do colega para ler o texto, pois não compreendia o idioma.

– Muito obrigada, senhor – murmurou a jovem num português anasalado e arrastado ao receber das mãos do trabalhador o seu precioso presente.

Abraçada à carta, Victória sentou-se e chorou baixinho, sem perceber os olhares compungidos lançados na sua direção. Ela permaneceu ali até o fim da sessão. Leu, releu, tresleu. Sorriu, chorou, sorriu chorando, chorou rindo, tudo em silêncio, pois novas cartas estavam sendo divulgadas e entregues, e, sucessivas ondas de emoção tomavam conta de todos os pontos cardeais da pequena sala.

Os trabalhos findaram após belíssima prece de agradecimento. Lentamente as pessoas foram deixando a sala. Victória aguardou em seu lugar. Por conta da enxurrada de emoções, não estava em seu estado normal, por isso precisou de mais alguns minutos antes de sair. Sentada, em silêncio, viu todos ao seu redor afastarem-se. Quando percebeu que estava só, respirou fundo três vezes seguidas tentando recompor-se e recuperar a calma, mas seu coração ainda estava disparado. Seu corpo não podia negar os sentimentos difusos e lutava para ajustar-se a eles. Mais alguns minutos e Victória levantou-se, virou-se na direção da saída, mas nem chegou a dar o primeiro passo. Foi abordada pelo jovem trabalhador que entregou a carta.

– Olá! Você tem um minuto? – perguntou Celso, em espanhol. Seu tom era suave e de certa forma reconfortante.

– Sim, claro – respondeu ela com um sorriso discreto.

– Meu nome é Celso, muito prazer.

– Victória, o prazer é meu.

– Perdoe-me se estou sendo invasivo, mas de onde você é?

Não é incomum recebermos mensagens em outros idiomas, mas elas sempre chamam nossa atenção.

– Sou argentina.

– De Buenos Aires?

– Não, bem mais para baixo do mapa. A maioria dos brasileiros acredita que a Argentina se resume a Buenos Aires e Bariloche – novo sorriso transpareceu na voz de Victória.

– Culpado! – disse Celso, esticando as mãos como quem pede para ser algemado. – Meus limitados conhecimentos da geografia da Argentina só me permitem citar Buenos Aires e Bariloche mesmo – seu rosto corou.

– Precisa conhecer mais o meu país. Quem sabe minha cidade, Ushuaia.

– Ushuaia? – perguntou, revelando desconhecimento.

– Fica no fim do mundo, literalmente. No lado argentino da Patagônia, próxima à Antártida.

– Você viajou um bocado para estar aqui. Fico feliz que tenha sido agraciada com a mensagem.

– Sim, foi uma longa viagem. Mas, graças a Deus, meus esforços foram recompensados. Para ser sincera, mesmo que não recebesse a carta já teria valido a pena. As mensagens que outras famílias receberam foram suficientes para não deixar nenhuma dúvida de que a morte não é o fim.

– Isso é o que importa. É o maior consolo.

– Vocês fazem um lindo trabalho aqui – elogiou a moça.

– Somos meros emissários. Os verdadeiros responsáveis pelos trabalhos são os bons Espíritos que nos auxiliam na singela tarefa de entregar cartas. Somos como carteiros.

– Não existem palavras suficientes para agradecer por isto – Victória apontou para a carta. – Você não faz ideia, Celso, do quanto minha família ficará feliz ao ler as palavras escritas por Clara. Mesmo na condição de emissários, como disse, vocês são responsáveis por trazer conforto e força para que pessoas como eu, minha mãe, meu pai, possam seguir a vida em paz, mesmo convivendo com a saudade. A partir de hoje, temos a certeza de que Clara está viva. Viva! – Victória enfatizou a última palavra.

– Sua manifestação é nossa maior recompensa e também nosso principal combustível. Somos gratos a Deus pela oportunidade de executar essa tarefa.

– Espero que Ele abençoe a todos vocês.

Celso e Victória despediram-se e ela, feliz, seguiu para o hotel. Naquele momento, o céu tinha recolhido a chuva e acendido todas as estrelas, não apenas as conhecidas, mas também aquelas que já deixaram de existir e outras que ainda seriam descobertas pelo homem.

De volta ao quarto do hotel, após um longo e revigorante banho, Victória sentou-se na cama, fotografou as páginas da carta e enviou à mãe e ao pai, aquela era a primeira e verdadeira oportunidade em que conseguiu ficar sozinha. Estava ansiosa para conversar sobre a carta com a família, queria poder abraçá-los, mas percebeu, após rápida reflexão, que desde a partida de Clara, deixaram de ser uma família de pessoas que se abraçam. Por outro lado, não tinha ideia de qual seria a reação de todos: o pai, sempre com sua visão cartesiana sobre tudo; a mãe, devido à muralha impenetrável que construiu em torno de Clara e da memória dela.

Foram cerca de trinta minutos de silêncio, momento em que pôde também ficar sozinha com seus pensamentos, até que seu celular anunciou a chamada de vídeo feita pela mãe. Victória inclinou-se para a frente como se a câmera do celular fosse uma janela por onde pudesse colocar a cabeça para ver mais de perto, e, sob a batuta da emoção e das lágrimas, os Gonzalez Fernandez compartilharam a alegria da certeza, com a claridade lúcida de um dia sem nuvens, de que a caçula da família vivia. Até mesmo o coração empedernido do pai, tocado pela particular revelação feita pela filha, rendeu-se aos fatos. Compreendeu que a carta não era produto de ficção.

Encerrada a conversa com a família, Victória acomodou-se e leu a carta novamente, palavra por palavra, expressão por expressão. Identificava a irmã em cada uma das frases que formavam o texto. Ainda que não fosse a primeira vez que lia a carta, seus olhos grandes e caramelados acusavam ansiedade quando passavam novamente pelo texto.

"Maria Victória. É com o coração tomado de alegria que escrevo esta mensagem. Vovó Maria está ao meu lado e manda um beijo. Ela me explicou sobre todo o esforço que você fez para ter notícias minhas.

Diga à mamãe, Maria Constanza, que não sofra tanto e que não se culpe por nada. Eu precisava voltar e ela nada poderia fazer para mudar isso.

Adoro quando mamãe coloca o meu perfume na sua roupa. É uma forma de continuarmos juntas. Também tenho saudade dos apertões na bochecha, das ordens para colocar as luvas, o gorro, o casaco para neve e todo o tipo de coisas que a ternura de mamãe inventava para cansar a minha paciência, e a sua também. Eu ficava brava, pois não me via mais como uma criança, mas era só da boca para fora. No fundo eu adorava.

Fale para o papai Juan que sinto saudade. Quero que ele saiba que eu estava ao seu lado quando foi ao cemitério visitar meu túmulo e deixou flores. Papai tem esse jeitão, mas o coração é de manteiga. Guardo com carinho a lembrança de quando ele me ensinava sobre tipos diferentes de nuvens, e eu gritava o nome de cada uma delas quando o balanço que ele empurrava subia na direção do céu.

Pai, quanto à pergunta que carrega, precisei ir porque meu tempo havia se esgotado. Era para ser assim.

A boa notícia, Vicky, é que as "Três Marias" continuam vivas. Foi vovó quem deu a ideia de usar nossos primeiros nomes. Disse que você entenderia a mensagem. Está rindo agora.

Vicky, tenho saudade de nossas conversas, de quando você me ouvia falar sobre nosso lugar especial. Agora compreendo tudo. Nos planos de Deus não há improvisos. Cottonland não surgiu em nossas vidas por obra do acaso, foi parte de um enorme aprendizado. "Então o futuro, natural e inescapável, entendeu que chegou a hora de se apresentar". Agora você entende, não entende?

Cottonland existe! Tudo é lindo, mas você já sabe disso. Obrigada por ter se permitido acreditar. Talvez não tenha noção da dimensão do bem que fez por simplesmente me ouvir. Pode parecer pouco, mas não foi.

Agora preciso encerrar. Assim que for possível escreverei novamente. Tenho muita coisa para contar. Papai, mamãe, Vicky, vocês todos terão eternamente um lugar especial no meu coração. Não chorem tanto pela minha ausência, pois, na realidade, eu nunca parti. Quando nos reunirmos novamente vocês entenderão essas palavras. Vivam, como eu estou fazendo agora. Abram-se para a vida e quando estiverem tristes, lembrem de nossa última foto juntos. Jamais esquecerei aquele dia.

Preciso terminar.

"Arrorró, mi niño
Arrorró, mi Sol
Arrorró pedazo
De mi corazón..."

Obrigada pela vida que tive. Obrigada pelos sorrisos que ainda teremos. Amo vocês, agora e para sempre. Maria Clara Gonzalez Fernandez."

Victória perdeu a conta de quantas vezes leu a carta, emocionava-se como se fosse a primeira vez. A lembrança da cantiga de ninar levou-lhe irremediavelmente às lágrimas. Não tinha como ser diferente. Olhava para aquelas folhas soltas sobre a cama e sorria. Clara a observava da fotografia que trazia na bolsa e que acomodou de pé no móvel ao lado da cama. A felicidade era tanta que tinha vontade de gritar para que todos conhecessem a verdade.

A mensagem recebida trazia informações que somente Clara, ou pessoas muito próximas, há milhares de quilômetros de distância, poderiam saber. O silêncio e o conforto do quarto, o banho revigorante e a emoção relativamente controlada deram-lhe a abertura necessária para pensar com mais clareza sobre o texto.

Em nenhum momento o nome da avó materna, Maria, falecida há mais de dez anos, foi mencionado no Centro Espírita. Victória, reconhecia, envergonhada, que durante a preparação e a viagem jamais pensara na avó. E foi justo ela quem auxiliou Clara. Também foi a perspicácia dela, a avó, quem sugeriu para Clara usar o primeiro nome das "Três Marias".

Movida pela desconfiança, Victória preencheu o cadastro

no Centro Espírita utilizando apenas o seu segundo nome, assim como o da irmã. Ocultou a informação de que ambas possuíam nomes compostos iniciados por "Maria", situação desconhecida por muitos de seu círculo íntimo, quanto mais a cinco mil e quinhentos quilômetros de distância de casa. Além disso, Clara a havia chamado de Vicky. Só na família era chamada dessa maneira. Nem seus amigos conheciam a redução do nome usada em casa.

Não bastassem essas peculiaridades, como a atitude superprotetora da mãe, que muitas vezes deixavam Clara embaraçada, ou mal humorada, Clara também fez referência ao perfume que a mãe colocava na roupa, algo bem pontual, pois, durante o processo de quimioterapia, a pele dela ficou sensível demais para o perfume, deixando-a triste. Aliás, houve um tempo em que a mãe, frequentadora assídua do quarto de Clara, borrifava seu perfume nos móveis e brinquedos para evitar que seu cheiro sumisse permanentemente. Por fim, a menção da última foto em que todos os membros da família aparecem juntos, aquela feita na cabana.

Victória estava impressionada com a citação dos momentos de intimidade do pai. A formação militar de Juan, seu porte austero e o costume de lidar com situações difíceis, criaram a falsa ideia de que reagiria bem à morte da filha, a menina que chegou, dominou o lar e o coração de todos, desde o dia em que veio ao mundo, principalmente do pai, de quem herdara a teimosia. Entretanto, no fundo, ele jamais voltou a ser a mesma pessoa, apesar da tentativa de utilizar o trabalho para preencher a lacuna deixada pela ausência de Clara.

"Apesar de vermos as pessoas da nossa família diariamente, não conseguimos estar próximos de verdade uns dos outros a ponto de conhecê-los totalmente" – pensou Victória, lembrando-se do pai.

Por último – lembrou Victória, – Clara falou sobre *Cottonland*. Aquele trecho por si só era a prova inequívoca de que a mensagem era legítima. Somente Clara poderia tratar de assunto tão específico.

Victória emocionou-se ainda mais quando a irmã agradeceu pelo simples fato de tê-la ouvido e acreditado em seus relatos. Havia um quê de remorso também, afinal, no início, chegou a duvidar da história que Clara contava.

Além disso, teve citação da frase surgida naquela estranha experiência durante a primeira visita a *Cottonland*, a inscrição do livro que dizia: *"então o futuro, natural e inescapável, entendeu que chegou a hora de se apresentar"*. Somente Clara conhecia esse pormenor. Agora era possível compreender o significado. Estava sendo preparada para o retorno da irmã.

O que Victória não sabia era que sua conclusão estava parcialmente correta, mas não convinha adiantar-se à ordem dos fatos.

Cottonland, o lugar dos sonhos que trouxe à Clara um profundo sentimento de paz e fez com que desaparecesse o medo de enfrentar o inevitável: a morte. De alguma forma, desde que a irmã lhe contara sobre a existência desse maravilhoso reino, Victória sentira-se presa entre dois mundos, aquele a que chamava de real e o mundo apresentado pela irmã, um lugar que não podia descrever propriamente como fictício. Mesmo depois de todo o tempo, ainda sentia o coração apertado quando as lembranças do reino, fugazmente, abriam caminho em sua mente.

Victória secou as lágrimas com as costas da mão, mas novo fio correu pelo rosto, substituindo o anterior. Ela levantou-se, foi até a janela e debruçou-se no parapeito, com o dorso levemente inclinado para o lado de fora. Imediatamente o frescor úmido da noite lambeu seu rosto e invadiu o cômodo. Respirou fundo na tentativa de conter as lágrimas. Não conseguiu. Apesar da felicidade proporcionada pela carta de Clara, o momento era comandado pela saudade, pela falta desesperadora que sentia da irmã.

Certa vez, ouvira de uma colega, também espírita, compadecida de seu sofrimento diante do luto, que a forma mais eficaz de lidar com as feridas não seria brigar para curá-las rapidamente, mas, como numa receita, deveria adicionar uma pitada de tempo ao coração e deixar descansar. Depois disso, no momento oportuno, as feridas se curariam sozinhas. A sensação era de que a carta iniciara instantaneamente esse processo de cicatrização. Ela, então, fechou os olhos e tentou apenas esvaziar a mente. Respirou profundamente e prestou atenção no silêncio em meio aos sons ao seu redor. Assim permaneceu, simplesmente deixando o tempo escoar sem pensar em nada. Depois de cinco, talvez dez minutos, num rompante de autocompaixão, resolveu fazer uma prece por si mesma.

Victória abriu os olhos, observou à sua volta o pequeno quarto de hotel e lembrou da distância percorrida para chegar até ali. Sentia-se incrivelmente cansada, mas estava feliz. A carga de emoções da noite exercera um forte impacto em seu corpo. Paradoxalmente, em razão das mesmas emoções, ela não imaginava a possibilidade de o sono aparecer tão cedo. Estava certa em suas suposições.

As horas foram passando, a jovem intercalava momentos deitados e sentados na pequena sacada existente no quarto, observando a noite estrelada, sentindo o agradável ar da madrugada, tendo como vista uma rua sem qualquer movimento. Assim ficou por muito tempo.

*

Muito longe dali, em Ushuaia, quando recebeu no celular a carta enviada por Victória, Juan isolou-se no escritório para analisar a mensagem. Enquanto caminhava até o cômodo, sua mente já elaborava estratégias para abordar o texto a fim de desqualificá-lo, confirmando, assim, suas teorias sobre conversas com os mortos. Entretanto, já nas primeiras linhas viu suas defesas ruírem, seus argumentos serem torpedeados e suas certezas tombarem no campo de batalha, e, depois de muito tempo, as lágrimas voltaram à linha de frente dos cílios, invadindo as trincheiras dos olhos. Entretanto, foi o trecho em que Clara dirigiu-se diretamente a ele que implodiu todas as barreiras. A filha caçula faz menção a algo que nem a esposa tinha conhecimento, um lamento íntimo que carregava silenciosamente consigo.

Em solilóquio, longe de todos, ele fez um longo desabafo, molhado pelo pranto. Emergia à superfície de sua alma aquilo que todos percebiam, mas ele se recusava a externar, a falta desesperadora que sentia da filha, do tom doce de sua voz pronunciando "papai", muito mais do que ele achava ser concebível sentir. Por outro lado, aquelas frases, escritas por uma desconhecida a milhares de quilômetros de distância davam-lhe a certeza de que Clara estava viva. Viva! Em algum lugar, longe dos olhos humanos. Morriam suas crenças limitantes. Nascia a espiritualidade em seu coração, antes um terreno árido, estéril, inóspito para questões intangíveis.

*

No dia seguinte, após seu organismo finalmente render-se ao descanso, Victória acordou inexplicavelmente revigorada, apesar das poucas horas de sono. Como obtivera a comunicação tão esperada, não iria até o Centro Espírita cuja visita havia programado para aquele domingo. A princípio, a mudança de planos soou como uma espécie de traição, um ato individualista por virar as costas após ter recebido o que buscava. A dúvida acercou-se da jovem por algum tempo, mas então ela decidiu cancelar a última visita.

Sem rigorosamente nada em mente para fazer, decidiu reservar o domingo inteiro para si, algo raro na sua vida. Via de regra, um dia inteiro sem planejamento a intimidava, mas aquele era um dia diferente.

Passava das oito da manhã quando a jovem argentina observou que o sol, emoldurado pelo marco da janela, brilhava delicadamente entre um remendo de nuvens no céu. Havia chovido na madrugada anterior, por isso o calçamento da rua brilhava com a incidência dos raios solares.

Depois de um tempo de contemplação a jovem desceu, tomou seu café lentamente, retornou ao quarto, tomou um demorado banho e decidiu que passaria o dia pelas redondezas, sem afastar-se muito do hotel. Não queria se cansar em demasia, pois na manhã seguinte reiniciaria a maratona de volta para casa, O caminho, apesar de longo, dessa vez seria suave. Na bagagem, levava o maior de todos os presentes, a certeza de que a irmã continuava vida e sua história com ela ultrapassava as barreiras temporais da curta existência de Clara neste plano e que um dia a reencontraria. Victória sentiu uma grande felicidade crescer em seu peito. Já havia esquecido de como era bom sentir-se em paz.

CAPÍTULO 26

REGRESSO

VICTÓRIA ABRIU OS OLHOS E VIU AS AGULHAS DE LUZ âmbar que se infiltravam através da pequena fresta deixada na janela do avião e se esparramavam sobre o livro aberto e esquecido em seu colo. A viagem de Buenos Aires a Ushuaia, o último trecho do longo percurso de volta para casa, não era tão demorada, durava em torno de três horas, mas o horário de partida, no meio da madrugada, prejudicou todo o sono da noite. Praticamente não dormira, temendo perder o horário do voo. Foi a voz do piloto anunciando os preparativos para o pouso da aeronave que a acordou. A jovem estava muito ansiosa para reencontrar a família.

Nevava quando o avião tocou o solo do singelo aeroporto da cidade, o mais meridional do planeta, construído em meio à baía Golondrina. Victória percebeu ao subir a cortina da janela do seu assento que aquele último sábado do outono dava mostras de que o inverno se anunciava devagar. Em breve a paisagem começaria a ficar menos colorida e daria lugar ao branco e às tonalidades mais pesadas.

Tão logo a jovem chegou no setor de desembarque avistou

o pai que a esperava e a recebeu com um abraço emocionado, longo e silencioso, como há muitos anos não fazia.

– Vamos tomar um café? – sugeriu Juan, apontando na direção da cafeteria situada na saída do setor de desembarque.

A filha aquiesceu com um leve balançar de cabeça. Um café cairia muito bem.

Escolheram uma mesa próxima à janela. Não havia muito para ser visto: a neve caindo, o manto branco tomando conta de tudo e as pessoas entrando rapidamente no interior dos carros enquanto taxistas e motoristas de aplicativos enfrentavam a nevasca para acomodar suas bagagens no porta-malas.

Pai e filha limitaram-se a pedir dois cafés pretos e, por alguns instantes, o véu do silêncio desceu sobre ambos. Victória esquadrinhou o curto traçado visível da Roque Galdeano, a via que dava acesso à área do aeroporto, mas não havia mais nada digno de nota além do vaivém das pessoas e carros.

Uma sensação que Juan não saberia definir inundou-o por completo, a ponto de mal poder falar. Mesmo assim, ele respirou fundo, e forçou as palavras a saírem.

– Desculpe, filha, é que... não sei por onde começar. Mas talvez deva iniciar admitindo meu erro de avaliação, meu descaso para convicções diferentes das minhas.

– Pai, não é novidade para ninguém que o senhor nunca deu importância para questões espirituais, mas também sei que não é orgulhoso e não tem compromisso com o erro, com um pensamento equivocado.

– A vida realmente é como uma estação de trem onde a todo instante a gente sobe no vagão errado.

– Ótima metáfora! – Victória percebeu que a carta desencadeou mudanças aparentemente profundas no pai, trazendo à tona e externando sua verdadeira essência.

– Deixe-me lhe mostrar uma coisa, Vicky.

Juan abriu a jaqueta, afrouxou o cachecol de lã e tirou a sua placa de identificação, chamada pelos militares de *dog tag*.

– Pegue! – Juan estendeu a palma da mão na direção da filha.

– O que tem elas? – Victória manuseava com cuidado o par de plaquinhas de aço.

– Leia!

– Sim, já li muitas vezes seus dados nessa placa.

– No verso, Vicky.

A filha mais velha virou as plaquinhas de forma displicente e notou que havia um texto em inglês gravado: *"Why she had to go? I don't know she wouldn't say"*.

Victória compreendia muito bem a língua inglesa, confirmando o jargão popular que diz *"o argentino é um italiano que fala espanhol e pensa que é inglês"*. Seu rosto assumiu uma expressão de espanto e a deixou momentaneamente sem reação ao ler o texto gravado pelo pai no verso da *dog tag*.

– Isso é um pequeno trecho da música *Yesterday*, dos *Beatles*. Mandei gravar após a morte de Clara.

– Está na carta – balbuciou Victória.

– Exatamente. A resposta à minha pergunta: *why she had to go? I don't know she wouldn't say*, ou seja, "por que ela teve de ir? Eu não sei. Ela não me disse", foi escrita por Clara.

Juan desdobrou uma cópia da carta que mandara imprimir e releu:

"Pai, quanto à pergunta que carrega, precisei ir porque tempo havia esgotado. Era para ser assim."

– Como pode isso? – perguntou ele batendo com as costas da mão no papel.

Victória emocionou-se instantaneamente e os olhos ficaram marejados. Agora compreendia o trecho. Clara sabia que o pai sofria em silêncio, por isso fez menção àquela inscrição que era praticamente um lamento por sua morte.

– Ninguém sabia disso... nem sua mãe – Juan tropeçou nas palavras, deixando levar-se pelas lágrimas.

A filha continuou olhando para ele, e ambos permaneceram em silêncio, tentando segurar as lágrimas, pesadas demais para a ocasião.

– Tem um milhão de pensamentos abafando tudo ao meu redor desde que li a carta que você recebeu. Num piscar de olhos, todas as minhas convicções foram destruídas. Quando... – Juan interrompeu a frase, enquanto Victória preferia o silêncio, apenas ouvindo o desabafo do pai. – Quando – continuou ele – você se agarra demasiadamente forte a uma convicção, corre o risco de ficar cego para a realidade e enxergar somente o que se encaixa nela. De certa forma era isso que eu fazia, mas minhas crenças, o que acredito, acreditava, sei lá, tornaram-se secundárias, pois essa Clara – bateu de leve nas folhas da carta, – é a minha Clara. Viva! E isso é maravilhoso. Ainda que não possa mais vê-la, abraçá-la, e isso machuca muito, ter a certeza de que ela está bem é reconfortante, meu coração se acalmou. Obrigado por sua persistência, Vicky, por não desistir de sua busca mesmo quando eu achava isso uma grande perda de tempo. Desculpe!

– Não há razão para se desculpar, pai.

– Vou precisar de um tempo para assimilar essa nova realidade.

– Não se liberta de velhos hábitos atirando-os pela janela. É preciso descer degrau por degrau – filosofou Victória.

– Você tem razão. Eu diria que a única maneira de se livrar de um velho hábito é criando um novo.

– E você já sabe qual será esse novo hábito?

– Estou me perguntando isso desde que você me enviou essa carta. Bem, acho melhor irmos. Sua mãe está a nossa espera. Creio que você terá de nos contar em detalhes a sua viagem.

– Certo. Vamos lá, então. Nunca é prudente deixar dona Constanza esperando.

– É para mim que você diz isso? O humor da sua mãe é mais indefinível e inconstante que nuvens em dia de vento.

Ambos riram da brincadeira.

No curto caminho do aeroporto até a casa, o assunto Clara não voltou a ser mencionado. Victória observava as ruas e recordava-se de suas experiências em *Cottonland* – a impressão era de ter estado fora por muito tempo. – Tudo era muito diferente.

Ushuaia, com exceção da região central, era uma cidade simples. A rua Hipólito Yrugiyen, com seus prédios de condomínio de padrão de baixo para médio, logo surgiu à sua frente assim que deixaram a área do aeroporto. Poucos quilômetros e o carro contornou a rótula onde, conjugados, via-se a livraria Sur e a casa de carnes e vinhos La Estância, uma combinação estranha que Victória nunca entendeu. O trânsito ali era um pouco mais intenso, pessoas indo para o trabalho misturavam-se aos ciclistas. Vencida a rotatória, teve início o trajeto pela Del Tolkeyen, uma rua parcialmente pavimentada que serpenteava por bairros bastante arborizados, mas igualmente simples. Todo o trajeto, porém, era vigiado à distância pelo enorme cinturão de montanhas com o pico coberto de neve.

Não demorou muito para que a baía Golondrina surgisse na paisagem e com ela o cruzamento com a estreita Costa de Los Pájaros, uma região de classe média-alta da cidade. A casa dos Gonzalez Fernandez situava-se no início da ruela, de frente para a paisagem cinza e branca da baía. Victória emocionou-se. Viajara para tão longe de mãos dadas com a esperança e retornava para casa abraçada com as certezas.

Enquanto Juan pegava a mala da filha, ela destrancou a porta da frente, girou a maçaneta e abriu. Percorreu lentamente o *hall* principal e a sala de estar; a impressão era de que estivesse visitando a casa pela primeira vez. Um filme passava diante de seus olhos. Tudo estava silencioso, sem sinais da presença da mãe.

Minutos antes da chegada da filha, Constanza foi até o quarto, na parte superior da casa, abriu as cortinas, uma fresta da janela. Imediatamente o ambiente encheu-se com uma luz glacial. Ela debruçou-se sobre o parapeito. Nevava, mas o ar gelado era bem-vindo, ativaria até a última de suas células. Desde que Victória enviou a carta de Clara, um misto de alegria, vergonha e remorso invadiu seu íntimo. Queria ter dado mais atenção às histórias da filha sobre *Cottonland*, ter estado mais ao seu lado em seu último ano de vida. Deixou-se levar pelo orgulho, pela vaidade e pela arrogância de achar que somente a sua forma de agir e pensar eram as maneiras corretas de lidar com a doença da filha. A carta, as palavras de Clara – sim, era ela! – confirmavam que de alguma maneira as histórias que contava tinham um fundo de realidade.

Por outro lado, encarar Victória, que por muitas vezes tentou fazê-la abrir os olhos para a situação, era defrontar-se com a vergonha de ter sido tão intransigente. Pior, era como se estivesse frente a frente com a própria Clara. Era o que mais temia, enxergar, através da filha mais velha, o desgosto que causou na caçula, e de ouvir, quem sabe, um sonoro "Eu avisei!". Havia orgulho em sua forma de pensar, e Constanza sabia disso.

Minutos depois, ouviu passos crescendo pela escada. Fechou a janela e seguiu na mesma direção, encontrando o marido que subia com a mala da filha.

– Aqui está você? Victória está lá embaixo, preparando um café. Vou deixar a mala no quarto e já desço também para conversarmos todos juntos.

Constanza deu o primeiro passo na descida e encontrou a filha postada na base da escada. Ela não quebrou o contato visual com Victória, como se estivesse em uma competição de quem piscaria primeiro. A jovem, entretanto, notou seus olhos tristes, mas não percebeu a mão trêmula e a tentativa bem-sucedida de não parecer assustada com a situação.

O clima estranho, entretanto, foi quebrado no exato momento em que Constanza desceu o último degrau. Victória recuou um passo e sem dizer uma única palavra deu um longo e emocionado abraço na mãe. Palavras foram desnecessárias naquele momento e Constanza logo percebeu que seus medos eram infundados. A filha não lhe apontaria dedos, tampouco lançaria recriminações, relembrando sua postura arrogante e intransigente de tempos atrás. Do topo da escada Juan observava, satisfeito.

– Você fez empanadas de cordeiro, mãe? – falou Victória, apontando para a cozinha.

– Foi para celebrar o seu retorno.

– Eu não como a sua empanada de cordeiro há anos. Eu tinha meio que esquecido da existência delas, mas assim que entrei na cozinha, o cheiro trouxe imediatamente a lembrança dos nossos cafés da tarde de sábado.

– Elas estão deliciosas – disse Juan, passando os braços em volta de ambas.

– Você comeu escondido?

– Foi só uma, pequenita assim – ele fez sinal com os dedos.

Munidos cada um com sua xícara de café fumegante e uma farta travessa com as famosas empanadas de cordeiro de dona Constanza, sentaram-se na sala de estar para ouvir os relatos de Victória sobre a viagem à longínqua Uberaba.

Nos primeiros momentos, a jovem contou sobre o longo e cansativo trajeto, a cidade e questões de natureza turístico-geográficas.

– E como foi a sua busca? – perguntou o pai, enquanto pegava uma empanada na travessa.

– Antes de viajar eu havia pesquisado o nome de alguns Centros Espíritas que faziam trabalho de psicografia. Fiz uma lista e comecei a visitá-los um a um. Nos três primeiros dias não recebi nada.

– Deve ter sido frustrante, não? – indagou a mãe.

– Confesso que no primeiro dia me senti assim, mas nos dias seguintes, refletindo melhor, percebi que minha ansiedade, meu egoísmo, impediam de enxergar as coisas pelo ângulo correto.

Os pais lançaram um olhar interrogativo para filha, como quem pergunta "como assim?". Victória, então, complementou:

– É óbvio que a multidão que visita aqueles Centros Espíritas o faz em busca de uma mensagem do seu ente querido. Comigo não era diferente, mas isso é apenas uma das faces da moeda. Receber uma carta revela, acima de tudo, que a morte não é o fim. Por isso, na medida em que as cartas eram lidas e eu percebia o conteúdo muito específico de cada uma delas, além da emoção da família presenteada, mesmo que eu não recebesse nada de Clara, tudo o que testemunhei era prova suficiente de que a vida continua.

– As outras cartas eram tão específicas quanto a de Clara? – questionou Juan.

– Totalmente! Umas mais, outras menos, mas igualmente pessoais. Você sabe que no quesito ceticismo puxei você, né, pai? Receber uma carta genérica, com frases prontas que poderiam servir para qualquer pessoa, como "te vejo daqui", "não chore pela minha partida", era meu maior temor. Mas ele desapareceu quando ouvi a leitura de cada uma das psicografias.

– Impressionante – balbuciou o pai.

– Maravilhoso, eu diria – complementou Victória. – Tem muita coisa na mensagem de Clara que não havia como os trabalhadores do Centro Espírita terem conhecimento. Impossível. Há passagens que nem eu mesma tinha conhecimento.

– As "Três Marias" – disse Constanza, enquanto pousava a mão sobre a da filha.

– Então, no cadastro feito no Centro Espírita, um formulário contendo informações curtas e bem básicas, antes que perguntem, ocultei nossos primeiros nomes. Quem poderia saber?

– Minha mãe... ela também está na carta... está com Clara – Constanza repousou a mão no peito, na altura do coração e engasgou nas próprias palavras.

– Isso não é incrível? Fiquei surpresa com a menção do nome da vovó. Em nenhum momento falei sobre ela. Para falar a verdade, eu sequer havia pensado nela até receber a mensagem.

Tem outra situação igualmente incrível que esqueci de mencionar a vocês.

– O quê? – Perguntou a mãe, rapidamente.

– A médium, que psicografou a carta, não fala, tampouco escreve e compreende espanhol. Após a psicografia, as folhas foram passadas para outro trabalhador efetuar a leitura.

– Realmente incrível, Vicky. Como alguém é capaz de escrever uma carta numa língua que não domina? – observou Juan.

– Não há dúvida da autenticidade da carta, de que foi Clara quem a escreveu – falou Constanza.

– Com o auxílio de vovó Maria – Victória acrescentou.

– É autêntica, realmente – falou Juan, com convicção. – Pessoa alguma no mundo, ao menos desse mundo, teria como saber sobre a mensagem gravada na minha *dog tag*.

– Do que você está falando, Juan?

– Não contei a você, né?

– Não.

– Então veja você mesma. Juan entregou à esposa sua placa de identificação militar, era a segunda vez no dia que fazia isso.

– É um trecho de *Yesterday*? Não estava aqui antes – a inscrição surpreendeu a esposa como um trovão no meio de um dia de céu limpo.

– Sim, um trecho da música. Foi rápida na adivinhação. – Juan sorriu.

– Você sabe que amo os Beatles e *Yesterday* é *Yesterday*, né? Mas o que a música tem a ver com a carta?

– Traduza.

Enquanto a mãe lia, Victória deu uma grande mordida em uma empanada, revirando os olhos diante do sabor da iguaria. – "Por que ele teve de ir? Eu não sei..." – Constanza nem precisou traduzir a frase até o fim.

– Meu Deus, Clara respondeu a isso... – a voz saiu carregada, como se ela estivesse com algo entalado na garganta. Você não havia me falado nada a respeito.

– Era algo muito pessoal, não tinha motivos para contar.

Aturdida com mais essa revelação, Constanza abaixou a cabeça e silenciou por instantes. Havia um oceano de coisas que ela queria – precisava – colocar para fora.

– Desde que Clara se foi eu vivo como se estivesse num pesadelo em *looping*. Ele se repete sem parar.

Que ironia! Eu que sempre achei insensíveis e dramáticas as pessoas que usam essa expressão. Do tipo: é só isso, pesadelo, que você sente diante da tragédia na sua família? E agora, aqui estou eu, repetindo a mesma coisa.

– Não há nada demais em se sentir assim, mas a senhora precisa, urgentemente, acordar desse pesadelo e despertar para a vida – observou a filha.

– Você diz isso porque não foi você quem agiu como uma perfeita idiota com relação às histórias que sua irmã contava. Eu poderia ter participado de tudo isso, ter dado mais atenção a ela – desconfortável com a situação, Constanza contorceu-se no sofá.

– Eu mesma duvidei de Clara no início.

– Mas mudou sua forma de agir a tempo de estar ao lado dela durante todo esse processo, que somente agora tenho a noção do quão era importante para sua irmã, mais até do que a própria doença. E esse é o meu maior arrependimento. Nunca acreditei nessa história de mundo de fantasia. Aceitei conversar no hospital em razão das circunstâncias impostas pela ocasião. E mesmo depois que ela se foi eu não dei importância para esse mundo dos sonhos. Eu estava cega para o assunto, sequer dei chance a ele. Mas agora, a carta...

– Tente se livrar dessa culpa, mãe. A própria Clara libertou você dela.

Constanza lutava para controlar a respiração, cada vez mais

descompassada. Victória percebeu o incômodo. Desde e a morte de Clara, a filha mais velha constatou o quão devastador o remorso pode ser na vida de alguém. O vazio interior da mãe era pesado.

– Eu não acredito em horóscopo. Nunca iria a um médium, a uma cartomante, nada. Sempre fui, ou tentei ser, sensato demais para acreditar em experiências sobrenaturais, espirituais, seja lá como se chamem. Acreditava que a matéria física controlava tudo, uma visão cartesiana e materialista da realidade, onde seria impossível algo imaterial sobreviver à morte. Mas agora, depois dessa carta, seria tolice não achar que há muito mais do que aquilo que sabemos. É muito limitado se apegar à noção de que só podemos acreditar no que vemos, ou podemos explicar, de acordo com os nossos parâmetros de natureza material. Ficou claro que há um vasto campo a ser explorado, a ser compreendido sobre os limites da vida e da morte.

– Que bom que você está pensando assim, pai.

– Não há como pensar diferente. E por falar nisso, Vicky, conte-nos sobre a sua experiência e impressões de *Cottonland.*

Victória olhou para a mãe e esta assentiu com a cabeça, não deixando qualquer dúvida sobre sua disposição para ouvi-la dessa vez.

– *Cottonland* é um grande mistério. Real, mas ainda assim um mistério. Esse lugar chegou em nossas vidas ao mesmo tempo que a doença de Clara. E ela amava ser levada para lá. Era um lugar onde se sentia segura. Ela me contava que o lugar fazia desaparecer todas limitações físicas impostas pela doença. Lá ela sentia novamente o prazer de ser uma criança normal, a ponto de acordar revigorada, considerando o contexto, é claro. A empolgação com que narrava suas experiências ao lado da princesa Mayla e os lugares do reino que visitava eram contagiantes.

– Mas era um sonho – observou Juan.

– Já fiz essa reflexão milhares de vezes.

– E...?

– Será mesmo? Na Doutrina Espírita, acreditamos que durante o sono podemos ser levados a lugares diferentes, distantes, desconhecidos. *Cottonland* nos reaproximou enquanto irmãs, além de trazer esperança e força para Clara enfrentar o que estava por vir. Depois de sua morte, o lugar foi o principal fator que me ajudou a viver meus dias de luto. Agora que ela não está mais entre nós, quando a saudade aperta, sempre me consola o fato de achar que ela esteja lá, vivendo no castelo da princesa Mayla. Eu sei que parece surreal, mas agora temos a carta. Para ser sincera, espero que um dia eu possa voltar a visitar o lugar e encontrar Clara. *Cottonland* auxiliou Clara e agora está unindo nossa família após sua morte.

– Houve um tempo em que foi motivo de discórdia – observou Juan. A esposa baixou a cabeça.

– Todos erramos. Mayla certa vez me disse…

– A princesa? – interrompeu o pai.

– Sim. Ela disse, em uma de minhas experiências, que boas intenções não eram justificativas para violentar consciências na tentativa de obrigar as pessoas a acreditarem naquilo que queremos que acreditem. Hoje percebo que ela tinha razão, as discussões ocorreram porque eu também não soube dar a vocês o tempo de maturação que o assunto necessitava. Introduzir o tema quando seus corações estivessem mais receptivos.

– Como era o lugar? – foi a mãe quem perguntou.

– Espetacular em beleza e energia. Estar em *Cottonland* era sinônimo de estar em paz. Estranhamente, em nenhuma das minhas três experiências, conheci os lugares que Clara conheceu, ainda que tenha encontrado as mesmas pessoas. Nunca estive no castelo da rainha ou nos bosques e vilarejos que Clara visitou.

– A que você atribui isso?

– Não sei dizer, mãe. Minha teoria é de que *Cottonland* tinha planos distintos para nós duas. Quais? Não me pergunte. A estada de Clara foi infinitamente mais intensa que a minha. Aliás, a minha ida só ocorreu a pedido de Clara.

– Como assim?

– Certa vez, Clara me contou que solicitou à rainha autorização para minha presença no reino. Clara acreditava que se eu fosse até *Cottonland*, teríamos mais condições de convencer vocês. Coincidência ou não, minha primeira viagem só aconteceu depois que Clara foi informada que meu ingresso havia sido autorizado. Isso parece um sonho para vocês?

– Não – falou Constanza com voz que mais parecia um sussurro.

– De qualquer forma, não deixa de ser surreal – disse Juan. – Talvez, a questão não gire em torno da existência ou não desse lugar, mas o que ele ensinou a cada um de nós, principalmente a você e Clara, Vicky.

– É um bom ângulo de abordagem, pai. Sempre tentei entender o que *Cottonland* estava querendo nos ensinar, mas nunca tinha parado para pensar sobre o que efetivamente aprendi com isso tudo.

– O que aprendemos – complementou Constanza.

Os três silenciaram por alguns instantes. Refletiam sobre a proposição feita por Juan.

– Recebi uma grande lição sobre o orgulho. Desculpe por dizer algo tão óbvio – confessou Constanza. – O vazio deixado por Clara na minha vida foi preenchido pela tristeza, pela solidão, pelo arrependimento pelo tempo perdido, pelas coisas não ditas, pela incapacidade de reconhecer que estava errada. E pela impotência de não poder mudar isso.

– Você já está mudando ao reconhecer seu erro e dar um passo na direção da mudança, Constanza.

– Papai tem razão, mãe.

Depois de alguns instantes de um silêncio reflexivo, Victória também desabafou:

– A doença me reaproximou de Clara. A diferença de idade estava nos distanciando. Além disso, houve um período em que a leucemia pôs em xeque minha fé, minha relação com Deus. Agora, tendo passado por tudo o que nós passamos, creio ter recebido o privilégio de ser levada à *Cottonland* para reestabelecer essa conexão perdida com Deus, com a minha crença. Aprender de uma vez por todas que vida é grandiosa demais para resumir-se a uma curta passagem por este plano.

– Mas não era nisso que você acreditava desde sempre? – perguntou o pai.

– É verdade – Victória trocou o peso de uma perna para a outra. – Mas, na medida que a doença de Clara avançava, crescia em mim o medo da perda, de que eu poderia estar errada e a morte fosse realmente o fim de tudo. De repente, a continuidade da vida após a morte passou a ser um conceito vago. Percebi que é bem mais simples tentar consolar outra pessoa dizendo-lhe que a vida não acaba, que a morte é apenas um processo de passagem para um outro plano, nossa verdadeira casa. Mas tudo isso não estava sendo suficiente para me consolar. Definitivamente, minha fé não estava tão sedimentada quanto eu acreditava que estivesse e *Cottonland* veio para corrigir isso.

– Posso vê-la? – perguntou Constanza.

– Ver o quê?

– A carta.

Só então Victória se deu conta de que o único contato que os pais tiveram com a mensagem foi através de fotografia.

A jovem abriu a bolsa e retirou um envelope cuidadosamente acomodado dentro de um livro e entregou à mãe. Juan aproximou-se da esposa para ver mais de perto o singelo embrulho e, principalmente, seu conteúdo.

Lentamente os dois manusearam as folhas de papel, escritas a lápis, letras grandes, caligrafia assimétrica, escrita num espanhol impressionantemente impecável. Incomum para alguém não muito familiarizado com a língua.

Os olhos de Constanza encheram-se d'água ao contato com as primeiras linhas, ainda que já tivesse lido aquele texto incontáveis vezes. Porém, quando terminou a releitura, não conseguiu segurar o choro e o fez abraçada às folhas de papel. Era como se abraçasse a filha através delas.

– Ela foi tão cedo. Tão rápido e tão cedo – disse Juan com a voz entrecortada pelo pranto.

Nesse momento, todo o sentimento que existia nas profundezas da alma de cada um transbordou e todos se entregaram às lágrimas. Era um choro diferente, pois unia, mesmo que deixasse ranhuras e cicatrizes, os pedaços da vida que fora estilhaçada pela morte da caçula da família.

Depois da catarse coletiva, os Gonzalez Fernandez, amantes de momentos felizes, cada vez mais escassos depois da morte de Clara, decidiram refazer o percurso de trem pelos bosques nevados do Parque Nacional *Tierra del Fuego*, aquele que fora o passeio preferido da caçula. Queriam estender ao máximo aquele dia, como se fosse o solstício de verão. Foi um grande passo em direção ao recomeço, em direção à vida, **uma nova vida**.

CAPÍTULO 27

DE VOLTA A COTTONLAND

O TEMPO SEGUIU SEU CURSO. DIAS VIRARAM SEMANAS que se fundiram em meses e logo chegaram no fim de maio. O ar estava mais frio e os dias mais curtos. As montanhas que abraçavam a cidade já haviam trocado suas vestes de verde exuberante por um manto de cores quentes e intensas, como se a própria terra estivesse se preparando para uma celebração especial.

As árvores, testemunhas silenciosas do espetáculo, começaram a pintar o cenário com pinceladas de amarelo, vermelho e laranja. À medida que as folhas dançavam graciosamente no vento, criavam um tapete dourado que se estendia pelas ruas estreitas da cidade, sussurrando segredos de uma estação prestes a se despedir. Os raios do sol outonal filtravam-se entre os galhos, criando uma atmosfera mágica e etérea. À beira da baía Golondrina, as águas refletiam o céu em tons pastéis, como se o próprio horizonte estivesse rendendo homenagem à transformação que envolvia a paisagem. Pequenas ondas sussurravam histórias do mar, enquanto aves marinhas mergulhavam habilmente em busca de tesouros ocultos nas águas frias e cristalinas.

A vida da família Gonzalez Fernandez lentamente começou

a recuperar a rotina perdida após a morte de Clara. A carta teve o poder de recolocá-los nos trilhos para que pudessem prosseguir a jornada, muito embora, não obstante o consolo de saber que a menina estivesse viva, havia dias em que a saudade tomava conta do coração de cada membro.

"O vazio ocupa um espaço imenso" - dizia Juan nos momentos de angústia.

Na maior parte do tempo, todos conseguiram retomar seus afazeres, bem como afastar a culpa por se sentirem felizes nos momentos de descontração, cada vez mais frequentes. Aos poucos, os dias normais vinham se tornando regra, ainda que as armadilhas da ausência pudessem estar escondidas atrás de pequenos detalhes, como um singelo dia de domingo.

"Aos domingos tudo é mais intenso, principalmente a saudade" - falava Constanza.

É incrível como os dias que marcam nossas vidas para sempre iniciam sempre de maneira normal, sem qualquer aviso de que algo grande está para acontecer. Foi assim para Victória naquela quinta-feira regada pela monotonia da rotina diária.

Naquela manhã serena de outono, os primeiros raios de sol acariciavam a *Costa de Los Pájaros*, transformando o horizonte em uma pintura de tons suaves e dourados. A brisa fresca vinda da baía beijava delicadamente o rosto de Victória e soprava seus cabelos para trás quando entrou no carro rumo ao trabalho.

À medida que o sol ascendia no céu, os contornos das montanhas que rodeavam a costa tornavam-se mais nítidos, como guardiões majestosos que observavam silenciosamente o espetáculo matinal. As águas tranquilas, espelhando os tons pastéis do céu, revelavam um reflexo encantador que convidava à contemplação.

Enquanto dirigia-se à sede do *Poder Judicial de la Provincia de Tierra del Fuego*, Victória cruzou com caminhantes, envoltos em agasalhos e que percorriam os caminhos costeiros, absorvendo a serenidade que emanava da paisagem.

O dia de trabalho transcorreu sem nenhum acontecimento digno de nota. Passava das quinze horas quando a jovem resolveu dar por encerrado seu expediente, muito embora, oficialmente, ele tivesse terminado às catorze horas, mas como ainda havia pendências a serem tratadas, preferiu ficar até mais tarde.

Victória não tinha planos para o restante do dia, então pegou o carro estacionado na avenida San Martín, bem próximo do acanhado prédio que serve de sede ao *Poder Judicial* local e decidiu ir para casa para não fazer nada, exceto tentar colocar a leitura em dia.

Assim que estacionou na garagem, antes de entrar, rumou na direção da baía, onde caminhou despretensiosamente por alguns minutos pela margem. Esticou um pouco o trajeto e atravessou a rua, penetrando no bosque próximo, onde o murmúrio do vento e o suave crepitar das árvores sob os passos formavam uma sinfonia tranquila. Na tranquilidade do lugar, o tempo parecia desacelerar e a natureza se revelava em sua mais bela e efêmera expressão. Livres, seus pensamentos voaram longe, na direção da irmã. Como estaria Clara? Por que desde sua partida não mais fora levada a *Cottonland*? Ainda estaria ela no reino da princesa Mayla?

Encerrada a caminhada, Victória entrou em casa. Estava sozinha, o pai estava na base militar e a mãe só retornaria mais tarde da agência de turismo. Preparou algo para comer com o que encontrou na geladeira, acompanhado de uma generosa caneca de chá e foi para o quarto. Esticou-se na cama ajustando uma pilha de travesseiro às costas e retomou – com intuito de finalizar – a leitura de um livro inspirado em acontecimentos reais que narrava a saga da tripulação de um navio inglês que partiu em uma expedição ao Polo Sul, em 1914, cujo objetivo era atravessar a pé essa porção do globo. Entretanto, o navio naufragou, destruído pela força implacável das geleiras do Mar de Weddell e seu comandante viu-se à mercê do destino, juntamente com vinte e oito homens desamparados no continente glacial, enfrentando árdua batalha contra as adversidades e as garras impiedosas do frio e do isolamento.

O quarto estava mergulhado numa quietude suave, iluminado pela luz que passava pela janela. Imersa nas páginas do livro, os olhos percorrendo as linhas com determinação, Victória interrompia o fluxo da leitura somente para consumir o lanche e tomar o chá. Pouco tempo depois, com a fome saciada, começou a ceder ao cansaço. Segurava o livro com as mãos cansadas, tentando resistir ao chamado hipnotizante do sono. Os olhos, anteriormente atentos às palavras impressas, começaram a piscar lenta e involuntariamente. A cabeça, pesada pelo esforço mental do dia, oscilava de forma sutil.

Lentamente as palavras no livro começaram a perder seu significado, transformando-se em uma dança onírica diante dos olhos que lutavam para permanecerem abertos. Os parágrafos se tornaram nebulosos, e as letras se fundiram em um emaranhado indistinto. A respiração tornou-se mais lenta e regular, até que a jovem, apesar de seus esforços hercúleos, sucumbiu ao cansaço. Os dedos, que antes seguravam firmemente as páginas, relaxaram sua aderência. O livro escorregou suavemente para o colo, enquanto Victória, agora mergulhada em um sono sereno, encontrou refúgio no mundo dos sonhos.

*

Recobrando a consciência – tinha a nítida impressão de ter dormido muito tempo, – viu-se em um lugar em que os bosques nevados se estendiam até onde os olhos podiam alcançar. As árvores frondosas curvavam-se sob o peso suave da neve. Os ramos, despidos de suas folhas, emanavam uma dignidade majestosa, transformando-se em obras de arte congeladas, adornadas por cristais de gelo que capturavam a luz do sol. No chão, flores coloridas desafiavam, bravamente, a monotonia do manto branco e imaculado que tomara conta do solo, onde a frieza do gelo entrelaçava-se com a esperança da primavera ainda distante, criando um cenário atemporal onde a natureza tecia um conto de magia e renovação.

À medida que a jovem caminhava por entre as árvores, os flocos de neve se aglomeravam sobre seu cabelo e o frio acariciava-lhe o rosto. Mas, de alguma maneira, esse frio não era penetrante; era refrescante, revigorante, como se a própria neve quisesse convidá-la a dançar em seu reino silencioso.

Victória abaixou-se, afastou as pequenas flores, aparentemente imunes ao frio, que emergiam do solo, pegou um punhado de neve e esfregou nas mãos. A neve era diferente, parecia feita de algodão. Já vinha visto algo assim antes.

– *Cottonland*. Estou de volta a *Cottonland!* – exclamou, efusivamente.

A visitante, então, aumentou as passadas, pois caminhava sem dificuldade sobre a "neve de algodão". Desta vez, o bosque parecia maior do que da primeira em que ali estivera, talvez fosse pela ansiedade, ou quem sabe mais uma cena de sonho onde a pessoa corre com todas as suas forças, mas não consegue sair do lugar. Não era isso que estava acontecendo. Instantes depois, Victória venceu as árvores e a paisagem abriu-se numa grande e familiar lagoa, a "*Laguna Esmeralda*". Sem parar, seguiu contornando a margem, até avistar o deque. Sim, já estivera naquele mesmo lugar. Foi onde Arvid a levou para encontrar-se com Mayla.

Quando avistou a entrada do deque, sentiu um frio na barriga, o coração disparar, enquanto o sangue ardia com sentimentos. Já nos primeiros passos avistou duas silhuetas de pé, no fim do caminho de madeira, mas como estavam contra o sol, não pôde identificar seus rostos. Mais alguns passos e uma das figuras aproximou-se bem devagar. Victória acelerou. Lentamente o véu escuro criado pelo sol ficava para trás, até que a jovem conseguiu observar, incrédula, a pessoa que andava na sua direção.

– Vovó? É a senhora?!

A jovial senhora aproximou-se; o largo sorriso e a alegria estampados no rosto eram capazes de iluminar um continente e, sem nada dizer, abraçou calorosamente a neta.

– Victória, minha querida, finalmente nos encontramos. Olhe só para você – Cecília deu alguns passos para trás.

– Não acredito que a senhora está aqui. A senhora está... tão jovem e bonita.

– A morte me fez bem – Cecília riu da própria piada.

– Muito bem. Mamãe ficaria muito feliz em revê-la, sente muito a sua falta.

– Eu também sinto saudade de Constanza. A morte nos separou, mas o amor nunca desvanece. Sempre mantive vocês todos no meu coração, mesmo separadas por planos diferentes.

– Olá, Victória – saudou uma voz atrás de Cecília.

– Mayla? Estava tão empolgada por reencontrar vovó que não percebi sua presença – desculpou-se a visitante enquanto a abraçava.

As três conversaram alegremente por alguns momentos, mas Victória constantemente desviava o olhar para o arredor, procurando por mais alguém.

– Ela não está aqui – falou Cecília, após o terceiro movimento de olhos da neta.

– Não? Clara não está em *Cottonland?* – perguntou, decepcionada.

– Em *Cottonland*, sim; neste local, não. Ainda não.

– Quer dizer que ela virá?

– Chegará em breve.

– Desculpe minha ansiedade.

– Ela é justificável – falou Mayla.

– A propósito, Mayla, você está diferente da última vez que a vi. Nem parece uma princesa.

– Não? Não é a primeira vez que ouço isso – Mayla olhou para a própria vestimenta. – E como eu devia parecer?

– Sei lá, mais formal, como antes.

– Eu gosto do jeito que estou agora, menos... formal, como você diz – a "ex-princesa" sorriu, divertindo-se com as dúvidas de sua interlocutora.

– Não conte a ninguém, mas eu também prefiro assim, mais normal.

– Normal é um bom adjetivo – brincou Cecília. Todas riram.

A conversa seguiu animada até que Mayla e Cecília, simultaneamente, desviaram os olhares por sobre os ombros de Victória e interromperam, juntas, o assunto.

– Quem você esperava chegou – foi Cecília quem deu a notícia.

A reação da jovem foi instantânea. Lentamente um sorriso foi se formando no rosto. Chegara ao fim a mais agonizante das esperas e ela seguiu na direção da entrada do deque. Seus passos eram leves e sua alma pulsava com uma mistura de saudade e esperança.

Ao longe, vislumbrou a silhueta de uma figura que parecia emanar uma luz especial. Seu coração acelerou, pois sabia que estava prestes a reencontrar a irmã caçula que havia partido prematuramente da vida terrena. As duas irmãs aproximaram-se, uma correnteza de emoção envolveu-as quando, como ímãs irresistíveis, aproximaram-se e seus olhos, repletos de uma intensa alegria, encontraram-se.

Num reino, além da imaginação, onde as fronteiras entre o etéreo e o sublime se dissipavam, duas almas que se haviam entrelaçado na efêmera dança da vida encontravam-se mais uma vez.

Clara surgiu à frente de Victória, com um sorriso radiante que transcendeu as palavras. Seus olhos, ainda cheios de inocência e doçura, encontraram os da irmã, e uma onda de emoção percorreu ambas. Abraçaram-se, não com braços materiais, mas com a intensidade de um amor que ultrapassava qualquer forma física. Lágrimas puras deslizaram pelos rostos das irmãs. A emoção contagiou a todos.

– Vicky – sussurrou Clara, sua voz ecoava como uma melodia suave. – Eu sabia que esse dia chegaria. Senti a sua presença mesmo antes de chegar.

As lágrimas escorreram pelo rosto de Victória, lágrimas produzidas pela mais bela das alegrias.

Naquele instante único, a impressão era de que o tempo perdera seu significado. Deixava de ser uma métrica que rege a vida das pessoas e dera lugar à eternidade que se desdobrava diante delas. O reencontro das irmãs era uma verdadeira celebração do amor que ultrapassava a barreira da morte.

– Como senti a sua falta. A vida foi difícil sem você – disse Victória, abaixando-se.

Clara segurou o rosto da irmã mais velha, olhando profundamente em seus olhos.

– *Cottonland* é real. Este lugar me acolheu. Aqui consegui suportar a saudade por ficar longe de você, de mamãe e papai.

Cecília e Mayla preferiram não interferir no reencontro e deixaram as duas à vontade. Havia tempo ainda para a difícil conversa que teriam.

As irmãs passearam pelos arredores e Clara explicou a Victória tudo o que havia acontecido com ela desde o momento da desencarnação.

Victória riu quando a irmã contou que só depois de muito tempo descobriu que Cecília era sua avó, ainda que convivesse com ela diariamente.

– Maria Cecília, esse era o nome de nossa avó, Clara.

– Sim, mas para mim ela apresentou-se apenas como Cecília, muito embora eu a conhecesse como Rainha Philippa.

– Como é? Rainha? Nossa avó?

Clara reproduziu, nos mínimos detalhes, as explicações da avó sobre o assunto.

– Então foi por isso que eu não encontrei a rainha quando estive aqui. Certamente eu reconheci a vovó, mas você, como não a conheceu, não tinha como saber. Por isso minha experiência foi diferente da sua.

A conversa entre as irmãs seguiu por longos minutos, até que Cecília e Mayla juntaram-se às duas.

– Feliz? – perguntou Mayla a Victória.

– Não há palavras no meu limitado vocabulário capaz de encontrar um termo adequado para descrever este momento.

– Sabemos como se sente. Todas nós, em algum momento, vivenciamos situação parecida.

A conversa prosseguiu até que Victória ficou pensativa. Mayla e Cecília trocaram olhares de cumplicidade.

– O que a aflige, Victória? – perguntou Mayla.

– Não sei explicar.

– Algo a incomoda? – agora foi a vez de Cecília indagar.

– Estou exalando felicidade pela bênção de reencontrar minha irmã, não me entendam mal, mas tem algo diferente desta vez. Talvez seja apenas um pressentimento equivocado.

– Estamos aqui para ajudá-la – disse Cecília.

– Desde que Clara começou a falar sobre este lugar, minha maior dúvida era compreender porque minha irmã, em sonho, estava sendo trazida para cá. Hoje, parte de minhas suspeitas foram confirmadas. Clara passava por um processo de aprendizado, o que eu não sabia é que a preparação era para seu retorno ao Mundo Espiritual. Entretanto, a minha experiência com *Cottonland* foi completamente diferente. Desde a primeira vez achei o lugar muito familiar, assim como Arvid. No início, imaginei que minha presença teria sido como uma espécie de testemunha que auxiliaria meus pais a acreditarem nos relatos de minha irmã.

– E foi isso que aconteceu, Victória. Lembre-se que você foi o elo fundamental para a mudança de comportamento de Constanza.

– Reconheço, sem falsa modéstia, que desempenhei um

papel importante, ainda que no início eu mesma tenha duvidado de Clara. Mesmo assim, a sensação, mais forte agora neste retorno, é a de que também eu estivesse num processo de aprendizado, embora não saiba qual. Além disso, eu também poderia desempenhar o papel de "testemunha" mesmo sem ter sido trazida para cá.

– Sua percepção está correta, minha querida – Cecília acercou-se da neta acariciou seus cabelos.

– O que a senhora quer dizer?

– Primeiramente, a familiaridade com o lugar e com os Espíritos amigos, como Arvid, deve-se ao fato de que aqui já foi seu lar em outras oportunidades. Arvid é um velho companheiro de outras existências. Mas não me peça explicações sobre isso agora. Por outro lado, trazer você para *Cottonland* serviu a mais de um propósito.

– Agora compreendo o sentimento, a sensação de *déjà-vu* com relação a Arvid.

– É uma longa história – complementou Cecília.

– Vovó, qual seria o outro propósito da minha vinda a Cottonland?

– A resposta você já tem. Apenas asserene seus pensamentos e tente refletir com mais clareza.

Victória olhou para o céu azul sem manchas, mas não conseguiu encontrar a explicação que a avó fazia crer ser óbvia.

– Vicky – Cecília fez sinal de positivo com a cabeça quando Clara começou a falar, – *Cottonland* foi apresentada a você pelo mesmo motivo que foi para mim.

As palavras pareciam ter chegado em Victória em câmera lenta, porque ela demorou para processá-las.

– Está querendo me dizer que também eu estou sendo preparada para a desencarnação?

– Não, Vicky, o que estamos querendo dizer – Clara segurou a mão da irmã – é que isso já aconteceu.

O último pensamento de Victória antes de perder os sentidos foi direcionado a Juan e Constanza e no quanto a felicidade poderia ser frágil, preciosa e suspeita.

EPÍLOGO

Naquela manhã fria e serena, o sol, com uma delicadeza ímpar, lançava seus raios dourados sobre toda a extensão do cemitério. A luz matinal acariciava suavemente as lápides, como se fosse um afago celestial sobre as histórias ali adormecidas. Em meio a esse cenário de quietude, Juan e Constanza, unidos por laços profundos de amor e cicatrizes de memórias dolorosas, seguiam, passos lentos, em direção ao jazigo da família. Fazia pouco mais de um mês que Victória havia falecido, em casa, no seu quarto, vítima de um aneurisma cerebral.

De mãos dadas, palmas entrelaçadas e olhares perdidos no horizonte do passado, o casal trazia consigo a carga pesada da saudade. As flores que seguravam eram oferendas coloridas, uma expressão terna do amor que buscavam alcançar além do véu que separava os mundos.

Ao chegarem diante da capela, Constanza, com os olhos reflexivos e com o brilho de lágrimas contidas, sussurrava palavras que se perdiam na brisa suave. Juan, ao seu lado e ainda segurando a mão da esposa, tentava manter-se forte, mas as marcas do sofrimento eram visíveis em seus olhos. Juntos, compartilhavam um lamento silencioso que se misturava com a melodia suave do vento que brincava com as pétalas das flores, como se as filhas estivessem ali, respondendo à presença dos pais.

Com lágrimas a turvar-lhe o olhar, a pesarosa mãe começou a citar palavras de uma oração que se misturava com a saudade das risadas e dos abraços perdidos. Constanza ergueu os olhos para o céu, buscava consolo na vastidão celeste. Suas palavras, murmuradas com devoção, eram como preces que se elevavam na esperança de alcançar a alma das filhas. Victória havia explicado certa vez que a oração é uma ponte entre o plano terreno e o Espiritual, apesar de a distância entre os mundos parecer infinita e insuperável. Emocionado, Juan fechou os olhos por um momento, como se buscasse forças em um lugar além do alcance humano.

Naquele instante de oração, o cemitério tornou-se um santuário de recordações, onde as lápides eram páginas de uma história que jamais seria esquecida. O casal, ainda com as mãos unidas, permaneceu ali por um tempo, como se o tempo tivesse decidido pausar, permitindo-lhes mergulhar nas águas profundas da saudade e do amor eterno.

– Há momentos, quando estou sozinha no jardim de casa, que tenho a impressão de ouvir uma risada. Seriam elas? – a voz de Constanza saiu baixa, como o som da brisa que balançava as folhas das árvores, – mas diante do silêncio me vejo só novamente. Então, depois de um tempo, ouço uma risada outra vez.

Juan não disse nada, apenas pousou o braço em torno do pescoço da esposa, compartilhando da sua dor e o desejo de talvez poder ouvir as vozes delas novamente.

Num último gesto antes de retornar, depositaram as flores com extremo cuidado no interior da capela, como se cada pétala representasse uma extensão do amor que transcendia a barreira entre o visível e o invisível. Ao saírem, trocaram um olhar carregado de significado, compartilhando a dor, mas também a esperança de que as amadas filhas se encontravam em paz, juntas, em *Cottonland,* talvez o Mundo Espiritual que compartilharam durante suas curtas jornadas no plano terreno.

Abraçados, olhares compungidos, começaram a trilhar o caminho de volta, deixando para trás uma coletânea de palavras sussurradas e lágrimas derramadas, mas carregando a luz indestrutível da lembrança e o amor que nunca se extingue. Em sincronia, olharam para trás uma última vez, em despedida. Unidos no amor e na dor, o casal lutava bravamente para reunir forças para a difícil tarefa de seguir adiante e tentar cumprir o restante de sua missão terrena, até o momento do reencontro.

*

– Como está se sentido, Vicky?

– Estou bem, Clara.

Victória levantou-se, abriu a janela do quarto e ficou observando a paisagem verde, ensolarada, do lado de fora do educandário.

– Ainda estou perplexa com tudo. Desencarnada, eu? Não consigo descrever meus sentimentos. E ainda, a preocupação com papai e mamãe foram fortes demais para mim.

– Sei como se sente, Vicky. Comigo não foi diferente.

– Posso imaginar como você se sentiu ao descobrir que seu corpo morreu.

– Triste, mas aliviada.

As irmãs calaram-se por uma fração de segundo, até que Victória quebrou o silêncio.

– Vovó deu notícia sobre eles?

– Disse que estão conseguindo seguir em frente, não sem dificuldades, na verdade, muitas. Ela está acompanhando o trabalho de auxílio nesses primeiros momentos.

– Eles devem ter sentido muito, pois eu não estava doente.

– Na verdade você não sabia que estava. Bom dia! – saudou Mayla à entrada da porta do quarto.

– Compreendo, Mayla. Sabe, posso sentir suas orações quase diariamente. Em minhas preces tenho pedido a Deus que os auxilie a superar toda essa situação.

– A situação agora é um pouco diferente da de Clara quando retornou. Hoje, eles carregam no coração a certeza da continuidade da vida. Sofrem? Sim. Têm momentos de queda, onde a tristeza é maior que a fé no reencontro? Com certeza. Mas não há revolta em suas ações. Eles conseguirão!

Victória sorriu diante do otimismo da amiga.

– Permanecerei aqui, no educandário?

– Tão logo esteja refeita, voltará a trabalhar conosco.

– Voltarei? Quer dizer que já trabalhei aqui?

– Estava conosco quando foi dada a oportunidade de reencarnar. A boa filha a casa torna.

– Agora compreendo porque você me trouxe até esta mansão quando visitei Cottonland pela primeira vez, assim como a familiaridade com as coisas e pessoas do lugar.

Mayla não disse nada, apenas sorriu.

– Não compreendo porque, na minha primeira experiência aqui, o que parecia um sonho transformou-se em pesadelo, fui tomada pelo medo e me vi perdida na escuridão.

Mayla aproximou-se calmamente e tocou seu indicador na testa de Victória.

– Sua mente. Você deixou suas dúvidas, angústias e medos tomarem conta de seus pensamentos. Foi você quem criou aquele cenário de escuridão e de medo.

A jovem ficou pensativa. Finalmente compreendera as razões pelas quais ela e a irmã foram trazidas a *Cottonland*.

– "Voltar para casa!" – pensou.

– Exatamente! Sei que muitos não compreendem o que está por trás das chamadas "mortes prematuras". Para essas pessoas, eu diria que Deus não permitiria a crueldade de separar de forma definitiva criaturas que se amam. A essência da vida reside no outro. Por que Deus uniria, no curto período de uma existência, duas criaturas que encontram felicidade estando juntas, apenas para separá-las pela eternidade? A garantia da sobrevivência do Espírito vem acompanhada da certeza de que aqueles que se amam se reunirão após a perda do corpo físico. Essa é a maior consolação que poderíamos desejar, mas não é apenas um conforto piedoso; é uma convicção. Aconteceu com você e Clara. Acontecerá com seus pais. Um dia, os Espíritos que formaram sua família, estarão todos reunidos novamente.

Por alguns instantes, fez-se silêncio absoluto no ambiente, até Clara quebrá-lo.

– Vamos lá fora?

Victória aceitou o convite da irmã com um sorriso. Segurou sua mão e saíram correndo.

Mayla preferiu acompanhá-las com passadas lentas e suaves.

"Como a Providência Divina é maravilhosa" – pensou.

Fim

AGRADECIMENTOS

Àqueles que semearam inspiração em meu caminho, aos que me desafiaram a ir além dos limites do conhecido, e aos que simplesmente me acompanharam com carinho e interesse. Que a magia das palavras continue a nos unir, mesmo quando o livro for fechado.

IDE | Conhecimento e educação espírita

No ano de 1963, Francisco Cândido Xavier ofereceu a um grupo de voluntários o entusiasmo e a tarefa de fundarem um periódico para divulgação do Espiritismo. Nascia, então, o Instituto de Difusão Espírita - IDE, cujos nome e sigla foram também sugeridos por ele.

Assim, com a ajuda de muitas pessoas e da espiritualidade, o Instituto de Difusão Espírita se tornou uma entidade de utilidade pública, assistencial e sem fins lucrativos, fiel à sua finalidade de divulgar a Doutrina Espírita, por meio de livros, estudos e auxílio (material e espiritual).

Tendo como foco principal as obras básicas de Allan Kardec, a preços populares, a IDE Editora possui cerca de 300 títulos, muitos psicografados por Chico Xavier, divulgando-os em todo o Brasil e em várias partes do mundo.

Além da editora, o Instituto de Difusão Espírita também se desenvolveu em outras frentes de trabalho, tanto voltadas à assistência e promoção social, como o acolhimento de pessoas em situação de rua (albergue), alimentação às famílias em momento de vulnerabilidade social, quanto aos trabalhos de evangelização infantil, mocidade espírita, artes, cursos doutrinários e assistência espiritual.

Ao adquirir um livro da IDE Editora, além de conhecer a Doutrina Espírita e aplicá-la em seu desenvolvimento espiritual, o leitor também estará colaborando com a divulgação do Evangelho do Cristo e com os trabalhos assistenciais do Instituto de Difusão Espírita.

www.idelivraria.com.br